李 浩　郝建国　主编

# 八分之一冰山

沈　念　著

河北出版传媒集团
花山文艺出版社
河北·石家庄

图书在版编目（CIP）数据

八分之一冰山 / 沈念著. -- 石家庄：花山文艺出版社，2023.4
（原上丛书 / 李浩，郝建国主编）
ISBN 978-7-5511-6424-5

Ⅰ．①八… Ⅱ．①沈… Ⅲ．①中篇小说-小说集-中国-当代 Ⅳ．①I247.5

中国国家版本馆CIP数据核字(2023)第017829号

| 丛 书 名： | 原上丛书 |
|---|---|
| 主　　编： | 李　浩　郝建国 |
| 书　　名： | 八分之一冰山<br>Bafenzhiyi Bingshan |
| 著　　者： | 沈　念 |
| 选题策划： | 郝建国　李　爽 |
| 责任编辑： | 王李子 |
| 责任校对： | 李　伟 |
| 装帧设计： | 陈　淼 |
| 美术编辑： | 胡彤亮 |
| 出版发行： | 花山文艺出版社（邮政编码：050061）<br>（河北省石家庄市友谊北大街330号） |
| 销售热线： | 0311-88643299/96/17 |
| 印　　刷： | 石家庄燕赵创新印刷有限公司 |
| 经　　销： | 新华书店 |
| 开　　本： | 880毫米×1230毫米 1/32 |
| 印　　张： | 10.375 |
| 字　　数： | 197千字 |
| 版　　次： | 2023年4月第1版<br>2023年4月第1次印刷 |
| 书　　号： | ISBN 978-7-5511-6424-5 |
| 定　　价： | 42.00元 |

（版权所有　翻印必究·印装有误　负责调换）

# 序：筑起属于自己的"山峰"

李 浩

## 一

编撰一套反映当下中国小说创作实绩、展示中青年作家艺术品格和前行势头的系列丛书，一直是花山文艺出版社郝建国社长和我的共同心愿。应当说他的意愿可能更强烈、更紧迫，也更"成熟"一些，因为早在两年前他就开始策划组织《"诗人散文"丛书》的出版，至今已经进行到第四季，积累了丰富的经验。在经历多轮交流、碰撞和相互说服之后，便有了这套《原上丛书》。

之所以名为"原上"，一是基于我们不断谈及的中国当代文学"有高原无高峰"的共识性判断。必须承认，经历数十年的吸纳、丰富、转变和探索，时下的中国当代文学（尤其是当代小说）呈现了一定的甚至可以说几乎普遍的"高原"态势，立足于本土、个人和时代经验，深谙东西方小说讲述的艺术策略，有着广博的文学视野和经久的文学阅读，并较好地融合萃取变成个人的独特，呈现出不同的"中国故事"可贵面影。这一努力和前行,是我们绝不能忽略和无视的!然而,我们也需要承认,我们当下的写作还有诸多的匮乏和不足,尤其表现于思想性、创新性、丰富性和锐利感上……我们编撰这样一套丛书,是为彰显、呵护已经呈现"高原"态势的中青年作家的创作实绩,认知和呈现他们的文学实力,同时也冀望借此加以"促进",希望这些作家朋友能够不断向前,最终筑起属于自己的"山峰"。而定名为"原上"的第二个原因,则源于白居易"离离原上草,一岁一枯荣,野火烧不尽,春风吹又生"的著名诗句——它意味着(或者隐喻着)不竭的新生力量,不竭的"原上"的生长和文化根脉的深层延续……《原上丛书》,愿意为已经站在了高原的、相对年轻的"新生力量"提供可能的助力,为文学的真正发展和繁荣提供可能的助力。这,应当说是这些中青年作家所需要的,也是出版社和阅读者们所需要的。

## 二

立足于实力,立足于读者好评、业界好评和几乎可见的"创作前景",立足于专业审读和专业评判——也就是说,我们这套《原上丛书》首先考量的是"实力"和"未来态势",以现有创作的真实呈现为第一标准。作家的创作影响力在我们的统筹范围之内,但它或多或少属于"次要标准",它提供参照值但不进入标准值。实力,以及我们的未来预期,在《原上丛书》中占有更大的比重，这是我们这些编撰者应当承认的。

基于此，我们甚至更愿意从那些潜心写作但或多或少被低估，荣耀的强光尚未照到身上的那些作家中"捞取"，让他们在这里获得可能的彰显与艺术尊重——这也是我们所要承认的。也正是基于这一个原因，在我们开始遴选作家的时候"不成文"地将已经获得鲁奖、茅奖的作家忽略在外。在我们第一辑十本的编辑过程中，作家刘建东、沈念获得了2022年的第八届鲁迅文学奖——这当然是我们尤其是作家本人的荣耀，但我们和编辑团队愿意再次强调：我们在约稿和编辑丛书的过程中，他们尚未获奖，我们的选择标准是并会一直是实力和创作前景……事实上，我们也大约有理由相信，入选《原上丛书》的诸多作家或许会在今后的某一时段再有大奖斩获，或者成为具有标志意义的文学名家——这，也是我们所更愿意见到的。在接下来的遴选和编辑过程中，我们还会将这个"不成文"继续下去。

全国性，是我们这套丛书的又一立足，我们愿意将整个中国有实力的中青年作家放在一起打量，并使用同一标尺。我们当然愿意它能有一个丰富性、多样性和多层面的展示，但它们大约依然是参照值而不是标准值。花山文艺出版社隶属于河北出版传媒集团，具有地域性，但在这套丛书的遴选中我们首先排拒的就是地域性。同样是"不成文"的规定，我们会对河北籍的、现在河北生活的作家秉持更多苛刻，如果是同等条件,"被遗憾"的一定是河北作家;在第一辑包括之后的第二辑、第三辑……每辑中至多有一本是河北作家的。这个"不成文"也将是我们坚持的固执原则。

## 三

第一辑入选的作家是刘建东、李凤群、林那北、哲贵、沈念、王芸、和晓梅、卢一萍、郑小驴、文清丽(排名不分先后)。他们是当下文坛极为活跃、极有实力并且部分地获得着关注的中青年作家,而我们更看重的是在他们身上所能体现出的创新意识和前行态势,包括他们对于时代、生活、个人人性的有效挖掘。他们的写作,真的是在为我们提供着来自生活和文学的双重丰富。

在我看来,林那北的小说更具"东方"质地,娓娓道来,不疾不徐,语言上有一种清浅的音乐性,而在故事上也有那种"东方"式的轻和淡,仿佛不着力地推进着,而阅读者则在不知不觉中沉入她预设的涡流。她有一双敏锐之眼,这份敏锐中包含了清晰的看透,和小小的但入骨的"毒"。她熟谙生活和生活细微,极易从具有幽暗感的褶皱中做出发现。相对之前的写作,林那北的《燕式平衡》似乎更从容,社会生活的流变、个人的境遇与处境、人性的多重复杂一直是林那北所关注的,在这里,她呈现了更让人感吁、会心和由衷赞叹的文学发挥。我觉得,林那北的小说耐读,经得起重读,而在重读的过程中可能获益更多。

而在王芸的小说中加重的则是情感的力量——所以阅读她的小说，时时会有"胸口受到了重重一击"的那种情感强力，而这强力来得那么真实真诚，毫无矫饰。可以说，王芸的小说已形成她极有特质性的东西，极有"个人标识"。我认为这种标识性就是：从小事儿和微点开始，角度较小甚至是极小，然而撬开的是一个具有普世性的共有议题；故事上往往不那么用力，但涡流感重，会让人在品啜的过程中被缓缓吸入，难以自禁自拔；大量留白，会调动阅读者不断地为文本填充，在情感和智力两方面……它是那种可以引发思忖、耐人寻味的小说。在这本《请叫她天鹅》中同样如此，它聚焦生活和人性的复杂世相，探触心灵深处、生活褶皱处的幽微细部，展现一个个普通生命内在的柔软与坚硬、紧张与松弛、平和与挣扎、痛楚与欢欣、无奈与向往、绝望与执拗，在生活剧变和断裂处映现出"人"的力量。

《无法完成的画像》，具有强烈的先锋感和现代意识，同时又具有扎实沉厚的现实积累，不回避生活、生命的种种困囿和艰难，又能将困囿和艰难"熬"成诗——一直以来，我都认为刘建东的中短篇小说（尤其短篇）属于"教科书"级的，在语言上、故事结构能力上、意蕴营造和留白点的设置上，无一不见微妙与精心，就像我在"小说创作学"课上反复要讲的胡安·鲁尔福或加·加西亚·马尔克斯。这本小说集兼有现代主义创作倾向和现实主义创作倾向，而我看重的是它的融合力量，那种将两种或多种不同向度的力量完美融合并构成合力的力量。这，也是我这样的写作者试图从中汲取的。

埃柯谈到，有两类人属于"天生的作家"，一类是农民，一类是水手。将哲贵看作是"农民"型的作家大抵是合适的，因为他对地方生活的了如指掌，因为他比那些观光游客更知道、更了解这一地域的生活内部，更能体味在这一地域生活的人们的精神真实和情感真实，他在那条被称为"信河街"的地方打出了一口深邃的、不断能反射出生存实态的井。较之一般小说，《信河街别录》可能更具有地方志和民俗学价值，当然它更值得言说的还是文学价值、思考价值，那种对人生、人性和独特环境中生存的思考和追问。同时我也愿意承认，哲贵的故事能力也是我所极为欣赏的，他能将一般人无话可说之处写得风生水起，让读者感到津津有味，也能将激烈和回旋有意地半遮起来，让我们通过猜度和想象将其充满。

"80后"作家郑小驴的写作则呈现了另外一种"异质"和独特面目，他尖锐、锋利、直面现实，有一种"少年老成"的技术熟练和"坚决不肯老成"的青春冲力……在他身上和他的写作中，我能看见时下写作普遍匮乏的"巴库斯"式的原始冒险。必须说，这是一股可贵的力量，尽管它有时会引发我们的小小不适，就像我们第一次面对罗伯-格里耶的《去年在马里安巴》、让·热内的《鲜花圣母》或贝克特的《马龙之死》那样。郑小驴关注的或者说更为关注的是我们生活中的"另一潜流",是某种有意回避和视而不见——恰因如此,郑小驴小说写作的价值感也变得更为显豁,它让我们不断地、不断地思忖:这,也是一种生活?非如此不可?有没有更好的可能,如果我是二告或者立夏,如果我是杜怀民,如果我是……我该如何选择?对于小说来说,它应当提供的是"可能"而不是解决之道,解决之道是我们在读完小说之后"自我完成"的部分,小说相信并始终相信阅读者会有自己的独立判断。

当我们在谈论爱情的时候我们是在……这是一句反复被运用已经用得过于俗滥的用语,但我还是选择用它,因为它本身包含的隐喻性质。当我们在谈论爱情的时候,我们的确很少关注于爱情本身,而是关注隐匿于它的背后和深处的那些内容,譬如欲念和释放,譬如权力意志,譬如暗在的交换和平衡,譬如操控性和……事实上,仔细回想一下,我们谈论爱情的概率越来越少了,而集中地、专注地谈论爱情的概率则更少——因此,卢一萍的《N种爱情》在提交到我们手上的时候就让我眼前一亮,竟有小小的心动。与我预想的不同,与我这个身处东部城市的写作者预想的不同,卢一萍的《N种爱情》多数与我从哲学、社会学、心理学和惯常小说呈现中得出的"预设"不同,它的里面包含着真正的爱情之美与人性之美,包含着安宁、博大、舍身的投入和为爱的"不顾一切"。曾在边疆当兵并深深融入边疆生活的卢一萍,在他的写作中呈现的是那片大地上"人类最初的爱情的战栗",它是一种久违,一种真实，同时也是一种怀念。我甚至愿意感谢卢一萍的这一提供，它让我的内心百感交集，暗生涡流。

在本辑丛书的编辑过程中，数位编辑都对完全陌生的和晓梅的小说赞不绝口，他们完全陌生于这个名字，但又对她在小说中上佳的艺术呈现感慨万千。身处云南的纳西族作家和晓梅，属于那种只会潜心写作、"与世无争"地致力于将自己的小说写好的写作者，像她这样一直深潜于自我的文学世界而不事张扬的作家还有不少，譬如本辑中的其他一些作家，又譬如与我有过一些交集的东君、戴冰、李约热，等等。在我们时下（也包括之后）的《原上丛书》的组稿中，我们愿意更多地关注那些具有实力和未来可能的沉潜着的小说家们，可以说这也是我们的初衷。收录于《漂流瓶》中的小说均为中篇，和晓梅在她最为擅长的篇幅空间内纵横施展，建构成一个或多个有着复杂意味的交互世界。与刘建东的小说质地相似，和晓梅小说的现代感充沛丰盈，其故事结构往往也不是单一线性而是采取复调叙事多线并织，并使其铆合于统一的叙事点上，其技艺的精熟和细节控制力让人叫绝。更重要的是，和晓梅始终将小说看作"探索存在的密钥"，她的所有技艺呈现都精心围绕于小说的智识和追问，深入而深刻——在这里我愿意再次重复列夫·托尔斯泰文学标准中的第一条：小说追问的问题越深，越对生活有意义，它的格就越高。毫无疑问，和晓梅的小说处在一个高格之中，它是勘探，是言说，是审视与思忖。

许多时候我们会把沈念归为"散文作家"，就像我们有些时候会把史铁生、宁肯、刘亮程、周晓枫看作"散文家"一样,他们在散文写作中的影响力远大于在小说中的影响力,但这绝不意味他们的小说写得不好,达不到高标。《八分之一冰山》会让我们轻易地想起海明威的"冰山理论",也会让我们在开始阅读之前就暗自认定,这本小说集将会在"未说"和"未尽"之处有更多经营——事实上也的确如此,我在沈念小说的"空白处"读出的其实更多。这本小说集,聚焦于平常人生,聚集于平常生活中的个人遭际与精神困境,充满着追问、反诘和更多体谅,叙事冷峻而又不失温情。在本辑十本书中,沈念的《八分之一冰山》大约是最具知识分子气息的一本,这一独特足以让它显得别样。它,在表层有种"隔着玻璃看世界"的距离和淡然,然而在再次的阅读中,我读到的却是骨肉相连的体恤,以及经久不散的"耐人寻味"。

弗兰兹·卡夫卡为何要让格里高尔·萨姆沙变形?就以现实主义的方式讲述一个推销员的故事不可以吗?当然可以。只是,它的强度就可能变弱,极端感就会变弱,故事的张力和阅读者被调动起的思考敏锐就会变弱。我们知道文似看山不喜平。我们知道,小说的故事性诉求和思想性诉求,都需要小说家们在不失合理性的前提下努力"推向极端",其原本纤微的、隐藏的、不那么呈现的部分才会得到有效彰显。在现实主义题材的小说中,因为身份和条件的特殊,军人和军事文学最容易在日常化的场景中建构起"极端",呈现出强烈的故事性和戏剧冲突。"善假于物"的文清丽在她的《撩人春色是今年》中充分地利用着这一点,以现实的、回忆的、追怀的方式强化和突出故事主人公们的军人身份,以及他们的经历种种……尤其巧妙和独有匠心的是,文清丽在这本小说集中建立了具有象征的"军营"和同样具有象征的"昆曲"两个舞台,一武一文,一雄悍一温婉——其中的自然张力被她有效调动,魅力十足。就我有限的阅读而言,我们的军事文学写作很容易指令性地完成单一向度,其丰沛性、多义性和动人性时有不足,而文清丽在《撩人春色是今年》中的尝试无疑为我们提供了某种启示性参照。

注意到李凤群的写作应当是很晚近的事情,几位我熟悉的作家、编辑朋友向我推荐李凤群,甚至希望我能为李凤群的文字写点儿什么。我是从长篇小说《大野》开始认真关注起李凤群的,我觉得她有良好的艺术感觉,更重要的是她有一颗真诚的心,小说中诸多的人与物都连接着她的肋骨,她体恤他们、理解他们,甚至与他们共用同一条血管。对了,在强调小说的思想性(小说对生活越重要,小说的品格越高)、艺术性(与小说的内容相匹配的外在之美)之后,列夫·托尔斯泰的第三条文学标准是真诚,是作家对他所创造的一切的理解和信。在李凤群的小说中,包括这本《天鹅》中,那种真切的理解和信始终存在着,也使她写下的故事并不单纯是"一个故事",而更多的是一种有共感的情绪,一种有共感的思考,一种具有普遍性的精神面对。从某种意味上,李凤群的小说可算作是"体验式文学"的那类创作,她更重视小说中的具体体验感和精神波动——尽管，这里面写下的或许是"他者"故事。

## 四

十位作家，从性别上来说，五男五女——这并非是我们的有意为之，只是在反复不断的约稿过程中机缘巧合地呈现，它不是我们的考虑因素，在第二辑及以后各辑约稿过程中，我们依然不会将它看作遴选要素。

十位作家，其身份、工作单位和生活区域各有不同：有军人、教师、编辑、作协领导和事业单位工作人员，也有自由职业者；有的生活于大中城市也有的生活于边远城市；有汉族也有少数民族……它同样不是我们所看重的遴选要素，我们要的只有"实力"和"未来态势"——而我们之所以梳理了这些不在遴选要素范围之内的点，是因为它在机缘巧合中呈现了我们试图达到和获取的"丰富"。这是我们极为看重的。希望我们遴选的作家都具有强烈的个人面目，都在以自我的方式开掘自我的精神富矿，当我们将这些作品呈现于大家面前的时候你能够感觉它们的"独树一帜"……罗素说，参差多态是人类的幸福本源——就文学作品的阅读来说，确是如此，我们甚至不愿意在同一作家的不同作品中读到不经思虑的重复，求新求异是我们阅读中的心理本能。在这里，我们强调作家们在身份、工作、生活区域和性别上的不同，更多地，是意识到

"童年记忆、生活环境和未知因素X"对作家写作的影响确有它的显见和内在微妙,这应是我们需要重视与反思的另外一隅。

他们在高原之上,他们具有代表性和独特性,他们和他们的写作,值得被关注。

是为序。

2022年11月于石家庄

# 目 录

殊途……………… 1
那夜……………… 26
物质想象………… 48
途中……………… 75

冰山………………… 101
长鼓王……………… 122
空山………………… 187
鱼乐火刺疑事……… 269

# 殊　　途

引擎的嗡鸣像把钢锯，把冻结一宿的寂静锯成裂碎。一楼的北方男邻居打开窗户，冲着车尾嘟囔，投诉他吵醒了他们的睡梦，女邻居恐怕听到了他家发生的变故，细嗓门儿，把丈夫劝回了床上。他犹疑了一下，伸出的手半空缩回，嗡鸣继续锯动。嗡鸣贯耳，他才觉得虚荡的内心像吹胀的气球，变得充实而有力。

儿子出事的第二天，他的睡眠就变得混沌起来。每天比闹钟还要早醒来。闹钟是退居二线前的上班通牒，过去他睡眠重，必须靠那玩意儿叫醒，没了单位的纪律约束，他却不愿把闹钟键给OFF，任其雷打不动地在那个点上叮当叮当响起。

儿子钟爱的这台别克英朗保养得很好，他也喜欢美国车，沉稳庄重，像他向往的为人之道。钥匙插进去，轻轻一拧就发动了。嗡鸣之音像水流一样漫延，紧接着是车内的音响，自动播放罗大佑的歌。这是儿子读高中上大学时的偶像，延续至今，从未改变。儿子恋旧，这是个谈不上好坏的习惯，他是这么认为的。每次坐儿子的车，他嫌声音大，就将音量旋钮打到最小一格，眼前浮现的是一个戴茶色眼镜的男人，站在演唱会的大舞台上，抱着吉他，忘乎所以，独自陶醉。镜头拉远，台下黑压压一片，罗大佑成了聚光灯下的一枚黑点。去年有一天儿子指给他看电视里，罗大佑演唱会，北京工人体育场。当时他定定地看着，隔着屏幕，看到那张双颊下凹的脸上，有明摆的时光刻痕，一刀一刀镂空的沟壑就再也抹不平填不满。他正和这个同龄的男人一起老去。他叹息一声，像心里的一块大石头滚落水中，把岸上的角角落落溅得透湿。

　　他不会开车，过去单位上配了车，但他用得少，家里离单位就两站地，溜达几步就到了。他喜欢坐儿子的车，好像看着另一个自己，英姿飒爽地一路奔跑。每年回老家扫墓省亲，多数会选周末与儿子同往，他就坐在副驾驶上，和儿子聊天，叮嘱儿子注意前方路况，像个经验丰富的教练。他从部队转业前是在工程连，新兵训练结束，被挑选去学习开挖掘机，那时"文革"刚结束祖国河山百废待兴，那几年辗转于广西、贵州、湖南的深山老林，开山挖石、打洞辟路。儿子听他不知念叨多少回当年的艰苦历程，每次似笑非笑，仿佛已探知父亲的言外之意。他是不愿开车，不然凭借当年娴熟驾驶挖车，连立几次部队功勋这一点，驾驭大货都不在话下，还能被普罗大众的 C 照小车难倒。

　　他是个要强的人，做儿子的把住了他的脉，凡事也都顺着他的意。儿子读高中选的理科，读大学念的建筑设计，参加工作先到建筑设计院锻炼两年，再借一次干部选拔之机进了市规划局，都是按照他设计的路线走的。但他既喜欢这种乖顺又时常流露不满，男人该有的决断和叛逆，在儿子身上看不到一点儿踪影。儿子高中时有早恋苗头，妻子发现后悄悄跟他商量，听说女孩是单亲家庭跟着奶奶生活，他暴跳如雷，二话不说就百般手段掐灭了刚擦燃的火花。没拗过儿子暗中赌气，读书和工作的几年，压根儿看不到有恋爱的迹象。男大当婚，少不了有人上门牵线搭桥，他又将儿子结婚对象瞄准儿在教师医生这两个职业，最后与儿子结婚的对象是一个医生，而他更偏向老同事家女儿。儿子第一次带那姑娘回家，他看到这个身上夹杂着来苏水味儿的姑娘姿色一般，畏畏葸葸，脸上就有些挂不住，很长一段时间心里拖着沉甸甸的挫败感。

更大的挫败在他离开单位后接踵而来。起初还有几个部下来电话请他聚会，渐渐他就淡出了。这种淡出是相互的，他知道这一天迟早要来。儿子谙知他的窘境，不声不响帮他报名参加了老年大学的书法班，一周上两次课，家里摆了张桌子，笔墨纸砚毡布一应俱全地买回来了；逛了一次苗圃，运回十几盆花草，占了大半个阳台，颇为壮观；陪他去了几次千亩湖散散步，傍晚花一个半小时沿湖走一圈。他随儿子的安排，过上了属于退休老人的健康生活，好歹把那些孤单、无聊慢慢打发了。儿子再忙也少不了每天一个电话，走过路过也会登门瞅一两眼，得闲的话，父子俩就一起吃个简餐，喝杯小酒。有时他心里发笑，父子俩的状态如今掉了个，这也就是所谓的人生吧。

这些天，阳台上的花草少了打理，蓬头垢面，失了颜色。

他恍惚过后，拍拍脑袋，然后拿起水壶，浇了些水，又把几盆不耐寒的垂头丧气的花搬进儿子过去睡的房间。房间里还有儿子身上的那缕气味，他深深地呼吸一口，然后赶紧吐出来，关上门，生怕这气味都跑没了。气味在，也许儿子的魂灵还会回来看一看。

儿媳就回来过一次，而且那次她没有敲门就进来了，钥匙是留在儿子手上的。看到他望着她，她叫了一声，爸。他顺口就说了一句，回来了，言是呢？当他发现说错话，心里变得水流湍急，眼眶迅即湿润了。吃过了吗？他无话找话。她点了点头，大概坐了半个小时，她的沉默让午后变得格外漫长。他在猜测她回来的目的，过去她从未单独到过这个家，每次都是跟在儿子身后。他们结婚五年多，却没打算要孩子，他提过一次，儿子回答是正在计划中，两个人刚调整新岗位，有些忙碌。忙碌就是不要孩子的借口吗？单位上也有这样的年轻人，他是越来越看不懂现在的年轻人了。他那时在部队，回来探亲时经人介绍认识了妻子，通了一年信，第二年回来就领了结婚证，很快也就生了儿子。绝大多数家庭的完整都靠孩子这根定海神针，这是他的体悟。从前的事，他也不太多想，若不是儿子，也许他就是另外一个他了。

那天儿媳孤独地坐在左手的双人沙发上，头微低，眼睑一圈是浮肿的。他想问她是不是又听到什么流言了，但终是没开口。她想问什么，想弄清的事，其实他也不清楚。一个妻子，不仅要面对丈夫和另一个女人在一起发生的意外事故，还要去抵挡外界纷纭的流言蜚语，需要多么坚强的心性。真相像只夜鸟消失在那个晚上。这也是他要承担的，他过去多年经营建立在儿子身上的自豪感，已经撒落成一地碎玻璃，他和她，注定要光着脚从上面踩过去。

她呈现大众眼前的冷静，既是他希望看到的，又是令他疑惑的。她没有去儿子单位无理取闹，甚至对后事处理没提出过半点儿要求。也许，她是以为他的在场，能把一切事情都安排好。过去，儿子的一切不都是按照他的安排走的吗？此时面对她，他竟然找不到一句有分量的话来安慰，疏解她心中的压抑和悲痛之情，如果她有的话。

最后从嘴里挤出来的，居然是这样一句，他走了，你要把自己的生活过下去。活在世上的无奈和悲凉，跟随这句话山呼海啸般涌来，一浪一浪地拍打着他心中的那块巨石，他听到身体收缩的吱吱声，缩得紧紧地，像是只有这样，才能保护心中那块石头不被拍成四分五裂。

爸，你多保重。儿媳起身走了，门关上，没有了过去那种咔嗒的响声。出事的那天傍晚，儿子把车停在楼下，匆匆进屋聊了几句，说晚上有个应酬，有车来接，晚上应酬完了，再趸转取车。这种情形就是要喝酒，不是一两次了，他并没在意，只是随口说了句，喝酒有度，没意义的应酬就早聚早散。儿子出门的时候，特意拧了拧门锁，说这锁用旧了，改天他叫换锁的来给换个新的。门很笨拙地咔嗒关上了，他没想到，这是儿子跟他说的最后一句话。门锁突然奇怪地好了，如果不是她在门口扭头投来的哀怨眼神，他怀疑是儿子回来把门锁修好了。隔着门，能听她的高跟鞋叩打地面的叮叮声。钥匙、门钥匙、车钥匙，她把门钥匙放在了沙发扶手下，她是特意留下的，还是无意忘记了。还有别克英朗的钥匙，这是他们的共同财产，该交由她去处理的。他跑到阳台上，向楼下的林荫道张望，隔着树枝间的疏朗空隙，没有见到她的身影，也没有听到叮叮的鞋跟声。小区这个点上是最安静的，他看到别克英朗的车顶，覆盖密密实实的一层落叶。再踅转进屋子里，他嗅到一种掺和的新的气味，若有若无。他闭上眼睛，用力地嗅了嗅，又似乎是触碰到不该触碰的，赶紧呼出来，用更大的力呼出来。

  要不要去那个叫韩丽莉的女孩家，他纠结了一整天。这个名字听起来很俗气，这女孩像个旋涡，一下就把儿子卷没了，旋涡也消失了。他有必要去找一个消失的旋涡吗？

  扳住座位上的按钮，把靠背放倒，仰面躺下，他看着天窗里映现的那一小块天空。楼下那几棵老樟树，在肃杀寒风中依然绿意葱茂，风吹下的树叶，有几片飘落在天窗上，拼在一起，看久了就像镜子般照见自己的脸，双鬓白发，执戈而立，一会儿又变成儿子的那张国字脸，浓眉大眼，五官周正。他的一些老友观过儿子的面相，都说将来必是锦绣前程。人人都爱听这种漂亮话，事实也是显而易见，人年轻，学历高，业务精通，为人谦和，哪里都需要这样的干部。这几年房地产开发、城镇化进程，规划局成了重要部门。他也有过担心，规划局关系千丝万缕，水浑且深，老马过河尚且要摸着石头，何况没经验的小马。于是他多次叮嘱儿子，多请示多汇报，多听领导指示，绝不自作主张，把该干的分内之事干好，但别的事一定要心中有数，机巧斡旋。儿子也不嫌他絮叨，默默地听，点头，最后就说一句，记住了。

有这么一个儿子，这也是他过天命之年后内心的些许慰藉。妻子五十岁那年因病离世，接着儿子结婚，搬出去单独住了，家里丢下他一人，那种孤独寂寞不用多言。单位安排他分管机关事务，想都不用想，全是一地鸡毛扯皮拉筋的事，幸好他是一个人的状态，也愿意不急不慢地捋顺，几年下来，市级、省级的文明单位创建都拿下了，大家都说他劳苦功高。他的腰板果真挺得更直了，只有回到家，钻进那种冰冷的虚无里，瞬时就像气球跑走气，蔫乎乎的。

那一年妻子体检发现子宫肌瘤，回来跟他说，他也没在意，女人长肌瘤的多了，做个手术拿掉就完事了。他当时回了句，再找家医院看看，能保守治疗就保守治疗好了。妻子讳疾忌医，也不吭声，拖了半年多，情况变严重了，腹痛加剧，医生诊断估计转移成子宫癌了。箭在弦上，还是得手术。糟糕的是手术，出现了那种十万分之一的例外，大出血，心脏骤停。当时他在手术室外的走廊，儿子没回，在省城准备学位答辩的事儿，几分钟前还来电话问情况，他说找了熟悉的医生，会了诊，问题不大，安心准备你的毕业答辩。手术室的灯突然就一闪一闪，门里门外医生护士急急慌慌，他感到了不妙。但没有人跟他说话,直到他找的熟悉医生出来,戴着口罩,声音很低地抱歉,然后示意他进去看妻子最后一眼。

妻子弥留之际,她的手和脸一起都变得又瘦又白,但皮肤依旧光滑发亮。他哄骗妻子,坚持住,没事的。旁边没有医生,只有一个不知所措的护士傻愣愣地站在一边。他想攥住妻子的手,却不知道她是哪里来的那么大的劲儿,指甲抠进了他的皮肤里,一直到现在手心还留下两个细月牙的瘢痕。血像春天返潮时墙缝渗出的水,那是她对他的恨意。他知道,妻子对他的恨意终于爆发出来了,他的心如刀绞,如果有可能,他当时愿意为这个跟她多年吃苦受累的女人去死。

他竟然在驾驶座上睡着了,那些过往,在梦中胡乱拼贴。去一座陌生的山,人声喧哗,人影幢幢,但一个都不认识。走着走着,巨大的泥石流凶神恶煞般涌来,他奋力抓住一棵树,树上的每片叶子跳动着一张女人的脸,他抓着的妻子的手突然就挣脱了,女人也消逝不见了。记忆之树摇动,枝叶尽坠,从车天窗落下来盖满他全身,惊出胸前背后涔涔冷汗。

准备上班去的男邻居在敲车窗,眼睛里愠怒在跳动。他慌乱地按下玻璃,想跟邻居致个歉,玻璃和嘴唇却像粘住了动弹不得。男邻居终归没好脸色地转身走了,他拧回车钥匙,紧紧地攥在手心里,冰冷的匙齿深深地嵌进肉里,一点儿都不疼。

走出小区门,他上了一辆出租车,司机也不问,好像知道他要去哪里,沿着宽阔的道路往前走。煤化厂、煤化厂,他慌乱地冲司机说。躺在别克英朗里的梦醒后，明明放弃了的那个莫名其妙的念头又突然闯进来，他决定去韩丽莉的家里看看。

前天晚上，以儿子好友身份来家中探望的小董，有点儿紧张地说起一件事。他的老战友程副市长在市长主持召开的市重大项目调规会上发飙了，不同意深圳地产项目的容积率调整，会没散摔了文件，先行离去。小董在规划局执法稽查大队说的不会有假。众人面面相觑的场景，他能想象得到，但他没见到过。老战友行走官场，素来有那种万人如海一身藏的清高和决裂，但这也不影响其与市长之间的密切，同乡之谊、性情之交，虽各自起点不同，但他们一路走来颇有打虎亲兄弟的架势。他不知道这次争吵给老战友带来哪些负面的纠缠，场面上的有些争执，有的能过去，有的就是给自己埋的一颗地雷。但小董告诉这个信息的另一个玄机在于，规划局局长老周和儿子郑言是都在事后被程副市长叫去喝酒了。然后，深夜的护城河畔出了车祸。

交警出具的事故报告历历在目：小车超速坠入护城河，冬天护城河里虽然水非常浅，但车子撞到了一块景观石上，车头毁坏严重，驾车男性当场死亡，副驾驶座上的一名女性送医院抢救无效死亡。冰冷的字眼儿剜着他的心，但老战友从没有讲那天的局是他程副市长的局。在场却不明说，老战友和老周还一再强调，韩丽莉的出现是在酒局后的唱歌厅，撇清之意昭然若揭。他生气就在于此，但转念一想，小董为何要来神秘兮兮地讲发生在规划局的那场争执，有什么企图，希望他能刮阵风吹开这团迷雾。吹开了，又能改变郑言是死亡这个结局？他从心底发出冷笑，他可不想成为任何人的工具。韩丽莉的地址是小董发过来的，他觉得小董不简单，是给他布了个局，他就偏要走进这个局里。最坏的结果已经摆在眼前，儿子已经死了，那还有何畏惧。

路过政府大院，那些官员的车辆鱼贯而出，他感觉有手机铃响，掏出来看只是耳朵的错觉。一周前，老战友打电话的情景又跳了出来。老郑，我程克明呀，言是的事你不要再难过了。还是那句老话，人死不能复生，我们都尽力在把这件事的负面影响降到最低限度。

我之前跟老周讲明了，言是是组织上一直看好的年轻干部，这场车祸纯属意外，首先要在全局上下讲清楚，别让谣言从内部向外传播；其次是要去做好女方家属的安抚工作，该花钱的地方就花钱。

老周刚才回了话，都处理得差不多了，但嘴长在人家身上，有些不好听的话传来传去，老郑你要有思想准备，要有清楚认识，要相信组织，退一万步说，你要相信我这个老战友。

老郑，你多保重啊，忙完这段，我们聚一聚，我请你喝杯酒。

从头至尾，都是老战友一个人说话，条理清晰，逻辑缜密，依然是领导腔调，这些年他耳朵都听出茧了，可又不知道自己开口能说些什么。

出事那天晚上他说不上有没有不良预感。他坐在沙发上打着瞌睡，等儿子来取车。儿子离家时上了趟洗手间，把车钥匙落下了，他不想半夜睡得太沉，儿子敲门听不见。打了个瞌睡醒来，电视里播放着午夜药品广告，墙上的大钟显示时间是零点一刻，他心想儿子估计是让人直接送回家，就关了电视，脱了衣服上床。但他后半夜几乎是半寐半寤，翻来覆去，松弛的皮肤和松动的骨骼里，不时发出奇异的响声。过去他睡眠不错的，他很纳闷儿这次失眠，一想到大半夜的，萌生给儿子电话的念头就给打消了。家里的电话和手机后来差不多同时在天色透出微光时响起。儿媳哭着说，爸，爸，言是出车祸了。手机是老周打来的，声音有点儿低沉，言是出了点儿事，在东城医院，你过来一下吧。

他的膝盖一阵阵地发软，穿裤子，套进裤腿却拉不上来，大黑棉袄也和毛衣纠缠在一起。这真应了平时上老年大学时大家说的一句话，人老不中用，穿个衣服也不利索。手变短，脚却变长，身体和衣服总是掐着架，他在这天凌晨有了特别深刻的体验。他在这天凌晨彻底老去了。

电话里他们都没讲出那个已经变成现实的结果，他的心里却有了不祥之感，但又不愿朝那方面想。走出小区大院，他辨认几次才确定往东城医院的方向，他从没在这个时间点上走在这座城市的大街上。空空荡荡，寒冬的冷雾像冻结的薄纱，他只身闯入，把纱雾撞碎一地，发出乒乒乓乓的惊心声响。后来他不知是走了多远才打到的车，又是怎样走进医院的。老周眉头紧锁地迎上来，紧紧搀扶住他，生怕他摔倒。儿媳泣不成声,几个医院同事用力地托着她瘫软的身体。没有一个人跟他说任何一句话,他在来的路上祈盼的那根最后的稻草,一点儿一点儿地燃烧成灰烬。只要一张嘴,哪怕是轻轻哈口气,灰烬就无影无踪了。

他终归是未能撑住,医院的过道那么迢迢,只有尽头的门里晃动着一线白光,腿脚完全不听使唤,他眼前一黑,跌倒在地。他合上眼睛的一瞬间,看到老周满脸的汗珠,一颗颗圆滚滚的,这里面有一颗属于眼泪的吗?

丧事都是儿子单位全权处理的,低调庄重,考虑周全。几个市领导来吊唁慰问,对一个组织上极其看好的年轻干部的英年早逝,表示了内心的悲痛和遗憾。哀悼会是老周主持的,程副市长自始至终在场,并以一个长辈的身份说了一段感言。又是一番高度评价,好像儿子如果不去世,就必然有一个无比光明的仕途在等着拥抱他,这座城市的建设又因他的过早离去而逊色。他默然接受着来自认识或不认识的人送来的劝慰。有两个医护人员身着便装,提着一个印着红十字的银色药箱,陪在他身边。他知道,这些面部表情哀戚的人都在盼着仪式早点儿结束。

追悼会进行到遗体告别这个环节时,殡仪馆门外发生了一点儿小骚动。有人想闯进来,并在大声吵闹。这边规划局的几个年轻人似乎早有准备,拥上前拦住来者。他隐约听到说,规划局办事,想的轻巧,一条人命,几万块钱就打发掉,没这么简单。要查彻底查清楚,背后还有什么见不得人的都要弄出来。他瞥见老战友朝老周剜了一眼,老周急火火地赶去了。到底说了些什么,达成某种协议,几分钟后来的那几个人就喋喋不休地走了。骚动像海浪一般,很快波及迈着碎步正与遗体告别的人群里。他听到两个人低语交谈。

是一起死去的那女的家属,还不是想善后多赔点儿钱,把规划局当冤大头耍呗。

那女的很漂亮,有名的交际花,你见过吗?

人死了,漂亮都成灰了。

听说那女的是老程的情人,怎么又跟小郑在一起出了事,这关系蛮乱。

自古英雄都难过美人关。

谁说得清,黄泥掉裤裆不是屎也是屎。

这些话语像堆乱石,从山顶坠落,眩晕再次砸中他,幸好身边老周托了他一把。他深呼吸一口,稳住心绪,绝不能在这个场合丢脸。单位行走多年,他何尝不知流言繁殖力的强盛,像铺天盖地的蝗虫飞过麦地余下狼藉一片,而绯闻也随时能搭起一座富丽堂皇的宫殿,根本不需要任何材料的准备。他望了躺在冰棺中的儿子一眼,像是看着一个陌生人。那张整容后的脸搽了很多粉,但仍可看到盖不住的额头上的几处瘀伤。他在心里凄凉地冷笑一声,儿子的人生如此结束,竟以这种方式与世界告别,不知道郑言是这个名字还要和那些流言摸爬滚打在一起多久。让儿子受困荒芜杂草般的流言,他再次感到老去之后的无能为力？他咒骂自己，当年若是任由儿子选择专业更对口的工作，选择不回到这座城市，也许就不会有今天的变故了，是他给儿子铺就的一条死亡之途。

丧事结束，只剩下少数亲友，在等着迎接儿子的骨灰出炉。走到圆形停车场，他看到远处耸立的高高烟囱里，儿子在焚化炉里化成灰烬，变成淡绿色的烟雾飘出，现在好了，儿子和妻子去相聚了，孤苦凄冷的绞痛从肋骨里挤撞着，他趔趄了几步，老周再次用力抓住了他的胳膊。

老战友把他和老周都叫到了自己的越野车内。这场三个人之间的谈话，他首先听到的是道歉。老周嗓音嘶哑地说，这件事的前因后果必须跟他有个交代，郑言是参加单位的一个接待宴请，当晚喝了酒，他和另一个副局长先行离开，留下郑言是陪同客人继续后面的活动。估计是结束后，郑言是开着韩丽莉的车，行驶到护城河路段却没注意到维修标志，一头滑下去，又撞到一块景观石上。交警查看了现场，郑言是酒驾，但现在跟交警协商把这事儿压下来了。问题出在韩丽莉的家属吵着要提高赔偿价码，之前的十万少了，他们提高到三十万。

老战友皱着眉头，把话接过去，外面把事情传得沸沸扬扬、走形变样，对规划局的影响很不好，这个意外是谁都不愿看到的，老郑你是老党员老干部，也知道每个单位发生这样的事情都很棘手。换位思考，你体谅体谅老周。好在言是的后事都已顺利办完了，老郑和你的亲属不要受外面那些谣言的迷惑。老周，我明天再跟移动公司的老总通个电话，要他们也主动点儿，把韩丽莉家属的心给稳定下来，管她是不是正式员工，要加钱，不能都让规划局背，移动公司一起负担。

老周连连说，谢谢领导，这样最好。

事情说到这份儿上，他还能说什么呢。老战友和老周的话，入情入理，在给他和言是的脸上涂脂抹粉。他对流言也有猜疑，这样的事情一旦发生，真相就永远被掩埋了。谁说过一句，这世界从没有过真正的真相。

韩丽莉家所在的煤化厂，穿过老城区就到了，他在厂门口下车，径直向一片灰蒙蒙的建筑群走去。煤化厂连续十来年经营亏损，工人下岗，市场的寒冬把这里的一切冻僵。黑乎乎的楼道，没有一盏灯是亮的。他爬得很吃力，眼睛缓慢地适应着黑暗。他莫名地忐忑，要找的这幢楼似曾来过。他在脑海里使劲儿搜索，想起二十年前来这里看过脚踝受伤的同事苏可君。这只是一种巧合吧。他怅惘地敲响那扇生锈的防盗门，很长时间，屋里的主人一边询问着，是谁呀是谁呀，一边慢吞吞地走过来开门。他差一点儿就转身走了。屋里的灯亮了，门被打开的瞬间，他抬眼就看见正面墙上挂着的一张彩色照片，那是个年轻的女孩，她略含微笑，右嘴角是上扬的。

你是谁？门口站着的是一个颤颤巍巍的老太太，她脸上的皮肤素白匀净，只有皱纹的褶子像一道道深色的沟堑。老太太定定地盯着他，他嗫嚅着不知要说些什么话来回答这个哲学之问。他脑子里闪回着看望苏可君时的那个姑妈，如果不出意外的话，她完全有可能还倔强地活在这世界上。

他本想退到门外道歉离开，但身不由己地走了进去，说，我是韩丽莉的中学老师，听说她出事了，我来看看。这是他早就想好的一个托词。老太太给陌生的来访者让座，又转身去沏茶。他庆幸她的短暂离开，让他可以稍稍平复一下繁杂的心绪。

放下茶盅，老太太在左侧沙发坐下，他细细查看，她的脸上并没有他想象中的那些悲伤。她向他这位中学老师对丽莉的惦记表达谢意，并说起她中学时的几件有趣往事。他有些难堪，这些往事是她和韩丽莉的，他唯有不时用"丽莉很乖""老师同学都很喜欢她"来回应。老太太像是受到鼓励，突然问了一句，言是也是您的学生，您都知道了吧。

儿子的名字被老太太亲切地唤出，他像是被针刺了一下，不知怎么就问出口，听说言是和丽莉很早就恋爱了，为什么没走到一起？

他们读书时还太小，太早开花生命都不长久。老太太叹惜一声。

我听说是他父亲的阻挠吧。

那是他们的命，谁也阻挠不住。

呃。丽莉的爸妈呢？

那又是一代人的命，很早离了婚，把丽莉丢给我，就天南海北各活各的潇洒。

丽莉出事也没回来？

怎能不来，见了面还是吵，丽莉死了他们也解脱了，还吵着闹着找言是的单位要了一笔钱，造孽。

他顿生悔意，对当年毫不留情坚决抵制的这个女孩，他多了些怜悯。他抬起头，迎向墙上的照片，他以这样的方式与她第一次见面，女孩嘴角上扬略带笑意的目光，眨眼变了，仿佛又回到那天给苏可君换药时，姑妈的刀子般凛冽的目光。老太太说，大概有一年了吧，言是和丽莉又偷偷在一起了，出事那天，是丽莉的生日，她在家一直等他，但言是有个应酬，后来丽莉赶过去了，却不知道最后会出车祸。这还是他们的命，唯有死才能让两个人在一起。

他心里一片黯然，尿意突然向身体发出指令。他起身问了一声，能否借用一下卫生间。老太太指了指南边的门，他走进去，轻轻地把门关上。窄小的卫生间不协调地放了一个刚安装不久的新浴缸，他一眼就认出来，那是和他家里一样的品牌。滴答，滴滴答。水龙头没关严实，水一直在滴，恍惚是回到自己家里。

昨晚，他又陷入在家里手足无措的状态。不知从哪个角落发出针尖般扎疼心脏的滴答声，他四处寻找，竟然是卫生间浴缸的水满了。水汽云遮雾绕，水沿着洁白的缸壁，洇湿了一大片地板。他关水龙头时一个踉跄，差点儿跌倒，仍然是头重脚轻，像大病未愈般软弱无力。这一惊吓，后背渗出一层细汗，他扶着浴缸，慢慢蹲下。浴缸和坐便器都是儿子新买的，说是老人站着淋浴和蹲着大便都容易摔倒，老人骨骼酥脆，一摔轻则伤筋，重则动骨，都是不省事的麻烦。他试着接受，但对这号新式浴具不太习惯，也用得极少。他却不记得搭错了哪儿根神经，竟然把浴缸的水龙头打开有了泡澡的念头。

他在腾腾热气中脱去衣服，老年人身上那种黏滞的浑浊气味跟着揭开，他过去在公共澡堂经过老人身边时都会对这种气味犯恶心，可笑的是他如今也成了这种气味的来源。他抓着缸沿，慢慢蹲下，坐好，伸直双腿，斜躺下去，水摇晃着往外溢，又发出滴滴答答的声音。他舒展着皮肤渐渐松弛的四肢，努力放松自己。手脚看上去毫无血色，头顶的毛发孔却仿佛有热气往外蒸发。他迷迷糊糊又看到儿子那张掩盖不住瘀伤的脸，被粉饰得苍白的脸，父子之间还有很多话没说完，殡仪馆门口的争吵，老周的解释，陌生人的非议，嗡嗡嘤嘤地响在耳畔。他费力地想爬出浴缸，水压在身上像层层梦魇，使劲儿也掀不掉。哐啷一声，他侧翻倒地，浴缸里的水嘲笑似的摇荡个不停。

屋里格外安静，他从卫生间出来，老太太不知进哪间房待着了。他打量了一圈屋子，还是那一张旧沙发一排旧家具，长年累月地积蓄着生命迟暮的气息。他走到一间门半掩的卧室前，床和书桌的位子似乎没挪动一毫一厘。桌子上搁着一个手机，他认出是交警清理遗物中的一个。摁开这个属于韩丽莉的手机，他的手指挪动了一下，如果这个手机打出去，电话那头的人会是什么反应，可以打给谁呢？打给自己的老战友，他按出了一串数字，拨出的却是儿子的电话，很快响起录音提示，您的手机已停机。

如果他没记错，二十年前，这间房子里是住着一个叫苏可君的女人。墙壁上现今贴满了韩丽莉的照片和合影，他扫视一圈，没见到一张有苏可君存在的痕迹。他对自己的记忆产生怀疑，那个女人在他的生命中，不是早就被遮蔽了吗？

苏可君到他们单位来的时候，他才三十九岁，刚当上科室副处长，也算得上前程可期。转业几年，他扎着头干事，但若不是得益老战友的蒸蒸日上和用心照应，怕难跨上这个台阶。处长带她进来介绍说，这是上面安排到我们科室实习的研究生。她很大方地伸出手，自我介绍，苏可君，学大众传媒的。他那天莫名地没有伸出手，只是一本正经地说，欢迎。后来苏可君问他第一次见面为什么没把手伸过来，知道她有多尴尬吗？他撒谎抵赖，见到美女太紧张了。实际上他当时想的是，进这个单位实习的，谁没点儿关系背景，只是把实习当作一个跳板，等待一个成熟时机再顺理成章地调进来。他年轻时心高气傲，不愿跟他们表现得太密切。

当年，他办公室的同事参加为期一年的下乡扶贫工作组去了，空出来的办公桌就暂时性地换上新主人。原本面对面的办公桌，苏可君未与他商量，就把朝向掉了个头，搬到离门近的地方，把背影留给坐在里面的他。她每天会早到，一进办公室，就里里外外清扫一遍，烧茶倒水，杯盖是斜侧放在杯口，可以看到一缕若有若无的热气往外升腾。他每天按点上班，心

殊途

19

照不宣地享用着同事们羡慕不已的美女服务待遇。有时看着那缕若有若无在眼前摇晃,看着苏可君秀发垂落仿佛坐定的背影,偶尔是双手托着腮,望着门口发呆的侧面,从这两个角度看上去,苏可君会显得更有魅力。但他一个已婚男人,清醒地知道,办公室恋情对他的杀伤力,极大可能就是一触即亡。何况,她的年龄、学历,还有那不确定的家庭背景及与上层的复杂交际,经纬交织成一张网,觊觎的热望就浇灭了。

他们在办公室坐着,去参加下级单位的检查或宴请,相处久了仍相敬如宾,连玩笑也没开过。直到有一次他喝了点儿酒,有所歉疚地向她委婉解释初见时的冷默,道歉像是催化剂,悄然地推倒了横亘在他们之间的那堵芥蒂之墙。苏可君的活跃度明显提升,这个本就大方热情的女孩,偶尔在无人时会向他喷发一下女人的娇柔,但她懂得分寸,一到正式场合就盖住了上蹿的火焰。也许这会是一段特别纯粹的情谊,可在四个月后发生的一件事改变了它的走向。那年七月,离市区两个多小时车程的涟源山漂流重新开发后火爆起来,很多外单位漂过的回来传得沸沸扬扬,刺激得不得了,好像漂过一次涟源山就成了真正的勇士了。单位工会组织前往,漂流是两人一组,苏可君自然不自然地和他上了一条皮艇,救生衣、头盔、划水棒,穿戴完毕,山上蓄水池就开始放水了。他那天有点儿小兴奋,苏可君的手紧张地抓着他问,要是落水了你能救我吗?我不会游泳。他说,放心吧,我从小就在水边上长大的。她把手松开,他能感觉到被抓过的手臂上特别清凉。

皮艇从45度的坡道滑下去，在前方的第一个关隘口，就跟没有及时通过的皮艇打架似的堵在了一起。他着急地拿着桨推别的皮艇却无济于事，上面的工作人员并没观察到这一状况，坡道上继续有皮艇放下来。像连环撞车一样，他们的皮艇在强大的冲撞力下，在空中翻转，反扣水面，他和苏可君沉落水中。迟缓了那么几秒钟，他意识到苏可君说过的不会游泳，来不及凫上水面换气，就扎进水中寻找并救起了苏可君。兴致勃勃的漂流以他俩的落水结束，严重的是苏可君的脚踝磕到水下的一块大青石，外侧皮肤迅即就划开一道血口，流血不止，伤口不浅，脚踝动脉突突地跳动。她惊吓过度，又呛了几口水，脸色发白，软弱无力地倒在他怀里。他把苏可君抱到岸边，一只手用力捂住撕开三四厘米长的血口，一只手向山坡上的工作人员招手。伤口必须缝针，山上没有医护点，通信工具全都集中在漂流出口停车场的车上，新运营的漂流公司显然毫无应对受伤游客的经验，员工傻愣愣地站在一旁。好不容易有个农民站出来说离此两里地有个赤脚医生，他恳请农民带路，两个人被雨淋得透透的，他背起苏可君就往山下走。找到那户赤脚医生家，却被告知没有麻醉药，弄了点儿酒精消毒，医生三下五除二就把伤口缝合起来。但伤口在水里泡过，又流血过多，早已发白麻木。缝合时苏可君倒不觉疼痛，只是害怕地紧紧躲在他的怀里，伤心地哭诉着，你不是答应了要保护我的吗？他俯身抱着她的头，任她把恐惧的眼泪流走。终于等到山下漂流公司的人骑摩托上来，接他们下去回到车里，他才发现自己也赤着脚，脚板被划割得布满印痕，身上的湿衣都已穿干。

回城的车上，同事们了解事情经过后，半开玩笑半啧啧称赞他的英雄救美。苏可君惊魂甫定，斜靠在座椅，他给她在胸口盖上她的长丝巾，顺势坐在她身旁照顾她。苏可君的手突然就把他的手紧攥过来，缩回到丝巾的庇护之下。他们一路上沉默、假寐，任两只手掌散发的湿热之气热烈交谈。

苏可君脚伤休息了半个月，他以同事的身份去看过两次，她其实不是本地人，只是寄居在姑妈家。姑妈是北方人，眼睛里却闪着南方人眼中才有的刀子一样的凛冽。第二次去，刚寒暄几句，听到姑妈说，可君，要换药膏了。他自告奋勇说他来。苏可君脸上一热，玩笑似的说，就让公仆给人民服务一次吧。他接过姑妈端过来的药盘，小心翼翼地用消毒溶剂冲洗，揭开与伤口结痂粘在一起的纱布，缝针的伤口像极了一条扭动的小蜈蚣，嫩红色的新皮格外刺眼。他轻轻搽匀油腻的黄色药膏，又覆盖上一层新的纱布，再用细胶带固定。这只是很简单的换药，小时候儿子滑跤摔伤，他不知换过多少回，但这次却笨手笨脚。他紧张的是站在一旁的这个被她喊作姑妈的女人，不吭一声，死死地盯着他，他能感受到头顶上那两道目光，好像两把刀子深深扎进他的身体。去了这两次，他就再也不敢登门。那段日子，苏可君的那句责问和那团湿热之气搅得他心绪不宁，办公室的那个背影和美丽的侧面不在了，短暂的别离，越是加深他内心的焦虑和疼痛，他是跌落爱的陷阱之中了。他已不再介怀姑妈刀子般的眼神，一味任自己滑落，即使那是个黑暗的无底洞。

情欲的那张纸撕破，你抬头看见我，我睁眼就可望见你。苏可君回来上班，他却比以往要早去半个小时，烧茶倒水，杯盖是斜侧放在杯口，可以看到一缕若有若无的热气往外升腾。不久，苏可君跟姑妈撒谎，以给一个出国的同学看房子为由搬了出来。之后，他以各种理由，应酬、加班、下乡、出差、开会等，从家里消失了。他只想藏匿在专属两人的空间，一走出那张秘密之门，他就变得无比焦虑、彷徨和失魂落魄。

妻子是何时敏感地发现其间的异常，他尚不清楚。某一天她有意无意地道出与他的同事偶遇的谈话，巧妙揭穿了他的谎言。起初他想遮掩，结果自然是有太多的无法自圆，情感的出轨昭然若揭。妻子早已明确了战略方针，不到万不得已不能掀翻家庭这艘风浪中的船，她那不可名状的悲伤一半来自受伤的心，一半是投向误入歧途的丈夫的烟幕弹。而他知道，他也还没强大到可以睥睨一切庸俗的地步，他退缩了。

那也算得上是他此生中最困厄的日子吧。妻子和正准备念初中的儿子，单位里将制造的地震，所谓的仕途可能遭遇的劫难，他每天要和很多的自己斗争。苏可君已经察觉到他的退缩，也在试图理解和宽宥他的退缩，那时家人正好帮她把省城的工作单位落实好，她选择了回去。在酒店的沙发上，那是他们之间的最后一次交谈，他被告知有一次选择的权利，他选择离开的那一刻，她就把这段情事埋进坟墓。

他沉默了很久,看着纱帘遮挡的窗外,天色一点点晕沉凝固成一团夜墨,却没有做出任何回答。苏可君拎起行李箱,去追赶深夜开往省城的火车。他们连最后告别的拥抱也没有。她走了,他在酒店足足睡了两天两夜。

他回归家庭,时常带着哀伤地庆幸后面的生活。儿子的学业顺利进行,妻子看似不能如初,却渐渐与他和好。他在努力让妻子忘记这件事投下的阴影,虽然他知道永远是不可能的。他手心所保存下来的妻子弥留之际掐出血的两个月牙指印。那团湿热之气已经散没了,指印仍伴随终生。

坐在这间二十年前到过的屋子里,那些早已模糊沉寂的往事又活了过来。他的心情已不能简单地用懊悔来形容。老太太敲了敲门,他慌乱地退出。老太太并不禁忌,说,这是丽莉的房间,你看这些墙上的照片,我想让它们保持原貌,这样我会感觉到她还一直陪着我。她在省城的表姑明天来家里住几天,她表姑在这座城市实习工作时在这间房住过一些日子。他更加慌乱起来,他从来没萌生过再遇见苏可君的想法。他怔怔地看着老太太重新给他的茶杯续了水,杯盖斜斜透出一丝缝隙,热气在缥缈地升起,然后消失。

他不知道自己是如何告辞并走出那扇门的。门在身后并没有立刻关上,他转身下楼,脚步却像灌满了铅,迈一步要使出全身的力气。他不敢回头,害怕回头就碰到老太太刀子般凛冽的目光。他突然之间没有了任何好奇心。那些存在过或子虚的秘密，都必然有它们的归宿。这次来访，他又是在做一件愚蠢的事。

老战友公务繁忙再没联络是情理之中，而小董没来回访却在意料之外。时间在他心里没了清晰的概念，他每天会在墙上的挂历重重画上一横或者一竖。密密麻麻的"正"字，变成了儿子的头发、眼睛、眉毛、鼻子和嘴，有时他会想，这张脸也是那个叫韩丽莉的女孩的。他又恢复了上老年大学养花护草，傍晚去千亩湖散步的习惯，即使有熟人遇见，也不会问起儿子的事，若是问到，他也是淡淡一笑，礼貌告辞。有天遇到神情木然的小董，小董说他职务提升了，但调动到农机局这个清水衙门了，又冷淡地说程副市长可惜了。他才知道自己的老战友几天前被检察机关逮捕了，罪名是涉嫌受贿和滥用职权，据说涉案金额上千万。这些事，他听了，心里那根铁索摇荡几下，就无动于衷了。

别克英朗还停在楼下，虽然他想过让儿媳开走它，但始终没打这个电话。他无缘无故地喜欢上了做一件事，每天清早下楼发动那台沾满尘灰和覆盖落叶的别克英朗，坐在车里，嗡鸣贯耳，他会倏尔间全身放松下来，好像儿子依然坐在身边，而驾车的人是他。

# 那　　夜

　　那夜极其寒冻。鸟声叫出口，就冻在了树杈上。枯枝挂不住，喳喳掉落，冻在半空，又被大风吹移，硬生生撞到鹿后义家的墙上。撞出噗噗的声音。鹿后义心疼那面土墙，咒骂该死的天气。仿佛墙上的洼洼洞洞都是鸟造的孽。

　　老金笑了三声。声音拐出一个大弯，咯咯哒。喝下几杯他就这调调，半戏侃半劝慰，老鹿，造新屋时，多糊几层水泥，铜墙铁壁。

　　鹿后义老婆睁着左眼，连忙摆手，盖什么铜墙，鸟会撞死的。她没上过一天学，从记事起母亲跑了，就跟着父亲水上漂，一只眼睛儿时染疾，没有治好，眼睑粘连，眨巴了大半生，后来落下瞎病。有人说，上天讲公平，夫妻配好了，她的眼睛长到了鹿后义脸上。

　　鹿后义比常人多只眼睛只是个笑谈。他相貌平常，并无异相，眼力好却是属实。他打开半边门，一团湿雾从脚底下钻进来，像条养壮的家狗，懂事地溜到角落趴下，看都不看来客们一眼。

　　换在早些年前，鹿后义这个时节出门，一件褪色的军大衣裹紧脖子，冬帽檐拉得罩住整张脸，只剩两只眼睛看路，两只鼻孔呼气。他的长电筒向掉光叶子的树棘丛里照过去，慢慢移动追光，待到猎物出场，另一只手举起他的长枪，斜乜着眼，都谈不上瞄准的工夫，就听见冰冻的空气像一匹布被撕裂。夜裁去一截，或是空了一块缺。

咻！

然后听到的就是一团沉闷的黑影落地声。

扑通！

弥渡湖的人，没有谁不佩服他的枪法。老班子说他是天王眼，越黑看得越清楚。

他要心眼儿，喝酒装迷糊，不否认，也不应承有什么特异功能。老班子说这是遗传基因使然，鹿家祖上从安徽跑江过湖来到湖南，水上为家，原是东洞庭湖上的天吊户，直到父亲鹿子林买了块地，盖了一间上岸栖身的茅屋。湖洲上有些本事的人被以"姓氏加佬"相称。久而久之，有人忘记鹿子林的大名，却在茶余饭后唏嘘，鹿佬天王眼，死得冤枉。事起何因，是一个谜。

鹿后义从没讲过父亲的旧事。过去别人说，他一只耳朵听，夹一块鱼肉丢进嘴里，张嘴理出一排长长的鱼刺，直到桌上大致摆出一条鱼的骨架。他酒量好，方圆几十里排得上座次，老金坦言，几次想探个深浅，未果。像是与一口井在喝。这是原话，他识时务而退。为此他掏了不少酒钱，我也带过几瓶龟蛇酒。当地的龟蛇酒广告商瞎诌：井下通往龙宫一段路，湿寒冷冻，柳毅帮牧羊小龙女传书前，喝过一渔家土法酿的酒，取的君山岛上一口大井的水。现实中这家酒厂貌似经营得热闹，又被诋毁作假，破产倒闭是迟早之事。但酒确有功效，老金边说边笑，喝过后身体热烘烘的，只想脱光衣钻进被窝里打滚。我们好几回劝鹿后义多喝几杯，他坚决地盖上了瓶盖，转身掖进墙角的木柜子里。

上次的酒还剩着，这次喝光了它吧。他蹒跚几步，从柜子取出半瓶剩酒。我多看了他的背影一眼，和前一次见面相比，双肩前探，脊背佝偻，仿佛是这个夜晚突然变老的。我好奇他这么多年湖上的经历和心里的秘密，连同他父亲。他们从那么遥远的地方风餐露宿漂流到此，水中双桨下去、抬起，堤岸长到看不到尽头，湖上水路也看不到尽头。他在人前总是沉默，像另一口已掏干坍塌的枯井，井沿偶尔躺几片落叶，被风吹跳着旋圈舞。

到弥渡湖的乐趣之一，就是喝酒。唯有喝酒可疗治悲伤，老金酒桌上最喜欢的台词，我曾讥笑他站着说话不腰疼。他乐天派，成天在微信圈晾晒小幸福，呼朋唤友，山野桃源，纲举目张，平常事物都被他标注美好的名字，普通日子也能雕刻出阳光雨露。他当着一家户外运动俱乐部的大股东，理所当然如此。他还是一个水生动物保护协会副会长兼秘书长，每年要张罗各种名目的活动。我那时有个做环湖田野考察的想法，与他一拍即合，此前也随他参与过几次水鸟越冬调查。我这半年间照顾重病的父亲直至他去世，悲哀凝结未化，前面走着的那个挡风雨的身影没了，屋檐下的生活变得磕碰，又无法道出心底被踩实的琐碎。这次老金喊我一起来弥渡湖，几杯酒下去，我已深为认同他的疗治一说并非虚言。在这旷野之地，冷风浸进骨头，心中那些虚无顿时就消解了。

这次我们住在路口的崔百货家，前年蹭着贫困户危改名义新起的屋，他去年加盖一层，楼上有四间对外客房，楼下几排东横西竖的货架，南杂用品上一层硌手的尘灰。主人崔世美出门了，老婆是外地人，唐山滦南的，带着两个孩子守店。这么冷的天，生意都被风刮跑了，货架摇晃，窸窣作响。老金让滦南女人关掉半边店门，女人嘴上答应，却犹豫不动。老金学着北方话骂了句：缺心眼儿的老娘们儿。厨房是加搭的一截瓦棚，崔百货说加盖完楼上所剩环保砖不多，所以砌的墙体瘦薄。瓦棚空间狭仄，肥胖的他走在里面，像是随时要挤破。当然也烧不了柴火，老金看着两个挂着鼻涕冷飕飕窝在炭火盆边的孩子，叹了口气，去鹿后义家喝酒吧。

我说，会不会麻烦他？

老金一跃而起，麻烦他才要去啊。

湖洲上天黑得早，彤云密布，芦花聚在一起的白光，把天空擦出羽毛状的微亮，愈远愈亮，也看得愈清晰，仿佛不是夜晚，而是另一个世界的白昼。

堤坡下，长路无人，空中盘旋着一团团的雾，你追我赶，野旷天低树的诗中景象也不过如此。往前扒些年头，闯到东洞庭湖来的人，当这里是钱窝子，挖金挖银。一湖水，一片洲，四时不同，遍地是宝，水里有鱼，洲上垦田，种什么就发什么，插根柳枝也能成活。原来逃命的人死活赖在这里，聚成了一个个村落一间间土坯屋。

弥渡村与东洞庭湖一堤之隔。围湖造田，湖像一张大桑叶，密密麻麻的人群像蚕蛹般拱上去，吐出一块块阡陌田地，围成一道道长堤矮垸。更早之前，鹿后义的祖辈是住在往西五十余里的湖洲之上。洲就是水中滩涂，那片滩涂特别奇怪，每一个人都会称呼它不同的名字。鹿后义说，他那算得上朝中官员的曾曾祖父遭贬逐，带了点儿家产顺水而下，遇白马精，船损人亡，醒来时发现自己被一个老渔民救下。四面水波平静，压根不像飓风破浪降临过的样子，湖洲上长满芦苇，正是芦花盛开，一棵棵艳艳地站成一片银光灿灿。我查证过，周文王之子康叔是鹿姓始祖，当年被封于叫作五鹿的河南濮阳一带，后人遂以先祖封邑名称为姓氏。

鹿家曾曾祖醒来后问的第一句话，这是哪里？当他听到"鹿栖湾"三个字后，心中百感交集，决定就此定居，并学着渔民下水捕鱼。当他知道住在这里的百十户人家，却没有一户姓鹿的，他顿时傻了眼。他后来才明白，这并不是上天给鹿姓人氏赐予的安身之地，而是一种健壮的四不像的动物曾经出没于此。那是麋鹿，我曾曾祖父他们不知道呀。鹿后义掰着指头给我数地名，他是要告诉我，因为那种被认为绝迹却"死而复生"的动物，湖汊洲滩有多少地名与它有关。

鹿角、鹿湖、麋荡、麋子国、麋子山、麋滩湾、黑麋嘴、鹿栖湾……后来很多人又叫成了煤炭湾，好记。

夏天涨水，煤炭湾就消失了，直到退水后才露出一角、一片，芦苇比人高，越冬的白鹭、天鹅钻进去，稍有人声喧动，就惊飞一片。流沙卷沉了多少往来船只，后来都成了传说，有人冲着被埋在水底的财宝而来，经常会看到一具具被鱼群掏空的白骨。洲上有很多衣冠冢，年深日久，无人认领。饥饿、仇恨、凶杀、情欲、苦难……年深月久，依旧是在故事里相互较量厮打。

鹿后义的父亲，那个叫鹿子林的男人，黑炭般的肤色，眼睛像猫眼，会发光，人们不敢和他对视，似乎怕被看出心中旮旯里的污垢。这是弥渡湖老人的记忆，鹿后义始终缄默，像一块冻僵的石头。

鹿后义不多去谈论父亲，我深有同感，也许并不是为逝者讳，只是每个男人心中都会留点儿秘密，为那个创造自己的人。凡墙都是门，秘密以深为海，凡能透出的光均被遮蔽，严严实实。

老金步子迈得碎且急，像是跌撞着扑向那几栋看似相连又隔段距离的瓦屋。这些房子在一望无边的湖洲之上，矮墩墩的，没有看相。湖洲上的屋从来没有盖得高大气派一说，打鱼种田攒的钱吃了喝了，顶多买几亩水田，绝不会去想着造屋。闹水灾的年代，汛期日子人人担惊受怕，外洪内涝，内垸积水,房屋浸泡,水成群结队啃咬攘推着屋脚,人唯有逃到堤岸上等待洪水退去,或是看着自家屋墙摇晃坍塌,心痛得没有眼泪,就着锅里滚烫的鱼汤喝酒哀悼。

风中掺着食物的味道,掠过鼻翼。风太猛烈了,好像有人用手挡着你,前面是地雷阵是万丈深渊。老金几次回过头,怕我被风刮没了,还让我猜,鹿后义在家炖的什么鱼汤?他张开嘴,声音就拆成枯枝败叶吹远了。

大约是一年前第一次认识的鹿后义,那时他个子矮胖,脸上永远涂成的土黄色。他说自己是这几年长胖的,过去瘦条子,问是什么原因。他没说,也许说不上来。凡能说出的答案都不是原因,他一句话就堵住老金的追问。上次去他家,正好从七星湖打到一条大雄鱼,切下鱼头也足有十余斤,一锅炖了半个下午,起筷前半小时撒些辣椒,慢火出味,汤味鲜美。吃鱼,只有在船上,在这种偏乡僻野,才能回味无穷。没有道理可讲,城里再好的厨师也做不出来。鹿后义说,凭什么,接地气呀。

老金指着前面不远的屋子,你闻到了吗?是"黄鸭叫"。

我摇头,差点儿趔了一步,空胃在呼唤了,脑子里浮出一盆热气腾腾的"黄古鱼",火锅端上煤灶,绿火蹿起老高,哧哧地舔着热气。

放上陈年花椒,老鹿的最爱。

我的肚子当即咕咕地发出抗议。

腊月的寒风是最吃人面的。上一次水鸟越冬调查，鹿后义怕我不懂渔民的话，告诉我意思就是风厉害，伤脸不看人。我提前做了防护：脸罩、围脖、连衣帽，但还是低估了湖风。野外行走一天，晚上缩身于小趸船的舱内，就着改造为过滤器的油桶里的水简单洗漱后，身体有了些暖意，才发现脸像刀割火烤，手摸一下，生怕脸没了。他说，吹上一冬，脸就废了。我再端看身边几位渔民脸上的纹沟和粗粝，都是风拿刀刻上去的，锉不掉了。他们毫不在意，人活着也不只是为了一张脸。命运躲不过，脸就是命运的影像。

老鹿，我们来了！老金破口一声，回答的是一片死沉的寂静。

鹿后义家灶屋亮着灯，气雾弥漫，看不清人影。灶膛里烧着很旺的火，像大地上升起的一面火焰之旗，横扫着妖娆雾瘴。家户烧过一段沼气，又回归到柴木，无人认领的野树、自家种的树，入冬前会砍倒一片。这幢土坯房已是老旧，但当年是弥渡湖最先砌起的大屋，鹿佬死后在鹿后义手上推倒重建，那时他风风光光，是最有资本的人。

像是预先知道我们的到来，桌上已经摆上了几副碗筷。鹿后义老婆说，是你们啊，白天扫屋，看到蜘蛛吊在大门口，我就说有客来，真就应验了。鹿后义示意往堂屋请，他端起一锅鱼，老金帮着提起煤炉，煤球眼里的火，半青半红，像蛇吐出的芯子，一次次舔着他的手。

一碗鱼汤很快暖和了寒风中经历的身体。开喝吧，老金举杯，示意碰一碰。我们一口饮尽，鹿后义只用舌头咂咂啜了一口。辣辣的液体顺着齿舌入喉进肚，身体瞬间就被打开，点燃。

鹿家堂屋又高又尖，像教堂，光线弥漫，闪烁不定。乡下电压不稳，圆肚细嘴的节能灯发出的光，像一条细长的舌头被夜晚的大嘴吐纳。炉火伴有炸裂之声。光线偏暗，并不适合拍照，老金指挥我的头向左略略偏斜，大光圈慢快门，给我拍了一张面部特写。我仅有的几张所谓被抓住灵魂的照片，皆出自这位不停更换新机器的朋友之手。我说机器好就是不一样，他对我否认他的技术嗤之以鼻。他拨拉着相机上的转盘，放大屏幕上的一只眼睛，甚是得意地发出啧啧之声。一缕跳动的火焰映亮我神色乱漾的脸。我凑过去，眼睛已经放大变形，长满浮萍般的暗物质。有那么一块镜面般的角落，鹿后义的身影停在了上面。

很奇怪呀，鹿后义明明是我们拍完照后进来的。他摸出半瓶泸州老酒，摇晃着递过来，我发现他一脚深一脚浅，身体浮在气雾里，眼睛半眯着，闪着精光。突然感觉他是远在云端的人。

老金声音变了调，喊道，老鹿，你别转来转去了，坐下来好好喝酒。

老鹿的老婆靠墙，袖子上抹了一层白灰，边拍打边说，他成天说要死了，不怕死，一死百了，你们劝劝，劝劝他。

火熏眼睛，我睁开泪湿的眼，对面空无一人，老鹿不知去了哪里。

说吧！老金把手伸进汤锅的气雾中夹起一条"江黄"。他给我说过鹿后义的一夜成名，也是一战成名。至于那夜的细节，有很多传说，我们没听当事人讲述过。洪水猛兽之地，随便裁一小块人生，丢在荒洲野滩，湖里岸上，就会长成一段令人唏嘘的命运。

年迈的鹿后义，愈加寡言少语，像山间断流的溪水。

七星湖在堤垸内，以荷多著称，站高处远看，其实是一条S形的湖湾。冬天落水，洲滩浮出来，湾就显得更狭长。莲荷长在开阔的水面，挤密着生长。过秋之后，荷叶枯萎，花谢莲落，无人打理的枯荷秆秆在水中，不惧风雨寒暑，直到北风舔干身体里的最后一点儿水分。夜间常能听到脆生生的折断之声，像巴掌响亮地甩过一张张脸。

度冬的白鹭、大雁、绿头鸭，还有珠颈斑鸠、乌鸫、彩鹬，年胜一年，裹着游云涌落洲滩。它们喜欢七星湖的浅滩、密林与细鱼小虾，结伴成群散入枯荷丛中。鹿后义入冬就忙碌起来，生产队长也尊他为座上宾，管他晚饭喝酒吃饱，然后由他领着渔猎队的伙计们出发了。他疾步如飞，把抬铳的甩在老后面，打着手势不要跟紧了。他像条猎狗，走到湖洲上就细细地嗅着空荡荡的风。仿佛风会告诉他水鸟落脚的地方。有人背后给他又取了个外号：狗鼻子。

走到两岔河，他选择了往穆铺咀走。鸟也是聪明物，穆铺咀那一带有个回水湾，一片浅滩拐角，茂密芦苇挡风遮雨，又有很多细鱼虾螺。"狗鼻子"嗅到离穆铺咀半里地，立定不动了。风也似乎消失了，道路两旁绵延的芦苇丛发出踩水般的响动。

抬铳的人走近了，他腾出一只手竖了一个大拇指。穆铺咀历来都有打不完的鸟。只是这里地形复杂，苇丛深密，单铳收获不大。鸟儿精明，稍有响动，纷纷飞远，有时一哄而起，遮天蔽日，叫声凄厉，仿佛天塌地裂，湖洲搬离。

20世纪70年代初，农场批准弥渡湖成立一支渔猎队，名正言顺去打飞鸟走兽。捕获鸟兽都统交队部，算作副业收成。队员都拿平均工分，吃饱喝足，盈余拿回家。好差事，当过猎户的争相报名，三十一岁的鹿后义当仁不让成了队长，配了最新的猎枪和新铳，每月单独发一份工资。誓师会上，瘦得像根杨树的朱场长宣布渔猎队成立，还恨恨地骂了一句，龟儿子的，比老子当场长的工资还高，你不好好打，老子抠掉你的三只眼。

鹿后义举起新猎枪，头都没抬，朝天空开了一枪，枪管烟还没冒出来，有人就指着不远处掉落的一只大雁，惊呼着奔过去。朱场长激动起来，又骂道，鬼崽子的，好枪法，好兆头！

朱场长如此看重鹿后义另有原因，他无师自通地鼓捣弹药配制，霰弹的范围控制得恰到好处，能最小限度地伤坏鸟的羽毛。那时，一只只往外运送捕猎水鸟的船，只要说是弥渡湖来的，就能在县城的外贸公司计上最高的价。像是后来的免检标牌，特别通行证。鹿后义也就名声在外。当上打鸟队长的个把月时间，他整天在堤埂上眺望，发呆。几个队员问过几次受到冷遇和呵斥后，躲得远远地，有的索性私底下邀约着去打鸟。朱场长听说后，拍了桌子，骂得很难听，鬼崽子，当了队长不打鸟，他还想干嘛。

但朱场长终归没有亲自来问罪，后来反而劈头盖脸训了"告密"的村长一顿，你搞清楚他在想什么，你不知道跑到我这里瞎胡搅，快滚，该干嘛干嘛。

村长揣着一肚子火回来了，迎面看到鹿后义家门前围了一排人。他挤进去，鹿后义正让人把十多把大口径的鸟铳摆成扇形，每把铳上有一个点火板，导火线连接，点燃连接的导火线，鸟铳齐发，就相当于一个人打出了十个人的火药威力。几个打鸟队员听得津津有味，摩拳擦掌，仿佛胜利近在眼前。村长也来了兴趣，一扫心中阴霾，却又放心不下。未经试验的新法，还不能预祝它的成功。

鹿后义制止了村长的试验之举，胸有成竹，说他早已反复验证。

村长不信，非要眼见为实。

鹿后义来了脾气，偏不依他，说不信就一起去伏鸟。村长是个老寒腿，当年驾船捕鱼，贪着最后一网，被一夜极寒冰冻锁在茫茫湖上，差点儿把命也丢了。

祭完湖神，鹿后义带着打鸟队员出发了。他吊着一张脸，不怎么说话，喜欢用眼神指挥。处久了，有队员懂得按眼色行事。到达穆铺咀后，众人蹑手蹑脚散入苇丛，像潜入的另一群水鸟。鹿后义带两个精干队员择地躺下,铳枪是用油布包裹住铳膛,防寒冻上潮到时哑火。他抱枪在怀中,背倚一截掩沟,枪口面朝一片U形湖荡,数百只白鹭、雁鹅浑然不察,悠闲地踱步觅食。此时是日暮,血红的太阳西落,垂挂在远处的苇穗上随风摇摆。

枪声是凌晨响起的。弥渡湖村和邻近不少村庄的人都在睡梦中惊醒,感觉到了大地的震动,房梁的摇晃,木床的战栗。有人争论过,是响了一声,还是响了十声。那支排铳上有十把铳枪。

等到后半夜,鹿后义睁开似睡非睡的眼睛,看到密密麻麻的水鸟占领了整个湖荡,才用脚踢醒了缩着脖子裹在蓑衣雨服里的队员。他打开三层油纸包,取出火药和子弹,逐一装进铳膛里。几个队员早就用嘴里的热气,给铳膛暖了身体,他们称这是暖枪。

导火线是鹿后义点燃的,他的手有些颤抖,此前的试验并没有真枪上阵,他靠经验解答未知。幸运的是,他担心的哑火并没有出现。一声巨响,他们听到簌簌的泥土和苇花漫天飞舞,又扑簌落下,落在他们头顶和衣服上。朱场长的父亲是村里的老私塾,说出了一个陌生的词,哀鸿遍野。人们只知道,湖上到处都是鸟,有队员吆喝着远处驶过来的船,装满了四条载货渔船,堆得像山一样高。

天亮了,穆铺咀变得空空荡荡。村长不知是高兴还是郁闷,一会儿喜笑颜开,一会儿骂骂咧咧。这一铳,很快在弥渡湖周边传开，到了晚上，归来者告知，这一铳打了五千九百八十斤。在县上，没有人相信这是鹿后义的一铳之作。来了不少人要见这位鸟王，猎鸟大王，人们对他充满敬佩和嫉妒。去了县城开会的朱场长派人送来喜报和物质奖励，那是一条带过滤嘴的香烟和一把半手臂长的手铳。还有记者从省城特意来采访，没过多久，有人从场部送来一张油墨抹出重影的报纸，鹿后义扛枪的照片上，威风凛凛，下面写了"神枪鸟王"四个黑体字，而鹿后义的名字，已被看报纸的人抠出了一个穿洞。弥渡湖很快热闹起来，湖区垸内乡镇、村庄的人组团来学习，那年代，打鸟天经地义。

值得一说的是，那铳管太长，有一端露在外面，贴着他的左额，待到他起身，铳管硬生生扯开额头一块皮，当时他哪有感觉到疼。第二日天明，有人说，鹿后义，你额头怎么呢，怎么多了个缺疤？他摸了摸，哎呀，整张脸都疼了起来，刀戳似的疼。另一个人凑近盯视，像只眼睛。然后咻咻笑着大呼小叫，额的天啊，鹿后义长的眼睛，第三只眼睛露形了。

自那以后，老班子说，鹿家父子是鸟的克星，鹿后义浑身上下散发着冷兵器的杀力，崽比参更克，从洲野上走过去，天上飞过的鸟也会颤几颤。

鹿后义一战成名，回去的傍晚就去了父亲的坟头，杯中倒满烈性白酒（父亲一辈子只喝酿酒坊出的头道酒），点了两支烟。他把酒慢慢洒在残碑前的草丛，烟被风吸尽（长长的烟灰差不多是完整地掉落在地）。他一句话也没说，看着斜阳落水像颗药片般溶解，从坐下到离开。

你是要祭告鹿佬，他当时的反对是无效的？老金心直口快。鹿后义再次陷入沉默，只是望着炉上一团团升起又散开的水汽。

鹿后义八岁就搬铳学习射击，十岁偷着磨制弹药，当然是旁观父亲学的。待到十五岁，成了弥渡湖有名的神枪手。他第一次悄悄跟着父亲去打鸟，伸手想去触碰扳机，被父亲一巴掌打开，跌倒在泥淖里，鞋子进水。父亲把铳打响，扔下他去捡鸟，枪管冒出呛鼻的硝火味，久久散不开。父亲呛着咳嗽，他屏住呼吸，嘴唇之间吐出一口长气，硝味便顺着气流绕道而走。后来他踩着湿鞋，走了一个多小时，像赤脚踩在冰上，每走一步，会发出肌肤撕扯的声音。他一辈子都记得这种声音。父亲用力拍打他的头，那么重的硝味，也不知道躲开，吸进去烂掉你的肺。他不吭声。摸枪打鸟不是个正事，当个渔民，当个农民，睡得安稳。他也不吭声。趁着父亲酩酊大醉，他把比他个子还高的铳枪搬到外面，对着家里那面朝东的外墙射击。

关于他的父亲鹿佬倒活霉的旧事，朱场长讲过一个版本。他著名的归纳就是，凡事都有预兆，命运安排好的不可改变。起因是那段日子鹿佬屡屡想起曾祖母留下的遗言，湖上知名的大财主阙金龙曾在屋子周边埋下一缸金子，阙姓在湖洲上也是唯一的，吃着山珍海味，吃得油光发亮。鹿佬想不通唯一的姓氏也有天差地别的贫富悬殊。曾祖母是在梦中告诉他那缸金子就埋在他买的宅基地旁。做过几次失败的尝试后，他不肯善罢甘休。那天他喝得微醺，突然推倒酒杯，大呼想到了，遂扛起锄头前去柴屋西侧的厕所，一蓬杂草处，臭烘烘的草堆收藏了很多被风刮到角落来的垃圾。他奋力挥锄，结果真挖出一口破缸，缸里有绞成一团的土公蛇。正在冬眠的蛇当然不会醒来。在乡下，这是件顶不吉利的事。十一岁的鹿后义长得细细瘦瘦，站在远处看着那团绞在一起的蛇，似动非动，像一阵大风突然在湖面刮起的浪纹。

挖到蛇缸，恼怒的鹿佬手忙脚乱，一锄头下去捞起盘成一团的"乱麻绳"，丢进屋后池塘的冰窟子里。有几条盘落的蛇，被他锄成两段。他想跑近去看死蛇的模样，鹿佬不许他过去，手上力重，他被推倒在地，一屁股跌在泥水坑里，袖子和裤腿打湿，半截蛇睁着眼睛就死在他脚下，僵硬的样子，像极了一截黑皮树枝。

鹿佬一日三顿，酒不可少。喝酒是湖上男人的共同喜好，驱湿御寒，酒和辣椒，皆不可少。酒胀英雄汉饭胀死木头，这句话被鹿佬挂在嘴边。回到酒桌上，鹿佬一杯压惊散心的酒刚喝下喉，就扑一声吐了，第二声，吐的是血，他缓慢地擦掉嘴角的血迹，咬咬牙，把杯中剩酒倒入口中。那时鹿后义还在屋后，衣裤被打湿，冻的瑟瑟发抖，恨恨地和半截死蛇对峙，不知父亲在家里发生的一切。母亲去了堤坡上采藜蒿，几户喂猪的人家喜欢将藜蒿切碎掺入一锅煮开的猪食。但鹿佬发现，它去根后的嫩茎，配以切成丝的腊肉煸炒，脆爽味鲜，散发一股特别的清香。洞庭神仙草，鹿佬多次劝大家与猪争食却被人耻笑。那天晚上，母亲端上一盘清炒藜蒿，父亲从头到尾没有说一句话，吃过饭剔完牙出了门。晚上去伏鸟的他，后来就死在了自己的铳下。朱场长父亲说，本不该外出，命中注定谁躲得过啊。

那夜鹿佬是单独行动，并无伴同行，排除了他杀可能。究竟是谁打出射向他额头上的那一铳，人们来回分析，惊讶地想到凶手是一只长脚白鹭。鹿佬捡回的白鹭甩在铳旁，尚未断气，挣扎之中细脚触碰到扳机，枪膛余下的火药再次射出，击中返身走回的鹿佬。有人拍腿而起，这就对了。第一个到达现场的渔民也补充说，白鹭的爪子是和扳机挂在一起。大家信了白鹭打死鹿佬的说法，唏嘘这桩怪事。朱场长父亲说，天下之大，湖洲之广，何怪未有？

鹿后义当晚发烧说胡话，母亲用热水一遍遍擦着他的腋窝，用瓦片刮着颈椎和胸椎之间凹陷的大椎穴。他从迷糊中回归正常，鹿佬已经下葬。墙上多了一个人，像是屋里挖了一个洞。他突然想去看水，想听湿淋淋的声响，湖上日头西沉，寒光战栗，拱出水面的洲滩被一片殷红浸透。

鹿佬的坟你迁去了哪里？老金啧啧地喝完杯中酒，这个声音挠心，他坚称这是高手才会喝出的声音。

鹿后义醒来后看到那个蛇坑已经填埋的坟堆上，落红点点，烧融的香烛胶结。他以为自己在做梦，他不知道，昏沉迷糊地睡了五天，鹿佬入土为安。迁坟是多年之后的事，母亲离世，他看到有蛇在那坟堆出没，就想到那团在睡梦中被送到冰窟的蛇，是它们的后代回来了。某一天他请来乡里的阴阳先生，做了个法事，捡了半坛罐子骨殖，挪到了六门闸的坟山场。

这片湖洲上有多少人死在沉寂的囚禁里，没有人记全过。人来了去了，也和洲上的一株草一棵树那般。悲喜也仅留存在最亲近的人内心，未见得。鹿后义身心疲惫地走在田野上，有人在背后细细地喊他，杀鸟魔。他听到了，心里一颤，如同过去有人说他出现在哪里，天上飞过的鸟都会惊悸不安那样。

那把手铳鹿后义没有打过一枪。他有段日子挎在身边，在人们面前把玩，举枪向着空旷的湖洲瞄准，手扣在扳机上，就是没有响过一次。以致后来，农场出公告要收缴所有鸟铳枪支的命令再三下发后，朱场长亲自登门又把这支手铳取走了。

没有枪的鹿后义像丢了魂，从早到晚在草坡上走来走去，或者是钻进小密林里，使尽全身力量发出几声吼叫。树叶下的虫豸、沟窝里的越冬鸟，扑簌簌地四散，骚动之后又归于无边的沉寂。死神降临般的沉寂。

一切尘埃落定。场部派人下来，把第一张不准打鸟的公告贴在离鹿后义家不远的电线杆上。他离得很远，并不想凑那热闹，打鸟队员都拥过来看。不识字的就听人一行行读出声来，直到最后停在"特此公告　君山一分场"，有人重重地叹息。人群散去，鹿后义没说话，一个人走近那纸公告。

有邻村信教的人上门劝说他一同去祷告，求主赐圣灵感化他，饶恕他过去犯的一切罪，洗净他一切的不义。他犹豫再三，临了，还是拒绝了几个兴致勃勃前来的"兄弟姊妹"的一片热心。里面的一个姊妹愠怒，说了几句不中听的话，咒他罪孽深重，也会重蹈其父亲的覆辙。他更加对这些人有了反感，连做好的饭菜也没留他们坐下来吃。

屋里的气雾越来越浓酽。喝酒啊？别光看我们喝。老金说，老鹿不喝酒就没意思了。我看着他的神情，像是一尊老庙里的木菩萨。

我从没见过鹿后义和他老婆之外的家人。老金说也是，养儿防老是件奢侈的事了，他儿子一家租房住在镇上，常年在广东打工，每年换一种营生，日子过得潇洒，回弥渡湖变成了一种恩赐。

又读到人家写你和白鹤了。老金说，鹿后义救治一只白鹤又放飞的事早不是新闻了。老鹿五岁的孙子在七星湖的水边玩，失足溺水，四周无人，白鹤飞到家里啄他的脚，用翅翼推他的腿。他突然意识到什么，喊着孙子的名字，白鹤在前面飞，他跟着往七星湖跑。鹿后义嘴角咧动一下，模糊地答了一声。老金翻找手机中的链接，借着酒意，朗读一段：

这只鹤羽翼洁白，长喙鲜红，颈脖修长，盘曲出一条优雅的弧线，左脚跟部伤口殷红，四周的羽毛被渗出的血浸透。这只鹤后来成了老鹿家的一员，不愿离去。老鹿与鹤日久情深，有如北宋林逋传为千古佳话的"梅妻鹤子"。

鹿后义扫了一眼气雾中发亮的手机屏，屏光给他的脸加了一些亮度。他说他很少照镜子，有一次走过一块小水洼，水波清澈，突然看到自己，竟然不认识就是他自己。老金抖着醉眼把他的脸收纳入相框之中，这张脸的额头嘴角长满皱纹，眼袋，法令纹，抬头纹，像湖洲上车轮碾过脚印踩过的坑洼沟壑，像无数的路通往不知道的远方。

每天晚上都做噩梦，鹿后义说。

梦些什么？老金眯着醉眼问。

变成了一条鱼。披着鳞甲，发出白光，四处寻找有流水的地方，逆流而上。那些长脚的水鸟，最多的是长嘴白鹭，逐着我，尖嘴啄在我身上，鳞甲一片片掉落，像从身上撕下皮肉，像是铁子一粒粒打在身上。我这才知道，那些年，我打过的铳，都是打我自己了。

梦而已。老金摇头，没事的。

鹿后义不紧不慢，说他还反复想起父亲生前最喜欢说的一句话：头顶有神明！年轻时他因为父亲不许他摸铳，不许他学会打鸟而置气，心里有个结，就像一个癌，以前没有，或者说很难发现，直到人老了才懂得，没有领悟到父亲阻挠的深义，还赌咒要违逆要超过。头顶有神明，五个字如炸雷声声，在他心里炸起一片焦土，屡屡有惊魂动魄之感，正如他的噩梦，一个接一个。

老鹿，我们走了。火炉渐熄，老金拍了拍我。

我们发现，老鹿没有坐在我们身边，他何时离开的却不知晓。

门打开，灰雾后退，道路向前延伸又戛然而止。田野、沟渠、栖息的水鸟，若隐若现，弥渡湖一片混沌，不知晨分日暮。湖水退去，那些蝼蚁般的人群，也在远处天光的映衬里速速退去。

回崔百货家，脚下生风，路程像缩短了很多，门是虚掩的。老金进屋突然冒出一句，见了鬼，今晚感觉不对，老鹿像是一个没了魂魄，死到临头的人。

我沉默不语，脱掉衣裤倒在床上后，就看到天花板上一只蜘蛛来来回回爬动，像是醉酒找不到家的人。我眼不见为净，跟老金说起我的田野调查已经编号建档，每个人的档案里有真实履历，也添加了道听途说无法证伪的故事。我质疑过这般是否不严谨，想和他探讨可行性。他说，真伪并不重要，湖洲上的每一根草，是真实的，拉长时间维度，也可能是虚构的。他突然停下说话，同时发出笨拙的鼾声。我翻覆着，酒精的催眠效果似乎有些差，耳边像是鹿后义在只言片语，声音遥遥地传过来，似听一只孤独的夜鹭说话。

那夜过去，清早的光景尚在迷糊之中步步相挨。崔百货嘭嘭拍打着我们的门。窗外一片灰雾，如同天空长满荫翳。窗缝

处有几颗冻结的水珠，发光的记忆。门不依不饶地响着。老金惊醒，吼道，谁呀？

崔百货并不顾及屋里人的不悦，粗着嗓子说，鹿后义死啦！昨半夜的事。

我弹身而起，喉咙里的声音被堵住了，像是水淹及脖颈儿呼吸困难，要使劲儿地往上昂，往上昂，心却是针扎似的，掉进无底黑洞般的疼痛。老金将身体翻了个边，背对我，过一会儿，发出孩子般尖厉的抽泣。

## 物质想象

从家里搬出来，施杞住进了那套闲置的二居室。房子是婚前买的，离学校不远，偶尔会过去住一晚，有时候他都忘了它的存在。可一走进那里，仿佛还跟从前一样，该有的灰尘旮旯，杯具书籍的摆放，甚至连气味都不曾改变。

那件意想不到的事情发生后，他开始了失眠。半夜醒来再难入睡，他爬下床，移步客厅，狠狠抽烟。烟缸里烟蒂横立。有好几回，烟抽完后的舒适感很快消失，嗓子里饥渴无比，肺里伴生着噬咬感，像暴风骤雨要扫荡尽这昏昏尘世。

须岚第一个打电话告诉他，说估计你是校园里最后一个知道的吧。那个胖女生叫什么名字？他首先想起的是她的容貌，皮肤白皙，像蜥蜴肚皮上的白色，额头上坐着三四颗颜色变暗的痘痘，眉毛修过了，但间距小，皱一皱就能搭连起来，有时看着她慢慢走远的背影，真像是一头大象。她自我介绍几次后，他才记下她的名字，舌头要转得很慢才能咬准音。"我叫顾尧瑶！"她说话特别自信那种。

"自己上网看看吧。"须岚没有指责，但声音冷硬。他回到住处打开电脑，登录校园网，论坛讨论区早就炸了窝，有人骂他道貌岸然，衣冠禽兽，是披着人皮的狼。有人呼吁被侵犯过的女生都勇敢地站出来联合指证，把施杞批倒搞臭，死无葬身之地。有人要求学校深入调查，将施杞开除出教师队伍，以正师德师风，甚至有恶意者暗中扒他的过去。网络时代，校园里碰到这样的事，不闹得沸沸扬扬才怪。持怀疑和冷静姿态的学生也有，说："施教授的课讲得精彩学问做得深刻，不该是这种人吧？"但这些声音微弱，也显得理不直气不壮，很快就被咆哮的批斗吼声所淹没。有人因此咄咄逼人，施杞的课讲得上了天，但也不能赦免他的罪。

看完这些网上言论，施杞的头"砰"就炸开了。人过中年，他变得越来越分裂，有时性情温软极易悲怆，有时倔到扛着炸药包说爆就爆。他自己并非习焉不察，却无心改变。他站起身，一挥手就把桌上的杯子甩出去了，当然不是故意的，但用力过猛，杯子撞到墙角，噼啪碎了。手背有点儿疼，这个玻璃杯子可是跟他好几年了。前不久聚会，法官同学韩谋钜还特意提醒，"书读多的人就是容易偏执，走路找道不会转弯"。

这世界原本就没有最正确的路，施杞心里这般想，嘴里却说："错误的生活无法过得正确。"

"那就及时行乐，悲观主义者抬头只看到穷途末路。"韩谋钜嘻嘻哈哈。这张脸上的表情，变成粉白的皮屑，从皮肤的褶皱里抖落出来，沸沸扬扬，突然有一种让施杞说不出来的厌恶。

彼时，施杞的教授评审刚刚高票通过，正在公示。据说

"施杞教授性骚扰女学生案"上了临时紧急召开的校务会。新任校长一言未发。很快,校务处老师和学院办找他约谈,说他们本着公正负责的态度要做进一步的调查,领头的一个副处长说近段全国都有几所高校发生了老师性骚扰学生案,不查个结论,若是来点儿蝴蝶效应,事态扩大,恐难收场。来人请他端正心态,积极配合调查,可能会被停课。停课两个字,让施杞的犟劲儿上来了,他说,你们停了课,如果查不出个结论,或者说结论与举报不符,我也就此不上课了。来人颇有些为难,反倒因施杞的强硬态度而失了信心。后来还是副处长聪明,到外面打了个电话汇报,十分钟后回来宣布:"校领导决定,暂时不停,但施老师要保持良好心态继续给学生授课,这是组织上的考验。"

施杞冷笑,狗屁,这怕是此生中最让人嗤笑的考验。

回到家中,施杞又陷入莫名的焦虑之中。他不知道,这段日子的失眠到底是因为这个突然蹦出来的"骚扰",还是此前带着女儿出走的妻子。他想打电话问问顾尧瑶,这到底是什么意思,翻开手机发现并没有她的联系方式。他们的交往仅限于他给她写的文章提过几次修改意见。他摸遍口袋,烟抽光了,他就从烟缸里找烟头点燃,不再像过去长吐烟雾,而是啜吸每一微米。烟火熏过的沙发布面有些黄渍,有几个坑洞,不知被谁的指头深挖,里面空空荡荡。

走出家门,施杞就振作精神,整顿衣装,决意不为流言所困。他继续在学生面前讲烂熟于心的形式想象与物质想象,讲被支配的想象依然保留着的某种压载、密度、迟缓和萌发，还有想象力的根源就在于让后缀脱离美。他把那些哲学家的名字写在黑板上，随手画出圆圈，像是给他们戴上光环，接着谈论起只有他们能担负起的沉重劳作。在座的学生鸦雀无声，无人附和，但这丝毫不会影响到他。施杞从来都认为知识在口头传播上是破碎而不完整的，也是无效的。

每次走到教学楼前，施杞就嘲讽自己走进了一座"圆形废墟"。他说，我将在这里埋葬归路，而你们，他用粉笔在黑板上反复敲击，要在坍塌里建立自己的精神秩序。话说完，他就扭头望向远方。窗外没有遮拦，万缕金光欢呼雀跃在咫尺之远的湖面，又折射到他敲击过的黑板上。废墟的环境之幽美宁静，是他当初选择这所学校的原因——临湖而卧，长长的湖岸线，垂柳间立，绿荫如盖，视域阔达，年轻的情侣忘我拥吻。但几年前的废墟还是外墙长着几丛青草的四方城楼，"无法媲美，修新如旧，湖畔明珠"，老校长的专断跋扈和现代审美产生了废墟，也终结于废墟。

"新校长有保你之意，你也配合一点儿做做救火工作。"须岚电话通报。

"我和他素不相识，他保我无非是想家丑不外扬。我什么时候和你见一面，你得听我解释清楚。"施杞的课堂上常有陌生人听课，有一次说是新校长坐了半节课，这位对知识分子保有敬重之心的领导，好几个场合公开表扬他的才学和课堂风貌。

"你是真迁还是假迁啊,现实一点儿吧。"须岚发飙,施杞就不吭声了。

施杞每每沿湖岸散步,就会生发出对远逝时间的拥有感。得失之间,他因此而自我满足。他喜欢讲台上这样的场景,走进湖面反射的一片光芒里,让自己消失,当意识到下面的学生捕捉不到他的身影而更加茫然时,他又恶作剧般跳回尘世显身,像一个掌握了隐身术的人的自由表演。学生们在校园社区上讨论他,喜欢他课堂上的诸多自我——总是望着天花板或半空,有时盯着手中的厚厚典籍,沉思、绝望而极需怜悯的眼神,他喃喃低语或者滔滔不绝,语速快到让人喘不过气要爆炸……对知识虐杀之后丢下的无知感,像是在峡谷发出的空旷回响,让学生着迷。论坛留言女生居多,不吝赞美之词爱慕之意,但大多不会按图索骥找到那些哲学美学的原著,下课铃响,他们就群鸟飞散。

"精致,利己,世俗,一代不如一代。"施杞无奈地摇头。走出教室的他常会有短暂的失忆,像蛰居者找不到自己挖掘的洞口。常年习惯的洞穴阴暗迂回,突然透进来的光线会让他慌乱、恐惧。许多次,他在圆形废墟的环廊里迷路,面色苍白,心中发出呦呦哀鸣,直到遇见好心的学生将他牵引到出口。

那天,他看到湖水上涨,岸上青茵,就与学生讲水的物质想象。他说:"这是一种比火比女性更均匀的本原,它通过更隐蔽更简化的人性力量而使富有象征性学生的目光里又有了深深的迷惘。"

他接着说:"当你们具有了对物质本原的认识时,最终会理解水也是一类命运。"

一个女生马上站起来说:"人不会在同一条河中洗两次澡,这也是一种命运吧?"马上有人发出哄笑。

他短暂沉默,注视着不知是否要坐下去的女生。他说:"你先坐下,然后让我告诉你,万物存在和变化中的不可调和的冲突是永恒的。"

她并未真正地坐下,仿佛心事重重,说:"人在自身深处也具有流水的命运吧?"

课堂上总是女生在思考这个世界和人生的悲哀,男生光顾着游戏战斗和解决欲望。他这么想,心里嘀咕了一句:"水的死亡比人的死亡更让人沉思。"

下课铃响了,施杞的讲课戛然而止,座椅发出磕碰声响,学生陆续走出教室。没人与他道别。听课的人数比过去少了一半,他扫了一眼,顾尧瑶不在其中。

"早知不点名,我才不来听这变态的课。"施杞听到前面学生的议论,脑子里一阵轰鸣,又一次不能顺利找到楼道的出口,不得不在走道里焦躁地逡巡。那股拗劲儿上来,他并不打算询问从身边走过的学生,也没人像过去那样热心地搭理他。直到课堂上提问的女学生喊住了他。

跟着她的身后,推开两道门,才走进挂着绿色安全出口标志的通道。施杞看到这个女学生披着一头黑秀长发,扭头一笑的样子非常好看。他过去从未在课堂上注意过她，其实多数女生在课堂上长什么样子，他都不太清楚。他说，你课堂上的头发是绾起来的？女学生脸色微红，未予回答，加快了下楼的步伐，她的衣袖和长裙随着单瘦的身体飘逸飞起，像托起她向下滑翔。他知道，他又一次猜中了这些女生的小把戏。女生邀请他到校园的咖啡馆小坐，他们一前一后相距不远，她的背影变得无比亲切，让他像一个受过惊吓的孩子得到母亲的安抚。

她点了他喜欢的拿铁咖啡，不加糖，继续和他探讨"物质想象"，她居然说到了想象的深度、容量。他想问她的导师和专业？像是和镜中的青春对坐，这张太过于胶原蛋白的脸，让他突然心跳加速，大脑短路，一片空白。他曾经和顾尧瑶在这里坐过，当然也只是说说课堂上未尽的话题，说不定就被眼前这位女生撞见过。

许久，他听到女学生小铁勺敲着咖啡杯沿的声音。现实的声音让他放松下来，窗外长了一丛恣肆的红花，让他想起儿时从路边摘下过一朵正绽放的芭蕉花，点滴不剩地吸尽花蕊中的甘液。

"男人是不是都喜欢胖胖的女人？"她的小铁勺又敲响了，像是法官在庭案上落下的槌声。终于露出了本来的面目，她也许就是那些心怀鬼胎的人推选出来的刺探，这么做的目的，就是将他踢下"悬崖"。

"有实质的肉体，能刺激男性产生更多的多巴胺？"

"镜中"的这张脸像剧震之后的大地，变得破碎凌乱，又变成了举报者顾尧瑶，婴儿肥的脸庞变形挤压凹陷，散发出令人呕吐的腐木气息。施杞踉踉跄跄，推开咖啡馆的玻璃门，刚走出十多步远，一下跪倒在一辆小黄车的身旁。路边一个打电话的红发女孩子，脚踩在车踏板上，家里刚告知最爱她的祖母凌晨逝世，这位无故倒下的陌生男子，让她失声尖叫继而痛哭起来。

窗外起了些许的夜雾，湿答答地垂挂在松枝上。施杞仿佛是在哭声里苏醒过来时，发现自己躺在校医院的急诊床上，护士给他上了吊瓶输液，站在一旁的不是女学生。须岚轻轻把被子掖进他的臂下，见他醒来，赶紧收回手，说："你做噩梦了？"

不能完全说是梦，是现实以梦的形式再度呈现。施杞清楚地记得梦中他躺在沙发上接妻子的越洋电话。她带着女儿出去将近一年了，其间电话往来很少，他永远也找不到她，而他必须在一个固定的地方等候她的来电。妻子说从美国回来就请律师拟订离婚协议，孩子归她，财产按婚前归属划割。她特别强调，他那点儿工资，在存折里没动过，到时一分不少还他。他没法和这个精明而强势的女人交谈，除了争吵，还是争吵。他告诫自己，要学会平心静气。可挂断电话，他就会暴跳如雷，恨不能纵火烧了空荡荡的家。他有次做梦就真把房子点燃了，浓烟把屋里的一切掏空了，他摸着黑没走几步，就从四面镶着玻璃、光怪陆离的高空通道里坠落。这已经不是第一次在梦中烧房子了。为什么要烧房子，他也不得其解。

"没事的，医生说是低血糖，加上你最近精神压力大，身体疲累。"须岚说，"吊完这瓶水就可以回去了。"

他想道谢，却双唇干裂，像两片火黏在了一起。须岚转身取来棉签，蘸了杯中温水，一点儿一点儿地把干裂润湿。棉签从唇上划过，须岚身上薰衣草的淡淡气息，缠绕着病房的消毒水味，就变成了一种奇怪的气味。他吸吸鼻子，侧身，浓烈的呕吐之意在体内涌动，却什么也没有吐出来。须岚端来痰盂，另一只手在他后背上轻轻拍了几下。他立时就止住了干呕，心想，赶紧离开这该死的地方才好。

在这座校园里，施杞独来独往，外人眼中，所谓知识分子的清高也就靠这点儿孤傲来支撑。但那时回到家中有妻子女儿，他对人生是知足的。妻子专注家族分配的生意，忙于应酬，热衷名牌，这个女人对物质有着深入骨髓的痴爱。他们谈不上和对方有多深的理解，但还能相处融洽，这只是婚姻的早期，他们吸引对方的那些许情爱，住进婚姻这个城堡之后就开始萎谢。家庭聚会上谈论项目收益资产的时候，他一度发现自己身陷孤独的泥淖，而独处又只是让他觉得心灵愈加丑恶。他有时觉得还爱着这女人，即使是像片落叶般单薄，像只萤火虫般微弱。过去他快捷而有效的阅读速度和数量令同行啧啧赞叹，这两年来却要花一年时间才能读完一本汉译名著。妻子羡慕的那些有钱人的国际旅行、世界名牌，当然勾不起他的欲望，但能抛下很多堵塞物。她还热衷给女儿未来各种规划，细致而明确，无不带着膨胀的虚荣和物欲目的，他唱反调，讥讽她剥夺孩子天真童年的权利。其实刺伤他的也有女儿，孩子中了母亲的"蛊"，他被这对母女俩抛弃在荒凉的野地。他就是一个弃儿，被时代和家人抛弃，有时这个念头特别决绝。

"你占有物质，却不对物质思考，纯属镜中水月。"施杞起初还敢于抗议。

"谁说光占有不思考，我身体力行，而你整天挂在嘴边的才是荒诞的一套。"妻子反讥，对他的迂腐和成见与日俱增，指责他过度的自恋，虚无的理想主义与病恹的自尊，都是建立在懦弱的内心之上，不堪一击。没有爱情是不朽的，他剩下的只是对自己的讥讽。

须岚握住了他的手，她的皮肤光滑柔软，手心的温度，让他发冷的身体暖和起来。她说："你说你晕倒的真不是时候，我这晚上还约了重要的朋友。就是这么巧，我开车路过，一个女孩在那里尖叫，另一个手忙脚乱。我不能见死不救吧，何况是著名的施老师。"她说着就笑了，笑的时候，还特意瞟了一眼他的神情。

施杞咧嘴，嘴唇上的干裂拉扯得疼，他想跟着一起嘲笑一下自己。

须岚说："施老师，问题迟早都是要解决的！这句话是你说过的，现在还给你了。"

他听出了她言语中的距离感，像夜幕把两个白天隔开。他一直想找机会跟须岚当面聊一次，雨中车内的一次吻抱，让他觉得他们的情感有了瓜葛，可她后来却避而不见。他猜不透她。他当然要把真相告诉她，事情并非人们想象的那样。

对于同院系的这位外表高冷内心温热的女人，施杞的印象里，她喜欢穿中式风格的衣服，一看就是生活讲究的那种女人，她研究的专业是国际政治关系，曾经的导师在圈里名声赫赫。名师的高徒，有两把刷子，大家都这么说。大概是在两年前，他却耳闻她纠缠在一场离婚官司中。在财产分割和孩子抚养权上的分歧对抗，有财富背景的男方一家掌控了法院的判决，一审败诉，她向市中院提起上诉。男方很嚣张，什么都别想得到，要接孩子，每周日给她半天时间。一周的十四分之一，原本与孩子日夜厮守一起的快乐被剥夺得只剩下十四分之一，这才是让她悲愤的地方。施杞偶尔去学校的空隙听到同事们的议论。很长一段时间，须岚处于请假状态，某天他在院办递交职称材料时碰面，两个人互相看了一眼，微笑，算是打了个招呼。她的憔悴，藏在骨子里也能被他发现，这令人颇为难受。他很想上前拥抱一下这个让他充满好感的女人。后来她恢复上课，辞去了院里的行政事务，笃志专业，接连在重要刊物发表了几篇有影响的论文。有人说，离婚的女人容易衰老且专注事业，那是因为她们失去了对爱的想象。

端午过后，天气异常闷热，像一堆危险的化学品储积在罐车里随时会爆炸。那天的暴雨终于落下，人们都长长地舒了口气。施杞从不带伞出门，上完课，从圆形废墟走到校门口的距离实在太远，只好等待乘坐校车，他站在雨幕前发呆，展开对雨水从空中坠落流往何处的想象。须岚走过他身旁,像熟悉的朋友一样招呼:"坐我的车吧?"他有些慌乱,没有深交,但也不是陌生人,他甚至希望她骨子里永远是傲慢的。他耸了耸肩,微微一笑,表示对好意的领受,然后和她并排打伞钻进了她的那辆白色奥迪。

雨带来了些许凉意,但车里有些闷,他感到不适。上车后,施杞寻找合适的东西擦拭肩上和发际滴落的水珠。她侧俯身,打开副驾驶座前的手套箱帮他取纸巾,纸巾盒塞在里面,她的上半身压伏在了他的大腿上。须岚假装没在意,边找边说:"学生都喜欢你的课,我也听过,但有的也不全懂。"

刚才的碰触,他发窘的身体里也像是刮进些风雨,起了波澜。他笑道:"这一听就是在批评我啦?"

"不是,你讲得很好,我听的那次,你讲的是梦。"她说,"你谈到梦的心理物理学和心理化学。"

须岚接着说起她那段心情忧郁的日子,梦见最多的是下葬、坟墓、幽灵、潜逃、坑穴,以及各种悲伤的事情。醒来之后,她认为她的人生成了覆巢之卵,丈夫出轨,家庭离散,经济基础坼裂,加之女人的年龄和容颜的蜕变,何从谈起对幸福的追求。她去找了课堂上他跟学生谈到的书,从实证的国际关系学中转到哲学心理学的场域,有阿多诺、本雅明、巴什拉。她说:"你还记得你在黑板上写了一句话吗?"

他摇头。她说:"你说,'本原的疾病须由本原的医学来疗治',我可是花了好些天才稍略领悟了。"

施杞盯着雨刮器在玻璃上艰难地刷动水幕，视线很窄近，车行极为缓慢而艰难。世界都变成了水。他心想："她领悟了什么？"

她看了沉默的他一眼，把车右边停靠，索性关掉雨刮器，说："雨太大了，等雨歇一歇再走吧。"

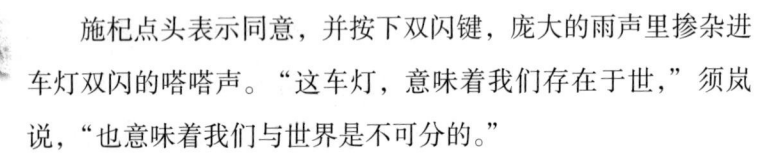

施杞点头表示同意，并按下双闪键，庞大的雨声里掺杂进车灯双闪的嗒嗒声。"这车灯，意味着我们存在于世，"须岚说，"也意味着我们与世界是不可分的。"

施杞投去赞许的目光，没想到须岚会认真去读罗洛·梅。他也曾为人存于世的现实与变化，为梦的纠缠的难以解脱困扰过，生活有时就是无解的。

须岚笑了笑，说："我们因为梦而生病，也只有通过梦才能疗治好。"

"那你现在痊愈了吗？"

须岚突然流起了眼泪。施杞看到泪水顺着她的鼻翼两侧流下滴落。身旁女人的情绪，也像这天气，压抑了多日，终于找到了倾泻的出口，可他是最不能看到女人的眼泪的。

手试探着轻轻拍了拍她放在方向盘上的手背，施杞感觉到自己的手很烫，她翻转手掌握住了这滚烫。后来都忘了，他想帮她把眼泪擦净，手却抚在那张瘦瘦的脸上，他把她拥在怀里，他们很友好也很紧密地抱在了一起。在漫天大雨中的车里、狭小的空间里，是车窗外的水流声撞开了他对须岚的想象，荷尔蒙撞开了那些彬彬有礼的束缚。须岚开始很安静，原本止住的眼泪又接着涌出来，发出越来越响的哭泣声。她用力把脸埋在他的怀里，而他不停地用下巴摩挲着。她的脸很凉，他记得她涂了淡色的口红，她慢慢把脸抬起来，唇先是停在他耳根下的脖颈儿上，他感到了一团触电般的柔软。他低下头，迅速就噙住两片薄薄的冰冷嘴唇，死死地按捺在臂弯里，像是害怕一松手就会被对方逃脱。

"你差点儿把我的嘴唇咬破。"须岚后来推开了他抚摸的双手。

我喜欢这种破裂的感觉。他心想，男人和女人都会喜欢破裂的感觉。

两个人重整衣服，空气中的秩序被打乱。那是他们的第一次亲密接触，后来再也没有一起单独待过。施杞时常回味她的唇齿之间留给他的气息，像是对物质本原味道的留恋。他倒是想再见到须岚，某天夜里给她打通电话，对方迟迟未接，也没有回复。他周日发信息邀请她吃个饭，半晌，她才回复说，要陪儿子。他问，对女人来说，孩子都那么重要吗？眨眼她就回过来，你说呢？这句问话的意思是双重的，她的回答也是双重的。他一时慌张，不知要如何接上才能消除误解。他感到无比沮丧。

出了医院，须岚开车送他，车开得很快，看上去她的心情不错。她解释说："不能陪吃晚饭，上星期法院改判了，这不正好约了今晚见面去答谢法官，说起来真巧，法官还是你的老同学。"施杞惊讶地说:"你是要去见韩谋钜啊?"她笑着说:"你们老同学,一起扛枪分赃一起上山下乡,还有你的施氏著名祝酒词,我都听说了。"他说:"看来你们很熟悉了?"她说:"吃过几次饭,喝茶聊天,他说过你们过去的事,仅此而已。"他没再多说,过多地追问一个女人的私生活,这只会让自己显得小气。

沉默良久,须岚感慨,无爱一身轻,爱的时候再美好,离婚都是难看的。

须岚说到的祝酒词的事是很久之前同学聚会时的一个梗了。有次外地回来几个老同学,其中有一个是施杞高中时暗地喜欢过的女同学。韩谋钜突然说:"今天这三杯酒,让施教授来提吧。"大家都端杯看他,他却脑子里又短路了。"今天天气真好!"第一杯喝下去,举第二杯时他说,"下了半个月的雨,今天转晴,难得的好天气,更加难得的是相聚。"喝第三杯时又说,"祝明天也是好天气,天天都是好天气。"同学一片哄笑,想起来不知道有多蠢笨,韩谋钜讽刺地总结:施氏著名祝酒词。

"这位小官僚最近还好吗?"施杞故意问,心想他藏得可真深,从没提过帮须岚的事。

"其实,祝酒词挺好的,理想的人生也要活在好天气里。"须岚叹息,中年之后就是进入了人生抛物线的下滑维度,有老有小,家庭破散俯瞰皆是,哪有那么多祝福。施杞却猜着她和韩谋钜是怎么接上头的,不过也没必要大惊小怪,总之这座城市说大不大，转过几道弯就能攀上熟人关系。但听说须岚前夫家在本地算得上是根深叶茂，关系错综复杂，韩谋钜敢出手改判，肯定是用了心思下了气力的。他在这件事上口风紧，只能说明对须岚他是有想法的。施杞打翻了醋坛子，说："韩法官可不是什么大善人。"

须岚意味深长地望了他一眼，说："施老师，男人有几个是真正吃素的呢？"

他又不知道该如何接话了。须岚说："这一年多我经历的事太多，我是宁可用利益而不愿用自己交换，你应该懂的。"

"我担心你，多保重吧！"施杞拍了拍她的肩。

"我真的没事，现在判决下了。倒是你，必须面对可能的糟糕局面，才能面对一切。"

车在红灯面前停下来，施杞想说事情没有那么糟糕，你要相信我。他看着电子监控仪上跳动的数字在慢慢减少，像是数着末日的到来，像是又回到了那天晚上。

施杞站在家门口的时候，掏出钥匙低头就发现了身旁的那只猫。猫在他家楼道徘徊有好几天了，他并不喜欢小猫小狗，但也不讨厌。那只猫很老实地卧在门口，他用脚背碰了碰猫，它一动不动，他蹲下去，它站起来。他摸摸这只中间脸形大、耳朵脑门上有M形虎斑、颈部有毛领圈的猫，这种外貌特征的猫是那种典型的舶来品，学名叫缅因猫。他上网查过，还与爱猫的顾尧瑶讨论过，缅因猫尾部的毛像羽毛一样散开，但眼前这只猫是个短尾。施杞长了心眼儿,不想对它好,他并不喜欢养只宠物在身边。有的动物是不能对它好的,好了它还会再来。这是顾尧瑶告诫过他的,她可是资深养猫人士。

为什么要这么隆重地讲这只猫的事,他觉得为自己洗刷清白,必须提到这只猫的存在。须岚插了一句嘴,说:"你是属老鼠的,惹猫,也惹爱猫的女学生。"施杞知道她在听他说话,就接着往下讲。

顾尧瑶说话的声线与长相是匹配的,圆嘟嘟的,掉在地上可以滚动那种。他注意过她的面相,越看越像一只缅因猫。她谈猫时的兴奋劲儿,散发着对猫发自骨子里的热爱。她说她曾经在校园南区的角落发现了一只无家可归的猫,当时并不能准确判定那是一只野猫还是家猫。她当天放学去校门外双榆树巷的宠物店,买了一袋猫食,找了个送外卖时留下的方形快餐盒,盒分两栏,一边装猫食,一边盛水。她与宿管阿姨三番求情,答允她在楼外找个角落安置这个喂食点。时间长了,猫来得勤,还带来几只黑的白的有条纹的野猫,都不如先前她发现的那只漂亮,但她满心欢喜,又去多买来几袋食料。后来有两只猫悄悄尾随她钻进宿舍楼,出现在她的宿舍里。那天几个室友居然都在,她和她们的关系远不如和猫亲切。几个室友并没在意她的归来,直到一位敷着面膜的女生发出呀呀大叫声,她仰着头踩着了一团软绵绵的东西,自己被吓一跳,被踩疼的猫,野性未泯,遂跃起挥去一只爪子,在面膜女生光裸的大腿上抓出一道血痕。

胖女生和猫理所当然地被室友们赶出来了，离开宿舍楼的时候，暴雨已经停了，夜意微凉。那个被猫抓伤的同学朝顾尧瑶甩了一巴掌，这是造成她离开宿舍的原因。当她敲开他的家门时，一句话也没说，就扑进了他的怀里痛哭流涕。他嗅着她发丛中蒙昧的汗气，看到有的已经分叉的长发，他的手隔着衣服就摸到了内衣的纽扣。她说她没地方可去，外面随时还会下雨，请求让她在这里住一晚。最关键的是，胖女生发现了角落里的那只缅因猫。她用力就推开了他，扑向那只猫，猫躲开，她又扑过去，嘟着嘴嗲声地说："咪，咪，太爱你了。"这只躲闪了几次的猫竟然妥帖地投身她怀里。也许奇怪的顾尧瑶和世界上所有的猫都能亲近，最后她哀求他，就让她陪这只猫睡一晚吧。

施杞似乎找不到拒绝留宿的理由，甚至连原本想问她是怎么找到他这里的都忘了。

那天晚上，胖女生睡在沙发上，红扑扑的脸上泪痕残存。猫被她抱在怀里，像抱着刚出生的婴儿。施杞从里面关上卧室的门，心里有些疲累和忧郁。手机在床头柜上振动，是妻子打来的电话，他犹豫一下还是接听了，拼力收敛着心跳，仿佛隔着电波能让妻子嗅到另一个人的存在。妻子打电话说的是女儿回国后就读学校的问题，他说就让女儿读附属小学，而妻子让他先想想找个关系搞进政府官员子弟云集的实验小学。他们当然又争吵了，他认为知识从来都不会向权力臣服，但强势的妻子最后拍板说，非实验小学不上。他这一次，心平气和地挂了电话。顾尧瑶窝在沙发里，抱着那只猫亲昵，仿佛没听见他们的争吵，仿佛这里就是她的家。

第二天早上，施杞起来洗漱，整理行李，一周前就定好要去一趟北京。顾尧瑶已经收拾完毕，看不出曾经有过任何哀伤，眼睛直直地盯着他。他心里有些发毛，昨晚安然无事，算不算是对想象的一种抵抗。顾尧瑶扑哧笑出声，指了指他的脖颈儿，他在镜子里看到了一个浅浅的唇印，擦也擦不掉。

出门前，施杞还是说出了心中的疑问，"你怎么找到我这里来的？"

顾尧瑶说："我想知道的事，就没有被难倒过。"

他对她的自信并没好感，她并不是他的学生中案头功夫最扎实的那类学生，他甚至怀疑她能不能顺利毕业。她似乎对老师脸上的阴悒毫无察觉，接着说："我昨天看到你上了须岚的车。"施杞脑子里蒙了，手垂下来，食指屈弯着像是捏着颗粉笔头，不由自主地在叩击着。她脸上从肉里绽放出来的骄傲，不知为什么那么令他深感厌恶。

"你是喜欢须岚吧？"

"你们一起上了车，下那么大的雨，你们在一起。"

她说完这些，转过头，嘴里哼起了一段陌生的旋律。

"滚！"施杞都没意识到他语气如此尖厉。像是面对自负的妻子，积怨在心里的愤怒和屈辱玩命似的从城堡里冲杀出来。他关门的动作有些凶猛，能感觉到旧楼道墙上的灰尘抖落下来。墙上到处贴着房屋出售求购信息，有的被撕得支离破碎。他一拳打在墙上，这才发现穿着睡衣的女邻居拎着要清理的垃圾袋，慌乱地站在他身后，怔怔地望着他们。

"她有严重的抑郁症，这是她亲口告诉我的。"施杞说，"她小的时候，妈妈不知到哪里出了家，爸爸再娶，后妈没与她说过一句话，倒是后妈带过来的那只猫，喜欢跟她在一起，后妈生气把猫当着她的面摔死了。"他说完这些，眼睛一直盯着前面的道路。须岚的手稳稳地握在方向盘上，准确选择每一条道路，她认真地听着，不吭一声。他像一个杀人犯潜回现场，发现自己还有没有遗漏什么。下车前，他说："就这样，那个夜晚就是这样过去的。"

胖女生前往校务处哭诉的时候，施杞已经坐上了去北京的高铁。去北京是和出版社的朋友谈书的事。施杞有本书搁在出版社好几年了，此书模仿罗兰·巴特，把这些年的所思以断片的形式呈现出来。下午到的首都机场，直接去出版社，和朋友及责编谈得很顺利，敲定了这本命名《反抗与放弃》的书的选题和总体框架内容，这边等选题会，那边施杞再把书稿进行打磨，做成小32开，便于携带，字数控制在20万字。谈完之后，朋友说带他去新开的一家湘菜馆，吃过饭，他们一起去看望一位刚从美国回来的老头，是位过气的画家。他闲着无事，心里惦记着须岚，也顺带着想到了被他骂哭的胖女学生，猫的事情也不知处理得怎样。他感觉身上还有肉乎乎的黏滞。

开车去并不远，在美术馆旁的苹果社区9栋503，因为和他家的楼栋号一样,他记得清楚。老头这几年经常回来住上三四个月,见见朋友,卖卖画。工作室里堆满了他20世纪80年代初至今的三百来幅大画小画。介绍认识之后,老头从冰箱里拿出一瓶威士忌打开,各自倒上一小杯。老头说,住在美国新泽西州的乡下,他喜欢在车库里画,夏天四十多摄氏度,冬天零下十几摄氏度,布置得乱七八糟,但他就爱这样的环境创作。你看这里干干净净,还是我花钱请钟点工上门做的卫生,半上午就收了三百,可我没有一点儿感觉。

酒刚从冰箱里取出,冰冷、刺喉,顺下去就在肚子里燃烧起来。老头每次就倒一点点,每个人都不得不很慢地喝。施杞初次见面,当然不好意思问是不是卖不动。艺术家都避讳说自己的作品没市场。老头毫无愧色地说起无比热爱他的小女朋友也是他画作的捐客,回来没人认,只有靠朋友带朋友,看得中的几千一万拿走一幅,一个月的生活也就有了着落。"没人要就不卖呗,到时找个大财团,打包还不行,其实早就有人想这么谈,我没答应,等等再看。"老头很可爱,这也是个轻易不认输的人。临走的时候,他送了一瓶国外带回的威士忌给施杞。施杞看中了一幅画,有孩子有河流有佛像,古典现实主义感,想买了送给须岚,却又不好意思开口,第二天中午跟画家电话问询那幅画,说真不巧,刚被小女朋友带来的客人买走了。

施杞第三日下午返程,飞机落地后,手机有多条未接来电提醒短信。过一会儿,须岚的电话打进来了,紧接着学院副院长的电话又打进来。当然说的都是顾尧瑶举报的事。副院长问他明早能不能来一趟学校,他那时的头有些发蒙。她软绵绵地扑进他怀里,他可什么也没干。物质不管经过何种侵犯、扭曲和分割,它依然是其自身。但人的情感发生扭曲后,就会发生可怕的化学图景。比如栽赃、攻讦、伤害,比如无休止的纠缠、不求回报的爱慕、痛彻心扉的泣哭。他对副院长说:"人在外地,回不来,你们该调查就去调查吧。"副院长惋惜地叹了口气。

施杞哈哈地大笑起来,出租车司机忍不住扭头看了他几眼,好像害怕他有什么异常举动。电话又来了,是妻子的,亮光屏幕一闪一闪,没有振动也没有声音。他不知道,是不是妻子从她的眼线那里听到什么风言风语,不过并没关系,总有一天会传到她的耳里,也许又会把他奚落嘲讽,要是这样才叫好。他想,夫妻只有在分道扬镳的时候,才知道对方真正能把自己伤得有多深。须岚如此,他不也是如此。

韩谋钜的组局,施杞特意去得迟。前几天有学生去校务处请愿,扬言要堵施杞的课堂。须岚在电话里跟他说了,建议他请韩谋钜出个面,法院线上的人能量大。他并没有表态。须岚与韩谋钜之间的往来,在他心里始终有个疙瘩。

到了畔南湖的一间茶室,装修典雅古朴,小花窗格隔出许多个包间,即使里面有人,也看不清楚人的模样。推门进去,韩谋钜噌地站起来,打量着他,啧啧地说:"最近这么忙,饭也不来吃？"

施杞并不理会，径直找个位置坐下来。同学聚会一年有那么几次，饭局一般是别人安排的，主宾不是在重点中学当校长的钱悦文，就是在法院工作的韩谋钜。他们三个人读书时就是有名的铁三角，如今这二位的社会地位日益显现。请客的人百般讨好，不是要搞入学指标，就是哪个案子需要里外斡旋。想请的人排着长龙，请上的人高兴不已，大家心领神会，韩谋钜就会借着酒局，把各种各样的关系安排在一起聚会。他说，这叫资源整合与有效利用，如果连这一点儿也做不到，就别在江湖混了。酒桌上不咸不淡，都必然是要散的席。遣散请客的人，他们就换地方，名义是喝茶的阁室，内里却有棋牌娱乐。这也是每次饭局的配套项目，杀一场麻将。施杞对打牌天生并无兴趣，但有时喝得微醺，就借机放松，抖着酒胆上阵厮杀。

除了施杞，他们都算得上是久经沙场的高手。吃碰摸打，施杞是前半场清晰，后面就犯糊涂。他发现打牌的输赢也有玄机，碰上有事求校长的时候，法官就输钱了，碰上托请的人要找法官，校长掏得比谁都快。这钱当然是想办事的人出的。在公开场合大讲原则公平和阳光，私底下只剩兄弟几个时，嘴里就变成了行情规矩和面子。施杞笑着骂他们虚伪，也只有他敢这么骂，他们也不觉羞耻，阴一句阳一句，身边集结了那么多年轻漂亮的女弟子。有人胡了牌，一推，麻将机哗哗转动，大家哈哈一笑。外人走了，荤段子开始乱飞，大家都在一个宿舍滚爬过的，这么多年过去，依旧是要扯到女人身上。施杞想，聚会是越来越没意思了,这世道,人人都戴着一副面具,长到了肉里面,用力撕也撕不下来了。

钱悦文后一脚进门,三个人坐定。韩谋钜酒劲儿未过,捏起紫砂茶壶倒水,洒得杯子周边四处都是水。他说:"施教授出了大名啦。"

施杞也不回答,端杯牛饮,说:"普洱不错,哪一年的?"

韩谋钜续水,说:"别把话岔开,不是须岚跟我说,我还不知道这回事,不过话说回来,我还是不相信,你还记得大学毕业前的事吗?你那时胆小得连小姐都不敢碰,你要真把学生睡了才让我佩服。"他阴阴地笑起来。

钱悦文也笑了,说:"别提我们施杞的伤心往事,就数你韩法官是个坏人。"

韩谋钜说:"我不下地狱谁下地狱,我不就为了衬托你们的高尚吗?"

钱悦文惋惜地说:"施杞,你看你多么洁身自好。"

"把那晚上的真事给我说一说,哥几个都藏着掖着,有意思吗?"韩谋钜说,"我明天跟你们滕副校长打个电话,上次我帮过他一个大忙,这个面子应该会给,也正好试探一下学校什么态度。"

"说透了也就那么回事。"钱悦文附和。

"你帮须岚打官司,不也藏得很深吗?"施杞回击。

"须老师可是资深气质美女,吃过一次饭我就看出来了。"钱悦文嬉笑,"韩法官是来者不拒的人,这一点你还不清楚呀。"

"打住,我可是改邪归正了。"韩谋钜哼了一声说,"这么些年过去,谁能保证谁还能把持住自己。"

"听说那女生长得像头大象?"

看来韩谋钜没少去打听,施杞苦笑,闭上眼睛,"大象"和他那天夜里做过些什么呢?

他迷迷糊糊地睡了两三个小时,醒来后,或者是那只缅因猫压在他的脚上后,他醒来了。他不知道这只猫是什么时候溜进来的,一脚踢开了它,猫又无声无息地出去了。韩谋钜插嘴问道:"你不是说你关了卧室门吗?"施杞想:是呀,我关了门,猫是怎么进来的,我真不知道,当时也没细想。施杞只是觉得口干舌燥,又特别想抽烟了。烟放在客厅的茶几上,他打开门,蹑手蹑脚走了过去。电视背景墙上的射灯还有一盏开着,顾尧瑶睡在沙发上,右侧身,脸上的肉都往下沉,左半边脸看上去更显精致,鼻子、嘴和下巴,给人一个最佳视角。他不得不承认,这正是一个女人一生中最好的年华,她睡着的样子比活蹦乱跳时要漂亮。他轻轻拉开小阳台的玻璃门,点燃了烟。这个点对面的小区高楼还有不少楼层的灯是亮着的,他辨认着,有的是卧室,有的是客厅,他想:这些屋里有多少人是像他一样半夜起来抽烟的。过去他抽得并不厉害,妻子出国后,没有管束,加上关系破裂,他的烟瘾陡然增多。他听到身后的响动,她裹着毛线毯,也点着一根烟走出来,但没有吸,烟在她的指间缓慢地燃烧。

她吸了一口烟，侧面的脸看上去有一种白天被忽略的妩媚。她居然吐出了一个烟圈，"你是喜欢须岚吧？"

"你们一起上了车，下那么大的雨，你们在一起。"

他脑子里并没有思考这两个问题，他看到的这张脸庞此时就变成了须岚的，他一点儿都没意识到这只是他的错觉。车内拥吻的场景紧紧钉在脑子里，他去抓裹在她身上的毛线毯，毯子散开，一半垂落在地。他像把车开进了一条海底隧道，速度飞快，又停在一段玻璃透明的观景区了。海里到处都是肉乎乎的大鱼，这些鱼朝他游过来，摇摆着，一条接一条，突然他就穿过玻璃游进海水中，鱼撞动着他的每一寸肌肤。这些撞击，只是让他觉得自己更加勇猛向前溯游。他们跌跌撞撞倒在了沙发上，他的一只手，摸到了布面上的那几个洞，那里面空荡荡的，真的是什么也没有了。他的舌头像根冒烟的烟花，进到她的嘴里，伸得老长，吮吸到她的每一颗牙齿和上下颚，他吸到的气味，像一只锁了很长时间突然打开后的抽屉。当他的下体湿漉漉地滑落出来，他看到，这张脸又变成了胖女生的脸，她的身体下面，一条细细的红线，从一片黑色里流出来，沿着洁白的大腿蜿蜒，像黑夜里盛开的一片泗红。从头到尾闭着眼睛的顾尧瑶，睁开眼问道："你想象过孤独的本原吗？"

"这么说，你是真睡了她，睡了一头大象。"施杞以为韩谋钜会嗤笑，却听他非常失望地说，"须岚跟我发誓，说施杞绝不会做这种事。"

施杞摸了一把脸，眼眶里不易察觉地沁出一点儿潮湿，像微细的波浪划过海面。

须岚的车走了,尾气在夜色里留下一道灰白。手机收到妻子的信息,说已经递交了移民资料,还是决定了带孩子离开,不离婚的话他随时可以过去看她们。施杞手上拎着一大袋吃食上楼,都是须岚给的。穿过楼道的走廊西头少了一块窗玻璃,风在楼道里旋转,风声像有人在角落里击着节拍鼓掌。他一度以为是顾尧瑶又找上门来了,但四周空荡无人。打开门的时候,施杞用脚拨开了那只假冒的缅因猫,没有暖气,室内室外一样寒冷。猫肯定饿坏了,凑到吃食袋嗅来嗅去,但不肯吐露半声哀鸣。放好东西,他看到摊开在地上的行李箱里那瓶老画家送的威士忌,酒瓶像个四方尊,一经摇晃,米黄色液体浮起气泡。他隔着瓶壁看着气泡一个个炸裂,画家老头的话浮现耳旁:夜里孤独的时候,喝威士忌才痛快!

"物质的夜晚,提供给我们的想象是形式因还是物质因?"施杞的夜晚又将失眠,他脑子里突然蹦出来的这个问题,连同生活里的现实,还会纠缠他很久。

# 途　　中

此行去谈一个商业项目，日方合作伙伴一定要他亲往。"顺便来体验一下异国风情，这对我们未来的合作有益。"考虑到对方电话中三番五次的真诚和这单生意的重要性，他决定速去速回。近来他对飞来飞去的生活感到厌倦，那些可有可无的生意，都是在吃喝玩乐中谈定的。独处一室，声色犬马的一幕幕就会如多米诺骨牌般坍塌，莫名的恐慌随即偷袭本该志得意满的他。

"可有可无，你说得轻巧。"孟庠讽刺他，"你不想想，你今天安逸的生活和受人尊敬的地位，是可有可无的吗？"

孟庠说得在理。

少有人看得出他的志得意满。刚过四十五岁生日，但他没有同龄人日渐凸起的肚腩，也没有事业成功者潜滋暗长的骄傲。一个地方打拼多年，那些合乎情理与不合情理的变化，从未激起过他对这座城市更多的热爱或憎恶。事业之基奠定，经人导引，他穿一种没有任何LOGO却价格不菲的私人品牌，入住五星以上的酒店，好喝上年头的普洱，吃食材地道的私房菜。当然还有一些他看来寻常却让人嫉妒渴望的生活方式。同行眼中，他超脱大度又过于暮气逼临。女人眼中，他儒雅平实却又深不可测。这年头，成功人士，牛哄哄也好，沉默寡言也好，爱怎样就怎样都有理。

"什么生活不是可有可无的？"他知道如此回答孟庠，给人感觉就是站着说话不腰痛的庸俗。

"顺利的话在那里多玩几天，四处走走看看。"西媛爽约了，原本应了要送他赴机场，临了来电话说报社有一个重要采访。一份期待，散了架，狼藉倒地，败坏情绪。车内的气氛有些顿滞，他闭目养神，想着此刻若是西媛坐在身旁的那份情动。司机专注开车，他和西媛闭目养神。空气中都是她的气味，像婴儿沐浴后的清澈和透亮。他不断调整坐姿的动作把空气撕裂，他握住她的手，肌肤的光滑和热度传导过来，像躺进冬日暴晒后的棉被，残留的阳光气息紧紧把他裹住。他对气味异常敏感，对女人的欣赏，也常是从气味开始的。

睁眼，身边空荡荡的，气味也瞬间消逝。他略加整顿情绪，速去速回的念头如壁立千仞。

穿过大厅办理登机托运手续，他没想到会在这里"遇见"李昉。站在候机大厅熙攘的人流中，她和一个陌生的男人手臂藤蔓似的互相攀绕着，不知怎样开心的事逗乐他们。李昉和她的新欢，他是这样猜测的。前不久他突然遇到一位旧同事在耳边嘀咕了几句，李昉又离了，这次找了个比她小的。表面若无其事，心里着实震惊。排除他那段地下史，她这是"三进宫"了。他那时就不看好的结合终于还是分开，没有庆幸，倒是悲凉四溢。

他们从他的左前方径直走过。没有看见他。他侥幸是这样的"遇见"。他一只手抓着行李箱拉杆，拖箱是有些磨损的银灰色，四只轮，八方转。李昉从平和堂买来后找了个大白鲸画贴，摁在了右上角。"这样不会混淆了。"他还记得李昉双腿夹着新拖箱滑过来的样子，那时候两情相悦，所有的一切都是美好的。现在大白鲸没了，时光也早吞噬掉那些愉悦美好，吐出怨恨的碎骨。他盯着走远的背影，如果他们互相看到，如果他主动打声招呼，她会是怎样的慌乱？那张脸将掀起表情的风浪，暴风袭来，欢喜跑远，惊讶、恐慌、镇定、紧张、烦躁、气恼，轮番登场。他呢，依旧不怒而威，她曾这般形容他。

李昉已然走远，他突然手一软，怨怼跌地破碎，仿佛射离弦的箭半空悉数改变方向，箭头掉身射向自己。

抬腕看表，时间所剩不多。他走着与李昉背离的方向，顺利消失在安检门内。其间他回头望过两次，仿佛李昉会傻愣愣地站在那里，迷茫地迎接着他的回望。仿佛这机场大厅变成了一片海，海雾把她魇住，动弹不得。她的躯壳成了一个巨大空洞。大厅里的来者去者，终是被这里的喧闹和空寂轮番消解。

他和李昉之间的关系早在十几年前就已画上句号。他不到三十，还在那家市直机关单位志得意满之际，他俩鬼使神差地好上了。那时妻子尚在孕中，吃什么都吐，儿子在肚子里不安生，他也不安生。李昉在机关工会，年终检查分在一个组，到几家下级单位走动。这类检查无非就是做做表面文章，走马观花地看一看，然后是被接待、被陪同、被吃饭，遇到开心的场合就拓展着去 K 歌、洗脚。一来二去，那种男女之间奇怪的感觉黏合到了他们身上。每天在单位擦肩而过，众人面前形同路人，短信往返，更多的想念化成文字在 QQ 上穿梭。他像重新找到恋爱的感觉，而李昉的举手投足，一颦一笑，都让他念念不忘。

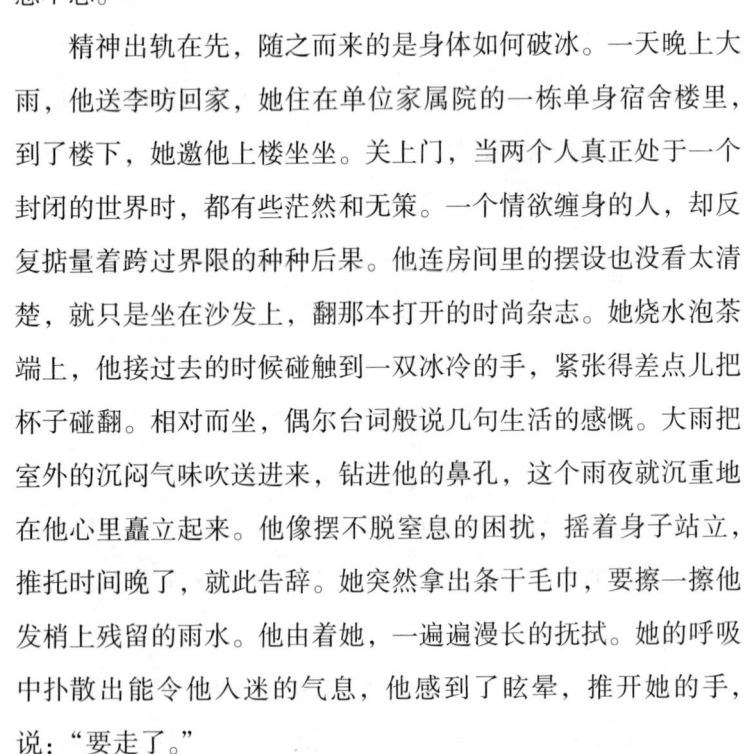

精神出轨在先，随之而来的是身体如何破冰。一天晚上大雨，他送李昉回家，她住在单位家属院的一栋单身宿舍楼里，到了楼下，她邀他上楼坐坐。关上门，当两个人真正处于一个封闭的世界时，都有些茫然和无策。一个情欲缠身的人，却反复掂量着跨过界限的种种后果。他连房间里的摆设也没看太清楚，就只是坐在沙发上，翻那本打开的时尚杂志。她烧水泡茶端上，他接过去的时候碰触到一双冰冷的手，紧张得差点儿把杯子碰翻。相对而坐，偶尔台词般说几句生活的感慨。大雨把室外的沉闷气味吹送进来，钻进他的鼻孔，这个雨夜就沉重地在他心里矗立起来。他像摆不脱窒息的困扰，摇着身子站立，推托时间晚了，就此告辞。她突然拿出条干毛巾，要擦一擦他发梢上残留的雨水。他由着她，一遍遍漫长的抚拭。她的呼吸中扑散出能令他入迷的气息，他感到了眩晕，推开她的手，说："要走了。"

她侧脸直盯他的眼睛，说："可以抱抱我吗？"

这不是他所期待的开始吗？他躲不开她的眼神，轻轻把她抱在怀中，而她把他抱得更紧。眩晕之浪又一次袭来。他深深呼吸着来自她身体里的气息，像乡间春天野花满坡所撒播的大地芬芳。一个长久的拥抱在这个夜晚结束，便是两个人关系跨过临界点的开始。后来他慢慢知道，李昉和丈夫分居很长一段时间了，原因是丈夫和初恋重修于好，朋友同事议论纷纷，她还蒙在鼓里，更羞辱的是丈夫竟然先提出离婚，房子留下，一切皆可带走。她一气之下离家出走搬回单位宿舍，不在离婚协议上签字。这栋楼里，和李昉同进的一批年轻人娶的娶、嫁的嫁，熟悉的面孔悉数搬尽，房子或由外来人员租赁或闲置。他来去放心大胆，无须担忧授人以柄。每次暗度陈仓，越欢愉越短暂，而在妻子那里撒谎的恐惧后遗症也越来越扩大。

脑子真是进了水。他后来唯一跟孟庠谈起过这段情事，似乎还有无限缱绻未尽。孟庠讥笑他儿女情长，英雄气短。他和妻子是大学同学，知根知底情投意合。他在单位已是最年轻的科级干部，办事低调踏实，独当一面，大有后来居上锦绣前程之势。但面对李昉扑面而来的芬芳气息，他的一道道防线被情欲的洪水冲溃。关键问题是他压根就没想好这种关系应该的走向。狠心抛弃孕中之妻，实是有违他的本性；逢场作戏，他又是拿得起放不下。

有天夜里趁妻子睡熟，他偷溜出门打电话，妻子意外醒来发现家中少了一个人，电话打去一直占着线，于是腆着肚子下楼。正在电话中倾诉情思的他冷不丁被一瓢冰水淋个透湿。幸好他早有准备，手机上显示的是一个假名。还是李昉提醒的，这是他至今想不透彻的地方。也许这个女人早就对他柔软的内心不怀丝毫念想。

女人都是第六感高度发达的动物，任他狡口搪塞，却难化解妻子心头之疑。哭泣、冷战、悔过，在人前还要摆出若无其事的样子。其后，那段惶恐的日子，至今让他心悸不安。妻子要挽救他于水火之中，他的一切外出行踪都被时间给约束。他把深夜电话惊魂事件说给了李昉，她冷冷地看了他一眼，发出不易察觉的嗤之以鼻之音。他们格外谨慎地约过几次会，情绪却一次次变形走样，争吵、嘲讽、伤心、哭泣，李昉也是女人，女人天然都会使这几招。他唯有把恋情通过手机信息和邮件文字，但渐渐收不到服务区的回复。拖拖拉拉两个月之中，李昉的一百八十度转变把他的情感之梦彻底摧毁。

她和另一个同事在他被"监控"这段时间迅速好上了，那男同事说是高中就暗恋她，如今听说她在离婚前夕，遂剖腹诉衷情，顶着咒骂之名毫无畏惧地投身到离婚的拉锯战中。几个来回，这一对"璧人"修成正果。他成了被遗弃者，孟庠却说："你还不谢天谢地，李昉保护了你，男同事成了接盘侠。"

这恐怕是单位最让人狗血之事。不过这起受人诟病的婚恋畸变，正如孟庠所言，他悄无声息地保全了自己，当事者之一成了局外人。全身而退的他听着同事们口水那对"璧人"，千般滋味翻来覆去，他原本也该是被口水的对象。有一段日子，他坚定地认为李昉是故意报复。明知他连正眼都不愿瞧那男同事，行事虚伪做作，自作聪明却常弄巧成拙，无非有一位在市直部门担任主职,绰号"田胖子"的父亲庇护着。他在机关行走,但与这对父子俩没甚交情也无好感,远而避之。

他从心底并不看好他们的婚姻。李昉再婚没有惊动他。

不久之后,他便离开了机关,调到另一部门。他把自己看作一个失败者,受伤后的忠诚度快速上升,家里家外,模范规矩。终归是浪子回头金不换,妻子也不再追究,原谅了他的一时莽撞。一年后,他在妻子家族的帮衬下,决意投身商海一搏。李昉之殇,虽只持续短暂两月,却也刻骨铭心,这堂血淋淋的教育课让他彻底死心。自此之后,商海泛舟,不动感情,也无情可动,规规矩矩,洁身进退,倒也令朋友们刮目相看,有了几分敬意。

飞行途中,他脑海中蒙太奇般放映了与李昉的过往。生意上的成功之途,让他每每回想那段意乱情迷的往昔,仍还心惊肉跳,伤口是体内奔腾的河流。若是偏倚不当,他也不是今天的他。虽不至身败名裂,但估计也就蝇营狗苟,不知生出多少人生的烦恼之丝。

妻子一直以不同方式证明自己过得幸福。她和孩子去年年初办了移民去澳大利亚,正式拿到绿卡至少要住满两年。孩子很乖,他也把情感的指针调试正常,夫妻间感情并驾齐驱,和气友睦,但妻子对他那次被淹没的出轨也不无顾忌,好在他的自觉帮着度过多次考验。

"现在的女孩子都生猛鲜辣,小心被她们吃了,连骨头都不吐。""这几天有没有艳遇啊,你这种人在街上走,迷倒一片,但没一个真心实意的。"……刚开始妻子越洋电话不分日夜,旁敲侧击,他唯唯诺诺,态度诚恳。有时那边的孤独和欢喜,会在深更半夜造访,把他从昏睡中连根拔起,电话挂断,他再也睡不着。后来,电话频率日渐稀薄,儿子进了新学校交了新朋友,妻子到了华人联谊会,精彩的活动瓜分了她的孤寂。唯有他的孤寂恒常如新。

那些日子,回到空荡荡的家,一头扑在空荡荡的床上,他感到脖子被一双生铁般的手钳住,留点儿微弱的呼吸让他苟且活命。呼吸还顺畅的时候,和西嫒偶遇撞出点儿火花,似乎就成了件再正常不过的事。

孟庠公司周年答谢会,身为多年好友,他前去捧场,有熟悉的面孔,也有陌生的脸蛋。他略带出差奔波尚未卸下的疲惫,躲在角落,看那一张张被灯光照亮的面孔如何变幻。逢场都只剩下作戏,无聊无趣,这是他心底的总结词。他又何尝不是这样,见到投资者、大客户、政界要员,也要违心送上友好关切,而在不待见的有求者面前,他冰冷的脸上要拼命克制住那到处游荡的厌恶。

孟庠拐弯抹角逮住他,说:"忙死了,你帮帮忙,给那记者上上课,刨根问底,烦死了。"也不等他应允,就朝人群中招手示意。一个女孩弯腰向人致歉,转身向他们急急地挪步过来。他朝女孩打量几眼,与到场女性的职业装旗袍秀区分明显,一身国内休闲品牌,左肩挎一个紫色大包,皮质发光,经大堂灯一照灼人眼睛。

"这是商报记者西媛,你们爱怎么聊就怎么聊,想聊什么就聊什么。"孟庠一转身走了,西媛微微一笑,握手问好。她走过来,扇起一缕微风,夹着清清甜甜的气味,他一下就嗅到,像一只鸟飞快扑身草丛,精准啄住细小的虫子。

毕竟是干记者这行的,西媛很快就拿出专业精神进入到采访姿态。起初他还想调侃女孩,为什么大家都说要防火防盗防记者啊?但初次晤面,还没这么浅薄地说出口。西媛嗔怪:"孟总真不靠谱,连您尊姓大名都不介绍。"她的语速很快,旋涡般转动。

他递上一张名片,西媛莞尔一笑,"那这样就算认识啦。"

他们坐在沙发上,聊金融信贷、微小企业盈利新模式、正潮流的 P2P。她不时从那个大包里往外掏,笔、采访本、手机、录音笔、纸巾,一面手掌能握住的化妆镜。她很认真地在本子上记着,不记录的时候就双眼盯着他。他有些发虚,眼神一迎上去,不及交锋,她又灵巧地躲开了。后来,西媛说,那天晚上,他看上去有着迷人的倦怠,早上刮净的胡楂儿齐整地挣扎出表皮,让她想起了她小时候的父亲。

"我显老吗?"

"你去问问镜子,你想和我比年龄优势吗?"他喜欢西媛这种性格,知性女子,握刀跨马,横冲直撞。

一来二往,几次商业活动他们遇见,就很熟络地打招呼,找个偏僻角落说几句互相体恤的话。孟庠召集过两次饭局,闻知西媛在列，他则欣然前往。过去那些吵闹的活动和饭局他一般是不参加的，当然他也不回家自己动手，他喜欢一个人去个私家厨房，炒一荤一素或是二两虾仁馅饺子，一碟醋泡海蜇头，必不可少的是要点两瓶青岛啤酒。很奇怪，与西媛见一面就有外人感受不到的默契感。有时就一个眼神，彼此心领神会。这偶尔会让他想起李昉，想起那一小段不堪的情事之初。重蹈覆辙，并不是他想的，但从一开始，他就有了异样的感觉。这在孤独的深夜让他神迷意乱，有时他宁可浑浑噩噩跨过那道坎，找个杳无人迹的山居村落藏起来。"现实逃避主义者。"孟庠给他贴的标签，讥讽说，"你真要有本事，该是万人如海一身藏。"

像东京这样的喧闹拥挤是他未曾经历的，但喧闹之下的秩序又井然不悖，走过街头看到踽踽独行人，面目安宁，不闻不问不东张不西望，这是孟庠说的"万人如海一身藏"吗？白天参观日方合作伙伴的企业，晚上看合同，与国内律师邮件研究风险指数。他历来谨言慎行，每一项生意上的抉择都要反复考衡风险。大或小，有或无，最大，最小，虽然他至今尚未遇到过风险来袭，顺顺当当赚着钱，但他依旧习惯性把该想到的一件不落地考虑周全。午后或晚上睡前的时候给西媛发过短信，回复总是很简洁，"开心玩""在加班"，有时就是一个微笑拥抱的卡通图案。屋檐如悬崖，风铃如沧海。千里之外，西媛差不多是无声黑白。他耳边黯然就飘过一段被费玉清扯散的旋律。

　　幸好合作伙伴是个热情洋溢的家伙。从晨起到晚上把每一天的时间充分安排到分分秒秒，劳逸结合，声色犬马。

　　"你们日本人都是这样谈生意的吗？"几次下来，他问对方。

　　"你不喜欢？我的跟中国人学啊。"

　　"我喜欢你换一种安静的方式。"

　　"明天就来安静的。"日本人眉头皱成一条直线，露出夸张的严肃表情。

　　第二天日本人邀请他当晚至家中做客。在商言商，他很不愿跟合作方建立超乎其上的友情。那会是一种伤害。生意谈不好就崩了，友情不能说崩就崩，二者又不可兼得。他犹豫了一下，对方说绝对换的是一种安静的方式，还鞠躬九十度。就破例答应了。

　　日本人家住京都郊外，从万人如海的城中逃离，车窗外景色换了一个频道，仿佛进入另一个世界，安宁、洁静。他偶尔会为自己的忙碌厌倦，也尝试过躲到乡下清朴之地，关了手机，不上网，但那滚动起来的事业之球不放过他，随时碾压过来。车内，他又闻到这两天偶尔从日本人身上飘来的香气，蓬松、浓烈得多。后视镜上一根细红绳吊挂着一个小巧的透明玻璃瓶，像可佩戴的饰物。他拿手随意从瓶身划过，证实了自己的猜测。日本人专注开车，没有察觉到他的细小动作。

　　去的是一幢清幽的院子，小草铺地，花木葱茏，造型精致。迎门是两棵碗口粗的罗汉松，松针翠绿，刚洗过一般。他在国内一寺院看到过移植的罗汉松，就来自日本，均价要一百来万元人民币。院子是日本人的父亲置下的家业，这老人几年前离世，留下的是墙上的照片，一个身材宽粗的矮个子老人怀抱一条玩具鲨鱼，背景是空荡荡的港口、碧蓝的大海，几条零星的帆船。除了老人，他估计那都是布景，老人真实的人生最后只能定格在一张虚假的布景上。上帝喜欢跟每一个人开玩笑。

脱鞋进屋，他皱了皱眉，鼻孔嗅到一种异常的气味，往脑门上冲，有迷目之感。他细细呼吸，气味在，用力吸气以证实来自何处时，气味又跑了。

日本人一眼看出他的心思，说："这是我父亲的气味，他常年在海上捕鲸，一身海腥，久而久之，气味就像在这里安了家，家人早熟悉了，倒是外人不习惯。"

拉开几扇门窗，风穿堂而过。他旋即释然。

日本人亲自下厨，早有准备，很快餐桌挤满碟子盘子。杂锦刺身、鲜虾海龙卷、北寄贝、樱花鱿鱼、吉列炸生蚝。日本人一样样介绍，摆出一副美食家的派头。三文鱼片切得又薄又规整，云彩般地撂在冰碎上，闪闪发光。他把芥末研磨至无形，筷子左一偏右一扫，润滑入口，浅嚼两口，生生吞咽。清酒若干巡，杯口太小，与能牛饮的平时比起来，他似乎千杯有醉。

他哼哧鼻子，说："你家里还有另一种气味。"

日本人嘴角上挑，微微一笑，"你嗅觉真灵敏。是的，龙涎香水的。"然后扑散了一下宽松的和服，气味又蓬松、浓烈了些。他自然听说过这是种昂贵的香料，但并不知其来历。

日本人说父亲是从长崎到东京来的，曾经是个捕鲸者。"每次回家要带回一屋子熏天臭气，那是抹香鲸的气味，知道吗？"

他不置可否，眨眼微笑，意思是你接着说，我在听。

那个布景里老人的形象渐次浮现眼前。老人参与过多次抹香鲸的捕捞，那是种地球上最庞大的生物，过去那些武夫般的捕鲸者费尽气力打开鲸那占身体三分之一的脑袋，里面白白的鲸脑油，滑腻顺流，像什么。

像什么，他回应对方，咧嘴抿笑。

夜晚过得缓慢，他们不停地饮酒，日本伙伴讲了很多话。他却常停留在那鲸脑油上，这油后来被人发现可以当作灯油，世界上最明亮的灯油。一头抹香鲸的脑油可以点亮多少盏灯啊。精液般的脑油，他脑子里突然浮现一个有点儿情色的画面。

谈完生意，比预期想象的收效大，他动了心思去一趟长崎，看看那个停靠了许多捕鲸船的港口。但日本人告诉他，现在不能乱捕，捕鲸时代早过去了。"不像过去，日本穷，吃不起牛肉猪肉，就吃一点点鲸肉。"听那语气，日本人贼坏呀，"一点点，那可是鲸鱼。"签好合作协议后的庆祝午餐，仍是日本料理，他看到日本伙伴用餐前每次都把一样样器皿、菜肴摆得精致有序，去长崎的念头突然直接高楼坠落，噼噼粉碎。找了个不适的借口，他提前回了酒店，改签机票，匆匆收拾，打车去了机场。他讨厌这个精致的利己主义国度，讨厌一个男人身上时有时无且绵长蓬松的香气。日本人说龙涎香其实就是抹香鲸肠道内消化不了的梗阻物，分泌出的一块松蜡般的硬物，未知归处，但昂贵得很。

日本人叹惜："父亲运气糟糕得很，一辈子跟那些鱼、鲸打交道，最后老死在海上，都没能捞到过一小块排泄物。"

他收拾行李叫了出租车，就给西媛打电话，想告诉她提前回来的消息。电话没接通，发了条信息，片刻也没回。他们去吃过一次日本料理，西媛点菜折腾了几个来回，到头来发现全是小碟小碗，菜上得那么少，像孩子玩过家家。最后西媛用一句话点评这顿晚饭：价贵量少，日本人真小气。自那后，她宁可要他请去路边大排档，也没跨进过那家料理店。

去机场的途中，突降暴雨。天色阴沉，雨雾浓密，整个世界都被雨吞噬了。车开得很慢，不能怪出租车司机，能见度低，雨刮器费力扫出前方一点点空白，马上又模糊不清。手机开着，发出细微的咔嗒提示音。天气警报、保险广告、旅游信息、飞行管家提醒，都是官方字眼儿，没有西媛的回复。他心中发出暴雨落在玻璃上炸裂的震响。

遇见西媛后，他多次告诫自己，不要去牵挂不要动感情。但他就像青春叛逆期的孩子，越叮嘱就越跃跃欲试。有天夜里，在一个推不掉的应酬酒局上，他接到西媛来电。电话里只有嘤嘤颤颤的哭泣声，他走到包厢外，温情地问："怎么啦？"西媛没有回答。哭泣持续到挂断电话，他也无措了，感到那是他一生中经历的最漫长和无望的时刻。那汹涌的怜惜爱意把他裹卷，丢到狂风暴雨里刷洗。回到饭桌上他不顾挽留，先行告辞。走出酒店，他就连续拨打西媛的电话，总是一个温柔的腔调：您拨的电话正在通话中。他开着车不知要驶向何处，而实则是朝着报社的方向。他不知道西媛这个电话是何深意，也不知道如何去帮她解决遇到的问题。道路堵塞，心里更堵，他躁动不安地咒骂着这座城市，去他妈的万人如海，依然只能是蜗牛般地穿过那些尾灯频闪的交叉路口。

在他快抵达报社楼下之前，西媛的电话回过来了。她道歉："遇到难受的事，冒昧打扰，抱歉！"听得出来她在努力平复自己，语气中忧伤未离，但明显改善了许多。

"抱什么歉，我到了贵单位楼下。"

"啊？你怎么过来了？"西媛非常惊讶。

"不是你电话喊我来的吗，我以为发生了十二级地震？"

那头扑哧笑了，紧接着又有伤心的眼泪淌下，"比地震还危险。"

"那赶紧离开震区吧，我带你去个安全的地方。"

十分钟，隔世般漫长。他就在车内的一片黑暗里，盯着窗外，偶有车灯流星般划过，摇晃着蓬勃的光芒，消失在广袤的夜色里。天空中还有星群吗？城市的灯火吃掉了那些弱小的星光。他浮现出少儿时代,户外乘凉,当老师的父亲教他认识满天灿烂的星座,狮子座、北斗星、猎户座,有时他不睡,就看着这些星座一个个地落下去。他突然想起有好些年没仰望过星空了。

西媛拎着她那个装得下"整个世界"的挎包出来了,他闪了一下车前灯,又陷入一片黑暗。他启动车,不说话,缓缓驶向连接线大道。西媛也不问,紧紧怀抱着她的那个"整个世界"。车开到郊外西塘山半山腰,停在观景台。风把白天的燠热吹散,站在这里可以远远看到闪烁的夜景。南面的月溪湖湿地公园、九孔桥、恒大半岛别墅;东面的会展中心、市政楼群;北面的工业园区,都被夜灯勾勒出清晰的轮廓。灯火辉煌,但照样被夜空巨大的沉寂吞没。

"你经常来吗?"良久,她的声音像是从"世界"的黑洞里发出来的。

"心情不好的时候就来,风一吹,烦恼就都散了。"他扭头,想去捕捉那双忧伤的眼睛。

"你看到的是什么?"她的身体前倾了一下。

"你猜猜?"

"我不猜。"

"我看到最多的是孤独。你呢?"

她欲言又止,扭过头,看着浮在黑暗中的这张脸左右摇晃,初见时一闪而逝的心动猛烈撞击。西媛的自我调适能力不错,她所从事的记者职业,要求她拥有超出一般女孩的坚毅,很快跨出任何事情投下的阴影。无论阴影面积多大，职业女性都会加速跑出它的笼罩。

他隐约猜测到发生的事情，答案揭晓，依然带给他震惊。西媛跑政府经济线经常接触的市长助理，就是那位屡有不轨作风的田胖子，公开骚扰西媛。过去饭桌上、短信、电话，西媛也就当作领导酒后玩笑之举，而在几个小时前，他们跟着副市长到郊区县调研，吃完晚饭，田胖子把西媛叫到自己车上，返城途中，借着酒性骚扰她。他想不出骚扰的场景有多不堪。这不堪的场面他不是没经历过，那时他往往悄身后退，一旁麻木笑观，却从未指责过那些撩姑娘的朋友。

"有些人真脏。"西媛说了事情经过，说，"回来后，贱人还发信息，说要跟报社领导讲，下次去成都考察点名让我去随行报道。"

听到"贱人"一词从西媛的嘴里连滚带爬地出来，他扑哧笑了。他喜欢她说脏话时的样子。

"你还笑，早知道你们男人都没一个好人。"

"不笑了，没好人，没好人。"

"事情怎么办？"西媛撒娇地抓住他的手臂。这是他们除公开场合握手之外第一次肌肤上的碰触，他的心不由得一紧，那种熟悉而又遥远的青春气息，仿佛穿过每一个毛孔钻进体内，在他的心里投下一颗炸弹，轰隆一声，水花四溅，眼目迷蒙。

成都是坚决不能去的，骚扰之事还没发展到侵犯之地，也就不能过度宣扬，最重要的是保护西媛名誉不受损害，这种事在外面一旦有点儿风就是雨，明天早上就会变成西媛攀附权贵、不知廉耻的新闻广为流传。世道龌龊，人心不古，他必须考虑西媛的进退。像一场宫廷密谋，必须设计好走的每一步和风险指数。他最后想到了孟庠，通过他这个中间人出马，让田胖子自觉收敛。

孟庠不等他把西媛的遭遇说完，就乐不可支地说："这老色鬼，迟早一天要死在女人床上。"

"他怎么死跟我们无关，也许是死无葬身之地。"他责令这位好友想办法搞掂。当初，在单位站错队的孟庠郁闷之下，扑腾跳到"海"中的关键几步，都有他出手相助的功劳。他在别人面前从不居功，但对孟庠是个例外。

没两天，孟庠回话，事情解决了，安排饭局找几个风月场上的美女陪田胖子。酒至半途，孟庠半玩笑半严肃地提到了西媛。"老色鬼其实是聪明人，放心吧，不会有下次了。"接着孟庠话锋一转，"你替西媛出头，英雄救美，你俩什么情况啊？"

他早料到有这么个问题在孟庠那里等着，其实他也不确定什么答案是最合适的。朋友，知己，怜香惜玉，有所图谋。不等他启齿，那边变得嘈杂起来。"有重要客户来了，改天聊，把答案想好了再告诉我。"孟庠哈哈地留下一串笑声。

田胖子的事有了回复，他站在办公室的大落地窗前，给西媛发了条短信。整天他好些次拿出手机，都不见回信。直到晚上，西媛气喘吁吁地打来电话："忙死啦，忙死啦，今天跟一企业志愿者到山区贫困助学，没信号。那事情，谢谢你啦！"

他不安的心绪，在这急促的言语里获得抚慰。"吓死宝宝啦。"他突然抖搂的幽默，逗得西媛哈哈笑起来。

他们再次见面是周末，西媛说要去山里，送一批代购的书和文具。他自告奋勇地当司机。去的路上，西媛很兴奋地讲采访那山区穷学校的意外发现，又如何跟某个企业成功牵线，下一步打算再找几个企业家资助一下。

他保持微笑，耐心听着西媛的讲述，内心充盈着欢愉。他们把书送到，只有一个老师在值守，因为是周日，他没看到那些穷孩子，临走时，他悄悄塞给老师一个信封，老师很感激地推辞。他说："一定要拿着，一点儿心意，给孩子们改善伙食的。"

回程路上，疲乏的西媛座椅后靠睡着了。山路崎岖，他不敢分神，偶尔瞟到熟睡的那张青春的脸，素净、饱满，眉目之间，奕奕神韵从里向外肆意流淌，又有着那么点儿桀骜不驯。他感觉又回到十年前，他也是被李昉那张熟睡的脸打败。他把那张脸按在墙上，嘴唇摩挲，然后急切地撞击、吮吸、咬噬。男女之间，情到深处，是没有顾忌的，身份、家庭、道德感、廉耻心，现实之中的约束枷锁，都会无形中通通打开，插上翅膀飞走。

突然之间，他的心像被刀轻轻地割了一下，血和痛，一丝线般地渗出，刀口扯裂，越来越大，四处喷溅，血漫上脖颈儿，堵住喉咙，身体颤发出咕咕嘟嘟的抖动声音。

飞机因暴雨暂时不能起飞,他被困机场。

西媛的手机索性关了。他有不祥之感。李昉事件之后,他就成了一个禁欲主义者。但对西媛,他不知是欲望的苏醒还是爱恋的重生。他心机深重,既大大咧咧,又精巧细致,呵护着他们之间的一举一动。他知道,也许只是要等待一个十年前的拥抱,冰山就会浮出海面,世界就会热烈绽放。

打给孟庠,对不起,您拨打的电话已关机。

司机电话是通的,他说:"飞机晚点,起飞登机前再联系。"

司机突然说:"田胖子被抓了,前天的事,新闻播了。"

他愣了一下,然后嗯了一声,表示知道了。这田胖子说起来也算是个"人才",从乡镇一步一步爬到市里,从交通局局长的位置上转到了政府部门,分工高速公路跨湖桥梁这些重大工程的建设与调度。大权在握,办事风格精准凌厉,唯一受人诟病之处是个人作风,不隐晦的结果就是他原来还可以爬到更高的位置结果走得磕磕绊绊,有人希望看到他彻底摔下去却偏生安稳风光。孟庠跟他透露过不少与这位市长助理的交往。他忖度孟庠这两年转战高速建设,拿不拿得到标,花多少代价拿到,与田胖子不无关系。

孟庠会否受到牵连?他给过两笔钱,让孟庠拿到田胖子受贿的证据,捏在手中当尚方宝剑。孟庠要他三思,别意气用事。他也深知那些台面下的利益条块是环环相扣错综复杂的。但想到那张坑洼的脸和肮脏的手逼近节节败退的西媛,他不再为自己的别有用心感到可耻。现在试着给认识的孟庠公司一位副手打电话,副手说一周前告假来了新马泰旅游,孟总的事业稳如泰山,不说不可能有事,就算有事,孟总都摆得平。

"有些人,吹牛已经不知廉耻了。"他想起西媛说过的这句话,她采访一些老板,大大小小,好像都是这世界的宠儿,上帝的眷顾能让他们走得一帆风顺康庄开阔。"资本家都是吸血虫,包括你,到时等着迎接一场新的社会主义改造吧。"看到西媛气呼呼的认真模样,本想辩论几句的他,反倒被逗乐了。

雨势小了一些,远方的天空被劈开一缝光亮。但机场广播还没通知航班时间调整的准确信息。机场安排了晚饭,向延误表示歉意。一个个的鞠躬在眼前晃动,他根本没心思去理会这些歉意,紧紧攥着手机。终于等到孟庠回了电话,是一个陌生号码打来的。

"哥,我刚出来,被纪委请去喝咖啡了。"孟庠的声音有些嘶哑。

"你在哪里?"

"我在煮三江,一个人安静一下。"煮三江是个茶室,离他家很近,他当初喜欢喝茶就被朋友撺掇入了股。负责经营的朋友让他取个名,他想都没想,就说了这名字。父亲在他小时候最喜欢哼唱样板戏,久而久之他也会那么几段经典的唱词,尤其是《沙家浜》中阿庆嫂的那一段:"垒起七星灶,铜壶煮三江。摆开八仙桌,招待十六方。来的都是客,全凭嘴一张。相逢开口笑,过后莫思量。人一走,茶就凉。有什么周详不周详。"阿庆嫂的玲珑洒脱,对世事的洞明,似乎都在这几十个字里出神入化。

他走到候机大厅的一个角落,望外看,雨小了许多,推开透气窗,风凉飕飕地挤进来。他脑子里打开那张风险指数的防控网络,琢磨着孟庠缠身的麻烦到底有多大,要不要出手,又该使几分力。他想象着孟庠坐在他最熟悉的那间最幽静的茶室包厢里,能听到茶壶烧水的翻滚声,杯盏与黄花梨茶台磕碰的脆音。孟庠讲述大清早出门被纪委的人拦住,带到老城区一家宾馆问询的经过。孟庠起初迂回不言,被呵斥"放清醒些,好好想想"。"醒悟"中途,独自进来一个人,低声暗示,田胖子主动供了,跟他有关的问题直说无妨。孟庠心中有底,再到讯问就交代了公司参加的几次高速竞标,走的程序合法,只是给田胖子送过十万现金,前前后后吃饭请客旅游送礼花销。都是细枝末节,对孟庠而言是伤筋不动骨,签字画押就放人了。

"总归是好事不出门,坏事传千里啊。只怪田胖子把我供了。"孟庠气恼地说。

"为什么供你,他是个聪明人,知道你人脉广,跟一些上层有交集。"

"我早有预感,田胖子迟早要出事,也怪我大意,有些事手脚做得不干净。"

"你把跟他有关的说了就没事了,纪委不是针对你。"那些跟官场人物沾腥的事,他也不是没做过,如果只是这样,凭孟庠的活动能力，不会有什么麻烦。

"麻烦的是西媛。"

提到西媛，他的心一抽搐，"她有什么麻烦？"

"你不知道她父亲，鑫达建设公司的郭总，和田胖子穿一条裤衩的。"

他感到脑子有些混乱了，西媛是郭鑫达的女儿，这像是一个玩笑。"我以为你早知道啦。"孟庠一句话就绕过了，是故意隐瞒还是真以为他已知底细。这些年，他早该知道，信任从未绝对透明过。

孟庠简要讲述，郭鑫达在西媛小时候就离了婚，西媛随母亲单过，母亲前年抑郁自杀了。父女一场，又在同一座城市，郭鑫达时常暗中物质施舍，西媛总是拒绝。郭鑫达学聪明了，悄悄瞒着把女儿大学毕业办进了报社。他和郭鑫达没什么交集，但耳闻过一些此人劣癖，这个身边豢养了好几房女人的地产商，为了钱可以做出任何人想不到的事。当年抛妻弃子，就是另择高枝跟一个银行行长的女儿好上了，行长批的一大笔贷款，让他此后活得油光发亮起来。上帝真是会开玩笑，一个臭名昭著的商人，有一个冰洁女儿。

他把透气窗打得更开些，好深呼吸几口雨后空气，却又仿佛闻到那个日本人家里奇怪的气味，恶心呕吐之感体内蔓延。那天晚上，他一直在忍受着气味飘来荡去的困扰。幸好那个日本人的絮叨，分散了他的注意力。日本人说，从小家中贫苦，父亲常年出海，回家就酗酒打骂，母亲在家织织补补，默默忍受,把家里里外外安顿得整洁有序。有一次母亲肚子突然疼痛,叫他去领来村里年轻的医生。那以后,母亲就经常性地患病,医生也成了家中常客,父亲也常常借醉酒打骂女人。一年多后,母亲留下与父亲的离婚书,跟医生走了,从此杳无音信。他一点儿都没埋怨过母亲,像母亲这样的贤淑女人应该生活在京都的小院,而不是在偏远的渔村。他以为母亲是去过幸福的日子了。三年前,母亲泪水涟涟地找来,原来是医生罹患癌症,需要大笔治疗费用。日本人说,站在眼前的老女人,哭诉得那么凄惨,他怎么都没法把她与自己的母亲联系起来。那一刻他对生活充满了厌恶和报复之心。母亲和医生后来怎样呢?他没有问日本人,一个从小被抛弃的孩子,有任何理由做出任何选择,道德评判与他们之间的生意来往没有直接关系。相较而言,他更信任黑字白纸受到法律约束的合同。

又一个陌生的电话响了,还是孟庠,说:"是西媛举报的郭鑫达,实名举报,这下西媛上了头条了。"是刚才得到的准确信息,可想而知,田胖子就是郭鑫达牵出来的。一条绳上的蚂蚱。

他一句话也接不上来。

"哥,你联系上西媛,劝劝她。"

"我也没找到她。你再动动你的关系,把事情问清楚,等我回来见面说。"

西媛的手机还是关机状态。她是躲起来,还是纪委带走保护起来了。田胖子出事是迟早的事,从知道西媛被骚扰那天起，他忐忑的心绪就一直游离不散，当年李昉情感大转折，做了田胖子的儿媳妇，这是他至今不解也没再追问的事。这些年里，时常会心有不甘，又抚慰自己，有些事不知道更好，也许是对自己最大的保护。但西媛的出现，让他一块块砖头搬垒着房子的高墙，但他又隐隐担忧这面墙一下被撞塌。

他迈出沉重的步子，走回候机厅，广播声音在耳朵里轰鸣不清，也听不懂，倒是显示屏上闪烁的几个数字能懂，与签证夹着的机票上的数字相同。登机口排起了有秩序的长队。他差不多是最后一个登机的，飞机上异常安静，大家都被晚点折磨，每一张脸了无生趣，各自缩在座位上安顿身心。这一年多来，那个在他内心藏着的秘密，那种隐蔽的成就感被摔成碎片四处溅落。一个月前，他把暗中收集到田胖子受贿违纪的证据，匿名通过邮件寄给了省纪委。而如今，事情的复杂度超出他的预想，之初的风险分析也分崩瓦解。他压根就没考虑过那些与田胖子有交集的商人，包括郭鑫达，他们落个怎样下场都是各自有命。"你不觉得，你们都很脏吗？"西媛曾经半认真半玩笑的问题，让他曾有些不悦。她是说郭鑫达，是说他，还是这个群体。那时他并不知道她有一个有钱的前父亲。他心底又何尝没有过那些不堪的过往，算计、圈套、挥霍、沉溺、谄媚、虚情、流言、敌视……他在这个场内，抵御退守也偷袭攻击。西媛闹出这一出，举报自己的父亲，她只是报复一个抛妻弃子的父亲吗？他想起西媛说过的一句话，他很像她小时候的父亲。是胡楂儿，还是别的？云浪随着飞机滑行滚滚而来。

八分之一冰山

　　起飞前的一阵颠簸，让他习惯性地紧了紧身体，抓住扶手，缩到凹下去的座位中。他的生活此时仿佛只剩下一颗坚固的核，他被安全地裹在核中间，在空中飞来飞去。他是安全的吗？这些年，他的安全并没有带来多大的快乐。西嫒是安全的吗？下一刻他会怎样去面对那张掩饰不了被忧郁击伤的脸。

　　他微微闭上眼睛，渐渐入梦。一匹紫色小马在烟雨蒙蒙的草原上奔跑。开始的奔跑那么充满力量，路经一片森林时，突然地动山摇，一棵棵参天大树纷纷坠地。他奔腾着四蹄，四处躲闪，没有奇迹发生，小紫马身陷泥沼，一点点地下沉。小紫马突然变成了李昉的脸，西嫒的脸，他自己的脸，又变成从未见过的一张抹香鲸的巨脸，宽大肥硕压铸成长方形的脸，尖嘴张开眼睛就眯成一条凶恶的缝隙，灼灼的目光像冰刃刺过来。这一刻，汹涌的爱意在雪崩。天地倒置，大树、石头、云块、岩浆，呼啸而至，他迎接着砸向他的一切事物。云端之上，他看到夜把夜照亮。

　　骚乱过后，世界宁静。他迷迷糊糊挣脱泥沼的缚身，那种奇怪的气味又蔓行而至。时而臭不可闻，时而微香沁肺。他不知道，何时才能真正甩脱这感官之扰。

# 冰　　山

　　向晚，警车刚进城，手机铃声把我吵醒了。

　　眯睡的这会儿，我竟梦到了刚离开的案发现场。

　　天气燠热，皮肤汗津津的。我昏昏沉沉地揿下绿色键，何大鸟粗嗓门儿问道，到哪里啦？问问你们张队，再大的案子也得让人吃个饭吧？张队坐在副驾驶上闭目养神，眉头拧成一条铰链。他突然睁眼，斜着头瞅过来，似乎很不满意他的思维被打断。

　　我知道何大鸟的面子张队不会不给，故意抱怨道："是我的同学何秘书，我说在办案他也没完没了。"何大鸟原名何鹏程，这个绰号不知是我们的哪位高中同学给取的，鹏是大鸟，鹏程万里也非大鸟不可。何大鸟最终能飞多远无人可知，但他师专毕业进了县委大院，在县委办督查室、政研室待了三年后，摇身变成了县委书记的大秘。张队示意把手机拿过来。我赶紧对着电话说："我们张队跟你讲几句！"手机贴到张队的耳朵上，他却寡着张脸一句话没说。何大鸟不知在里面叽咕些什么。后来张队说："你到前面先下车，记住，别喝醉了，明天上午十点前把法检报告送过来。"

气喘吁吁地跑到神禹酒店，我忘了是哪个包厢，跟服务员小姐一报何秘书的名字，立即就被引到楼上的一个豪华包间。耀眼的大吊灯下就坐了两个人，我推门进去，何大鸟的那张胖脸正笑得花枝乱颤。他在电话里卖关子，说这顿饭是同学宴。这样的聚会一年会有那么三五次，但我并不是每次都被邀请。我与那些散布在各大机关单位的同学校友交往渐少，他们习惯别人称呼他们时姓氏后面带个什么长，而我记性差，只记得高中时互相取的绰号。

何大鸟与身旁的女人谈笑风生，此前他在电话中再三叮嘱我赴这个局。我原想拒绝，但人都有个弱点，我每次从命案现场回来就无端感伤，必定会把自己喝醉。何大鸟高兴地朝我挥手，指着女人的右侧，要我坐那个已经摆好餐具的空位。我看了看女人，她站起来，笑眯眯地看着我。我愣了愣，好像是梦中的那张脸，此刻活生生地站在了我眼前。继而我被她的笑唤醒，脑门子里呼啦涌上一股热流，像是打开了水闸门，乱七八糟的漂浮物都冲了出来。

女人名叫吴果，是我中学同学。高一时她突然出落得漂亮起来，报到第一天我遇到她捧着一堆书上楼，主动上前帮忙，她迟疑了一下，然后将手中的书挪移到我手上。她抬起下巴，像种植多日的百合在清晨绽放，笑盈盈地向我致谢。一瞬间我热血沸腾，心脏扑通乱跳。之后几日，我像着了魔一样焦躁不安，夜里打着手电筒从读过的几本言情小说中找了些华美的句子，给她写了封信。可惜，那封信在我的裤兜揣了半个月也没有送出，最后折叠成一只纸船寄到了河流的远方。

好在我们的课外学习小组安排在一块儿，这给了我很多接触她的机会，那些课后时光让我激动不已，不动声色地变着形式表达关爱，她肯定心知肚明，却很少回馈。高二上学期，我看到她常常不开心，阴云密布，心事重重，偶尔会在无人的角落偷偷哭泣。我犹豫不决，不敢去探测她的秘密，就像哈姆雷特所担忧的，无论如何行动都是失败的结局。

那个学期尚未结束，她就转学了，跟着再嫁的母亲搬到市里。据说她父母是因第三者离异，花边新闻在县城传得沸沸扬扬。不久她父亲患胆管癌，很快去世。她刚转学的那一阵，班上男生像是得了癔症，集体性沉默，课堂上安静了许多。听说，她继父是个有过三次婚史的包工头。她处处躲着不跟老同学联系，也再没回过老家。

高考结束后，我四处打探她的消息，唯一的收获是她考取了一所北方的大学。我开始给她写信。一封、两封、三封……直到第一学年寒假，我才收到她第一封回信。她语气平常，也未解释没有及时回信的缘由。她还记得我，这足以让我备受鼓舞。我们自此开始了书信来往，不深不浅地在纸上诉说校园生活。写信的日子，是我最欢欣的一段时光，我不信她没有读懂我那些隐蔽的爱慕之词，可她偏偏不予理会。情绪荒冷，南北相隔，单相思无疾而终。我从医学院毕业，分配回县公安局做了法医。听说她去了北京，就更加不抱那些奢侈的念想，再也没主动联系过。有次我喝多了，搂着酒桌上的哥们儿说，我的罗曼蒂克是在他妈的信纸上消亡的！哥们儿笑话我是个可耻的意淫者，但我，好像从来都没有彻底忘记她。

我完全没有想到是这样的重逢场合。她伸出手，我却怔怔地并没上前握住。她笑了笑，手慢慢缩了回去。

"孔郑，你小子太不礼貌了吧，见了女神连招呼也不打一个。"何大鸟指责我，"女神刚回来，点名先要见你，先自罚三杯！"

"吴果，对不起！"

多么可笑，这竟是我对她说的第一句话。

三杯罚酒喝尽，她试图阻止却被何大鸟拦住，三个人晚餐就这样开始了。何大鸟果真是个老江湖，言笑晏晏地把我们从尴尬中解围。他从我们的中学生活谈起，边说边朝我露眼风，一堆阿谀之词献给那个逝去的年代和面前的这位女同学。多年不见的吴果，也练就一副好口才，从交谈中拎起一句，恰到好处地把球传过去，称赞何大鸟的官场天赋早就显山露水，仕途上的宏图伟业正徐徐打开。而我像个小丑，在不同的记忆和语流之间蹦跳，来之前那点儿喝酒的蓬勃欲望迅速给阉割了。

吴果的京城生活，屡屡是同学会上不时翻出的焦点。她与一个权力部门司局级的男子谈着恋爱，还认了一个部级领导当干爹，在东三环的高档社区拥有一套大房子，开的是最新版的保时捷，经常是去有武警站岗的宾馆的一楼大堂喝茶，或是二环某个大四合院吃饭。在几位尖刻的女同学嘴里，她从觊觎她的男人那里撕下一张蜕下的皮，然后把这些蜕皮当作缴获的战旗。说得越来越离谱的时候，有人提出且听何秘书说说，然后众人把目光投向何大鸟，他却常常讳莫如深，笑眯着醉眼把车开到另一条轨道。但他有一次谈到，陪县里跑项目的领导赴京会请吴果到五星级酒店吃饭，她有时会约来他们很难请到的领导，有时直接打电话把他们要托办的事跟对方说。据说，为家乡办成过几件大事。就凭"办成过"这三个字，就足以拉开她和我们之间的距离。当然这也是我后来抵触聚会的原因，从那些捕风捉影的唾沫里，我没法将过去一个清纯安静的女孩与那位叱咤京城的女人拼凑在一起，她们是分裂的两个不同个体，即使拥有同一个名字。

  酒喝得很憋屈，我的舌头老卷着，裹不住词，也裹不住液体。我唯一可做的是呼应着何大鸟的提议，杯中一饮而空，这感觉颇是豪迈。我不说话，有几次偷偷望向吴果，却被她捉住。她没说什么，只是笑一笑。酒至中途，何大鸟接了个电话后，起身向吴果道歉，说有个领导交办的事要亲自去，得先行离开，一切都安排好了，有什么需要就打电话，不要客气。临走前他用力地拍了拍我的肩膀："孔郑，人家吴果可是为了你回来的，你要把我们的女神，把我们县的尊贵客人陪好。"

  我假装受宠若惊地点了点头。

  没有了何大鸟的包间，顿觉空荡寂静。我权当何大鸟所言只是一句笑谈，不会傻到真以为这个女人是奔着我回来的。喝了酒真好，人的微妙心理都会被酡红的脸色所遮蔽。吴果沉默了一阵，低声问："过得还好吗？"

"还行。"

"怎么不想着往上走动一下，老窝在县城这地方？"

"待习惯了。"

"怎么还不结婚呢？"

我想她终于问到这个敏感话题了，看了她一眼后低头避开，说："你呢，听说也没结婚？"

"我们这算是互相审讯吗？"她笑了。

吴果要开一瓶新酒，我抢过来按住，她反过来抓住我的手。我说改喝啤的吧，喝白的真要醉的。她突然来了句京片子："你丫到底把酒操练出来了。"我讪笑着说："进了公安局这种地方，不能喝也能喝了。"我给她倒啤酒，气泡在杯子里互相挤碎，第一次发现倒满一杯酒的时间这么漫长。她举杯就干掉了，然后盯着我说："跟你喝酒，岂能怕醉。"

"不醉不归？"我挑了她一眼说。

"嗯，不醉，不归。"

"你真喝醉了怎么办？"

"醉了就去你家。"说完，她又望着我笑起来。

我怔忡着，像蹩脚的演员在舞台上忘记台词，满头大汗，等着递词或大幕拉上。

酒喝到两个人无话时止住了，那晚我也忘了都说过了些啥，人生有太多无法预料的事，我们不知道的事。酒越喝身体越凉，吴果看上去醉意浓烈，一字一顿地说："去你家看看。"

我支支吾吾："我那宿舍又小又乱，去了不太方便。"她把头探过来，一字一顿地说："我是说去你新买的房子。"我愣住了。

她说的新房子是我去年初买了准备的婚房。那时经人介绍我和一个幼儿园老师相亲了，觉得彼此顺眼，反正年纪也老大不小，了却各自父母的忧虑，尽孝道把婚结了也未尝不可。这个长得略微有些发胖的幼师，咧开嘴的时候活像那只叫维尼的熊，于是她给自己取了个维尼熊妈妈的网名，图像也是用她自己一张裁剪得四四方方的张嘴笑的艺术照片。我记得那次去她家，她父母都下楼散步了，她洗浴后穿着睡衣正端着手机追剧，房间里散发着海飞丝的气味，我突然情欲难抑地把手伸向她，她一把捏住了我的手腕。她转身从包里取出一双崭新的医用手套，窸窸窣窣地给我戴上。我说："嫌弃我的手不干净吗？"她把眼睛撑得更圆，说："我喜欢你很职业地摸我。"我这才想起她曾说过，在本地电视台一档法制节目中看到过我处理尸体时的特写镜头，目光专注，表情凝重，她喜欢那个时候的我。我把手套撕掉，一声不吭地走进卫生间，最终还是沮丧地走了出来。那老夫妇俩刚好诡秘地推门回来，一切压根像没发生过，她拉扯着内衣带，连头也没转向我，继续专注于她的"金三顺"。我找了个借口告辞，发誓不再踏进这里一步。

"你是在考虑如何拒绝我吗？"吴果睁大眼睛说，"你敢？"

我几乎改变了主意。但事实是，我对她坚硬的语气很抵触。我说："钥匙不在我手上。"

吴果鼻子里"哼"了一声，把餐盘往前一推，说："就此别过！"

她回酒店客房了，我还怔怔地坐在包间里，像被遗弃的孩子。墙上的电视音量是关闭的，闪动的屏幕正播放国外博物馆展出的世界上最高的恐龙骨架。死去上亿年的长颈巨龙站在大厅中央，它昂着头，张着空洞的大嘴，没有眼珠的眼眶像是时空隧道的入口，从那里可以看到侏罗纪时代属于它的跋扈雄姿。我想，要是此时我在现场，一定会偷偷爬进它的大嘴里。

门突然被用力推开，吴果返回来，她双眼发红，摇摇晃晃地走到我跟前，我赶紧扶住她，她顺势趴进我怀里，我闻到她嘴里呼出喝酒发酵后的腥味。她几乎是咬着我的耳垂在说话："我为什么回来你知道吗？因前段时间总梦到你，你知道吗？"

她细长的手指冰凉，从我脸上滑过，仿佛能听到皮肤铮铮开裂的声响。她头也不回地走了，我仍然一动不动，脖颈儿硬直，望着包间门外。我多么希望这时的我变成一个世界上最小的美颌龙，夺窗一跃，消失在灯火通明的夜色里。

回到蜗居的宿舍，黑暗之中，仿佛另有黑暗。躺在床上，吴果说的那些话在耳边响起。她为什么要跟我说这些，即使她真是为了我回来，我也不可能和她再有什么了。我在酒桌上听到同学们的议论时就考虑过这个问题。何大鸟有次酒后跟我说："她太复杂了，我知道你喜欢过她，但复杂的女人不是你所能驾驭的。"

何大鸟说得对，我搂过他的肩膀重重地拍了拍。

房间里东西不多，角落结着蛛网尘灰，我不是个勤于打扫的人，单身汉多数如此。床头乱七八糟堆着一些书，有《福尔摩斯探案》《沉默的羔羊》《龙文身的女孩》等，我打发无聊的漫漫长夜时都得依靠它们。最上面的一本书是南宋宋慈的《洗冤集录》，我的大学毕业论文就是谈此书的现代意义。我和衣而卧，打开宋慈的书，翻开序言读道："狱事莫重于大辟，大辟莫重于初情，初情莫重于检验。"我曾当众背出整篇序言，但头绪混乱的此刻，我一个字也不记得。仅仅读了一小段，就迷迷糊糊地睡着了。

八百多年前，我这样的职业有个称谓叫"仵作"。这个晚上，一个现代的仵作看见自己以梦为马，走到日头下，桥下碎石凌乱，晃着白光，每一块都能砸死人，石块犬牙交错处，有横流的血污，迹痕模糊。

担心的事还是发生了，第二天昏睡过头，手机上有几个张队的来电。懒得回复，回复也已经迟了。中饭没吃，腹胃让酒、感伤和失悔塞满，站在洗漱池前，我想像过去一样，用两根指头按住舌根，把污秽之物吐个干净，却只是一点儿酸苦的胆汁。

比对照片、记录，誊写检验结果，丝毫不敢胡乱，下午两点才推开刑侦队办公室的门。正在开诸葛亮会的张队，翻了翻我递过去的那些记录和结果，脸色没我想象中的难看。我暗自庆幸，找了个角落坐下。案情分析继续，死去的女孩身份已经查明，县二中高三学生覃某，刚满十八岁，已有身孕三个月，成绩中等，父母在镇上开了家农资化肥经营店。班主任说前一天她来请假，称身体不舒服，以为来了例假，就准其回家休息一天。家长今天上午找到学校吵闹讨说法，孩子在学校寄宿，现在人突然死了，还传出来怀了孕。县里不知哪个领导发了话，教育局赶紧派出调查组，公安局自然责无旁贷，要给家属和社会一个说法。张队说："这个说法终归是要我们给，命案必破，豆蔻年华，谁家孩子养这么大说没就没了，谁的心情都可以理解，兄弟们赶紧干活吧。"

散会，张队要我留下，翻来覆去看法检结果和附加的材料。照片上除了一张全景，别的都是一些局部，像某位观念摄影家的艺术照，没到过现场的人看不出什么名堂。我想，这些照片是出自我之手所拍摄的吗？张队敲了敲桌子，用一贯的疑问语气说："自杀？你喝了酒可别弄错了。"他看我的眼神，明摆着对我所给出的这个结论不满意。

他欲言又止，一股无名之火不知从何而降，在我心里一燎一燎的。我压住火气，镇定地说："我喝了酒，也不会弄错。"言外之意很明显，你要不信就去侦破吧，有能耐就平白无故抓个嫌疑人回来。我读大学时，老师挂在嘴边的一句话就是，诸尸应验而不验，或不定要害致死之因，或定而不当，各以违制论。我的职业道德、从业经验和那些经过仪器验证的结果，告诉我这个答案不会有错。

张队白了我一眼，不说话了，把资料夹进卷宗里，拧着眉头抽起烟来。看到他那张苦瓜脸，我却又起了些怜悯，中年丧偶，妻子去年子宫癌离世，孩子丢给了年迈的父母，他就基本上泡在办公室或与几个队友拼一起的酒桌上。一个人回家，真还不如在外面跟他们搏斗，横尸街头也好歹有几个观众。

"我回宿舍，补个觉。"说完，我扭头就走了。我猜，他的两道眉肯定拧成一条直线了。但张队的质问让我对自己突生疑心，看来我还得提交一份尸检申请，再次确认其死因。在楼道口，迎面遇到刑侦队的一个小年轻，眉飞色舞地朝我打了个响指。他说："已经抓住了犯罪嫌疑人。"我返身跟他回到办公室，他像个迫不及待的立功者，兴致勃勃地向张队汇报："覃某的同学，已经离校几日，留守家庭，父亲在佛山干装修，母亲在东莞一家服装厂。这小子出门打了个出租，然后前去长途汽车站，刑侦队紧急调集人手，已在汽车站布下了网，把他抓获，他两手空空，兜里就揣着一张去佛山的车票。"

天近黄昏，大片的晚霞在空中如雁阵排开，把单位院子映照成一片红色。走出办公楼，不远处有十几个人围成一圈，交头接耳，冬青树叶长着浅锯齿的叶面深绿有光泽，不知何时开放出淡紫色的星星般的小花，此时在晚霞里都镀上了釉红色的光彩。一个声音突然奔过来："就是他，他是法医。"我眼睁睁地看着一个满脸皱纹的农村女人踉跄着跑过来，揪住我的衣袖，推搡着我。她哭丧着说："我女儿死了，你说她是自杀，你拿了多少钱，你这么诬陷她。"我这时已然明白她是死去女孩的母亲。她看我保持沉默，更加认定我是无脸愧对，遂扬起另一只手朝我脸上抓过来,我闪躲着,用力才把她推开。她的几个亲友一拥而上,有几只拳头像鼓点般落在我身上,也有人怕把事闹大,半拉半扯,我乘机狼狈跑了。我回头看到有不明就里的同事站在走廊上,交头接耳地望着喧闹的人群。

真他妈窝火,我冲自己吼了一声。后面没人追过来,我迅捷地绕进了宿舍楼。楼道的石隔窗缝隙细密,光线因此晦暗,我隐约看见有人坐在楼道的石阶上,遂收回迈出的脚步。借着亮光,细辨之下,来人竟是吴果,她坐守在我的宿舍门口,看着蹑手蹑脚的我像只惊弓之鸟,扑哧一声笑了。我惊骇地看看高高在上的她,心中窝的那团火立时奇怪地委顿下来。我仿佛听到心中筑牢的城墙晃动的声音,几小时前我醒来后还懊悔地以为,此生不会再见到她了。

打开宿舍门,吴果抢先一步走进去,双手撬在后面,一言不发地打量着这间屋子。我第一次发现屋里如此脏乱,靠近窗户之处,一团殷红的光在掉漆的桌子上微微摇曳,像玻璃瓶里盛着的微微漾动的液体。她的目光落在我的那堆书上,然后翻开《洗冤集录》说:"孔警官的枕边书。"我想起读大学时在信中给她说过自己常读的书,她竟然还记得。

"安河桥北的案子办得怎样啦?"吴果问,"听说死了一个女孩,怀孕的学生?"

在这个巴掌大小的县城发生的一件小事,一阵风就可以从东边吹到西边的旮旯。我说:"你的消息蛮灵通的。"

"但人们传是那个让她怀孕的男同学谋杀的。"

"我看到的现场和法检结果,她是自杀。"

我还在固执地坚持自己的结论。我猜此时,审讯室里正坐着那个惊恐万分的男生。他被关进审讯室,就像被摺进一口窨井无人搭理,他牙齿上下发出清脆的磕碰声,和手铐发出的微响不分彼此。张队带着刑侦队的同事站在玻璃隔窗外看着他,不出意外,审讯开始,他会说话,会说出他们想要的一切。他一旦承认杀了女孩,我那些有关自杀的法检结论,将会被张队改成,犯罪嫌疑人十分狡诈,对现场进行了伪造,误导法医辨识结果。我的法检结果顶多算是一个附加材料,在这个案件中压根失去了其存在的意义。后面的结案进程也不会再需要我,张队会把它办成板上钉钉的一桩铁案。

"你在想什么呢?"吴果轻声地问我,然后抓起我的那双手,翻来覆去,仔细地看,又叹息着放下了。面前这个女人,让我刚镇定的心又无所适从起来。我回忆着昨晚她说的话,她梦见了我,然后回来了。我猜不透她的心思,似乎也从来没猜透过别的女人。

读大四的时候,也就是和吴果通信的动力越来越弱时,我和医学院另一个不同系的女生恋爱了。我们经常会在图书馆偶遇,她笑起来眼睛弯成两轮月牙,我总是对那些笑起来好看的女孩动心。那时身边的校园情侣突然多起来,上升的荷尔蒙像两股气流恰好地交汇在了一起。我们在咖啡屋聊过去,在学院楼前的大草地上说未来,她从背后悄悄环抱我,鼻息里夹着一阵香风,吹得我耳根酥软。她个子很高,学习优异,脸上有两个小酒窝，侧脸像我喜欢的国内女明星许晴，最重要的是她有主见有追求，不是那种庸俗化的女孩。我很认真地对待我们之间的情感，我以为它是有未来的，直到后来发生一件事。毕业前夕，有一次我俩参加学校的一个国际学术会议的志愿服务，是在一个度假景区，嘉宾都是国内外法医学领域的知名人士。当天的会议很成功，晚上举办方临时动议说办个露天舞会，去的女学生一齐上阵，陪那些外籍学者跳舞唱歌。大家玩得很高兴，到了十一点我突然发现她不见了，我当时以为她先回房间了。但回去时我敲了隔壁的门，门没开，也没有动静。我想她是疲累先睡了，因为要准备第二天的工作我睡得晚，大概凌晨一点左右的样子，听到隔壁的门响了，然后是洗漱间隐约的淋浴水响。第二天的会场她也到得迟，眼窝处有些暗影。我问她是不是睡得不好，要不要偷个懒，再回去睡会儿。她说没关系，待会儿有位国外学者的发言她要做记录。中途她上洗手间，随身挎包的拉链并没有合上，一个同学从后面走过时，不小心碰倒了包，里面的东西哗啦倒了一大半出来。我弯腰一件件捡掉落地上的东西，发现了一盒拆开包装的避孕套，还有附近药店昨晚开出的单据。当时我脑子里轰地一下炸开了，那个同学显然也看到了，还夸张地朝我眨眼。会上学者们的高谈阔论我一个字也没听进去，可笑的是会议结束回校不久，院里发喜报，她的论文在这次会上得到德国海德堡大学教授的赞誉，因此她获得邀请去继续深造的机会。同学中间有人传她和德国教授的事，我装聋作哑。她提前离校也没与我当面道别，几天后给我发了封电子邮件说,"我们分手吧,这次走了也不知道还会不会回来,回来了也不会是以前的她"。她说得很恳切,我一点儿都不憎恨她的选择。但这件事对我而言打击有多沉重,没有人意识到其厉害。我整天趴在宿舍,不给任何单位投递简历,毕业直接回到老家县城。我把自己裹得严实,像一颗活了太久的星辰,不再发一点儿光亮。

我回到家乡安顿好工作后给吴果写信,告诉了她这件事,她的回信我记住了一句话:"因为她唯有离开你,才会真正地爱上你。"

至今,我都无法让自己相信这骗人的鬼话。

"我们去安和桥吧?"吴果突然提出来,"我想去看看。"

"那会有什么好看的,刚死了人,晦气。"

"孔警官太唯心了吧,哪来那么多晦气,何况是两个素不相识的人。"她微笑着走过来,牵起端详过的那只手,"走吧,你待在宿舍里,说不定那帮家属又要吵闹到你这里来了。"

城郊外的安河,多年前还是县城的饮用水源地,地质性的缺水,让安河成了一个暮年的老妇,乳房干瘪,身形枯槁。那一年,我和吴果等同学在安河丰乳肥臀时有过一次共同的出游。河上有船摆渡,对岸有一片野树林,树林后面是一座算不上峻拔的山。很多勇气可嘉的男生就沿着山体陡峭的一面往上爬,四肢并用,跟后来流行的攀岩差不多,而女生就在下面围观喝彩。那是周日班上同学自发组织的一次秋游,我们渡过了河，穿过树林，开始了爬山。几个胆大的女生也摩拳擦掌，选择走有攀爬难度的一面山坡，吴果就是在快爬到山腰上的那块平地时滑倒的。一块尖利的石头划开了她的裤子，剐破了脚踝骨上的皮肉。伤口慢慢裂开，血一窝蜂地流出来，怎么捂也捂压不住。后来是我把她从山坡上背下去，又送她去医院缝的伤口。

到了安和桥，吴果和我比肩而行，回忆起这件往事。我当然不会忘记，我记得最清楚的是吴果额头上因为紧张流下的汗水，滴进我的眼睛里，又混合着我的汗水滑进嘴里，那味道很苦涩，也很芬芳。当把吴果送上急诊室的创伤处置台上，我就瘫软在地，脑子里一片嗡响。

"那一次我差点儿流血过多休克了。"她说。

我点点头，说："时光过去的真快，就像这安河，居然断流了。"

"死亡总是站在一个离我们并不远的地方，我们只是无法丈量自己与它的距离。"吴果唏嘘，然后扭头问我，"有个叫任大先的法医你记得吗？"

她说的这个叫任大先的法医是我的前任，我们交集不多，他是个沉默寡言的人，性情也颇有些古怪，脸颊瘦陷，像山洪暴雨冲出两个大坑，却培养出了一位留学哈佛又留在美国工作的人类基因遗传学博士儿子。我回来不久，他就调到市局去了，参与了几起命案的侦破，他对死者法检后的现场还原和精准推测，多次给破案提供了非常重要的线索。但去年听说他某天清晨在湖边锻炼时中风倒地，差点儿滚进湖里淹死，幸好路人发现及时捡回半条命。他儿子把他接去国外疗养，坐着轮椅在私家大草坪上呼吸美利坚合众国的空气时，我不知道他的脑子里还会不会记得那些经他之手侦破过的案子。

"怎么会突然问到这个人？"我说。

吴果说："你还记得我跟你说过的那个闺密，大学上铺同学的故事吗？"

我闭上眼睛想了片刻，用钩子扒开记忆的湖面上那些蔓生的水草，那封信的内容慢慢浮现出来。那是吴果给我写过的最长的一封信，她说她的上铺，是她形影不离的闺密，我们知道在大学校园里随处可以见到这样的两个人组合。这个女孩出生当年上映的电影《普通人》获得了奥斯卡最佳影片，我后来看过这部电影，讲几个相爱的人无法沟通而彼此折磨的故事。那位闺密每晚都以做噩梦的方式折磨自己，直到有一天她跟吴果主动讲述了自己的亲身经历。

她有个继父，长一身肥膘，经营了几家中等的食品加工企业，脖子上喜欢戴根小拇指粗的金项链，喜欢笑，人们在背后叫他笑面虎。她不知道自己的妈妈是出于什么目的嫁给这个男人的，她也从来不敢看继父的眼睛，那双眼睛里有毒。她到那个新宅子入住一段时间后，心中就常常涌起莫名的恐慌，像疯狂的浪拍打着崖边的石头，很快就有了道道缝隙。继父有时会偷偷地站在她的身后，抚摸她的长发，或把那只油腻腻的手搭在她细瘦的腰和正在发育的臀部上，而妈妈的眼神总是无力地躲闪。

"你的闺密现在怎样,你们还有联系吗?"我问。

吴果站立不动,她从地上捡起一粒石子,掷向夜色下的安河,已经名存实亡的安河。"其实那个女孩就是我,我以为我能逃脱那个噩梦,这些年,我只有借助别的梦,才能离开那个夜晚。"说完,她目不转睛地看着我,眼神中藏着一把利刃随时会刺过来。她说,从少女时代起,她唯一能感受的就是妈妈的温暖,抚摸她的脸颊、握着她的双手、抱着她的身体、妈妈从未放弃过对她的温暖,但后来她放弃了对温暖的索求。

"也许你妈妈一直在怀念你给她的温暖。"我躲过那双眼睛,那双眼睛里没有了我记得的清澈和纯真。她在最艰难的日子里远离熟悉的人群,彼此错过了陪伴。我像掉进了冰窟,一股寒凉自脚底而生发全身,臂上毫毛纤纤竖立。这一刻,我又包容了她和她所做过的一切。

"你知道我为什么要向你打听那个法医吗?"

我摇了摇头。吴果眨了眨眼,说道:"她读大一那年冬天,继父在一场车祸中丧身了。当时天上飘着雪,他喝了酒,准备去足浴城,在一个改扩道的岔路口撞上了一辆渣土车,满满的一车土覆盖在了他驾驶的小轿车上。事后,他两个亲生的儿子一边吵着争财产,一边叫嚷着怀疑有人谋杀他们的父亲,最后却是不了了之。"

"你说的这个车祸让我想起参加工作后听说过这样一个案子。"我刚想开口,吴果打断我说:"你是想说一个女人患病临死前向公安局自首，几年前她给爱喝酒的丈夫杯中放了安眠药，造成了丈夫车祸丧生，她承认真正的凶手是她。"

我说："是的，我从没有联想过这个自首的女人和你曾经在信中提到的那个女孩的关系。"

"那封自首信是我按照妈妈的遗嘱，在她死后寄出的。"吴果话语中流露出淡淡的哀伤，这哀伤里有一个接一个不为人知的旋涡。

"这件事和那个法医有什么关系吗？"我警觉地问。

"我曾经也这么追问过，妈妈向我提起那个法医的时候，我以为是那个法医帮她遮掩了安眠药的事实。"她说。妈妈有一天晚上去了法医的家中，第二天中午才回家。她一度以为法医和妈妈肯定发生过什么，妈妈虽上了点儿年纪，但依然风韵犹存，何况听说那位法医是个单身的中年男人。妈妈临死前告诉她，那天晚上，她和法医见面后，认出他是她儿时的邻家男孩，他暗恋过她很多年。他们一直在回忆儿时往事，差不多聊了一宿，直到启明星的微光穿越早晨的寒冷抵临她的脚下。后来妈妈睡着了，他没有打扰她，只是帮她盖上一条毛毯，那毛毯裹着一位单身男人日复一日散发出的复杂身体气息，那是妈妈那些年里睡得最安稳的一觉。

"法医答应帮你妈妈保守秘密？"

"没有。"吴果说，妈妈她从头至尾都没有提这件事，而且她临时改变了主意，她不想让他成为知情者。如果他发现了继父身体里的秘密，她决定接受惩罚。

何大鸟的电话这时打过来了,我从兜里掏出手机,递给她,她示意我不要接听。叮叮的铃声在安河的上空,像一群惊慌失措的飞鸟,屏幕上的光,把走向安和桥北的路照亮。吴果定定地看着我说:"你们是不是给我插上了很多想象的翅膀?"

"人活着,就不要在意那些背后的闲话。"

她像受了委屈的孩子,两片唇噘得圆圆的,她跟我说起读大学时有一阵迷上英国言情小说女王芭芭拉·卡德兰,言情小说要想受欢迎,必须保住女主角的贞洁。她问我:"你觉得有道理吗?"她又缓缓地说,"她没法真心地爱任何男人,大城市里到处是人流涌动,但在她眼中却是一片荒凉之地。她的内心住着一个早已死亡的自己。"

我久久地望着她,努力挤出最不擅长的微笑来安慰她。我想说,这个谎言的时代,没有不说谎的人存在,但真实的谎言总比那些冠冕堂皇的虚伪说辞好。我不确定她是否已从孤立无援的险境中走出来,我却希望此时的我变成一面墙,帮她把前面的惊涛骇浪挡住,即使未来只剩下我孤独地把影子投射在这面墙上。

我把她搂进怀里,她靠着我的肩头嘤嘤地哭着说:"我梦见你掉进安河里淹死了,为什么会做这样的梦?"我安慰她,没事的,我也做梦,但不信它们。她的哭声越来越大,泪水砸落在我的前襟上。我像抱着一团虚无的湿热之气,只有眼泪是真的。不知我们后来是怎么再次回到我的宿舍,又并排躺到床上去的。这张床像副棺木，刚好盛下我俩的身体。我紧握着她的手，此外一动不动。我偶尔设计过和她的重逢，但绝不是如此的逼仄。

"你的皮肤好烫，像块冰！"我吻了吻她的额头，她睁开眼对我说。我的手滑向她的胸前，被她犹豫着抓住。我缓缓地从她温热的掌心抽出手，然后抬头看着黑洞的窗外。狭长的枝叶在昏暗的路灯下嘎吱嘎吱地摇曳，像冬天有人踩在厚厚的积雪之上。不久，我听到耳畔传来忽轻忽重的鼻息。她睡着了，眼皮却未完全合上，像是给身体留了一条与世界进出的通道。

每个人身上都有一座冰山，你不用海水淹没它，那就让它露出一角。我也忘了从哪本书上看到过这句话。我反复念诵着它，突然想找个笔抄写下来，起身却忘记要干什么，只是顺手给她盖上那床皱巴巴的薄被，复而躺下贴紧她的身体，祈祷此刻她不再被梦打扰，能在这寒酸之地一直睡到天际明亮。

## 长鼓王

一

这次下乡，进大瑶山，老馆长托我找一只鼓，新馆长让我找一个人。

临出发前，老馆长下楼相送。快七十岁的老人一句话也没说，用皮肤变薄发白的手薅往我，身上的迟暮气息游进我的鼻孔。他的拐杖落在地上，身体一直微微发颤。前年一次不慎，他在浴室滑倒受伤，膝盖和髋关节粉碎性骨折，双粉，微创手术，打了四颗进口钉。医嘱挂拐12个月，他干脆拒绝下楼，以离群索居的方式在一百多平方米的居室里行走江湖。这半年来，身体又出现变化，经常站立不稳，这次更是颤抖得厉害，像装了个分子振动机。

车跑了两百公里要进山了，我还有种异样的震颤感应，像一股电流从肌肤上跑来跑去。

我想起了老馆长第一次带我进山，讲过一个没有记载的传说：大瑶山层峦叠嶂，树影扶疏，山岭中段犹如一只神犬将奔爪伏。传说中，叫扶摇的神犬夜宿于此，遇狂风暴雨，地震河啸，为护住东西两边的几个村庄，成片田垄和百千民众，神犬变身大山，皮毛化成密林，斑斓纹路折叠为蜿蜒山路，炯炯双目矗立成遥遥对望的东西两座又瘦又高的峰岭。

时间野蛮，记忆混浊，老馆长编过太多民间故事，唯独这个无根无据的我记得最清楚。一晃眼，他也老了，可大瑶山依旧林木繁茂，寂寂无声。山里也有变化，新修的平整山路，像条白色飘带给青绿的山腰镶上长长银边。偶有山泉叮咚林丛窸窣之声，随风跑过耳畔，发出阵阵空响。

当年我还是一个小学教师，喜欢摄影，获过几个奖，因还能写豆腐块，借调到报社干了一年。其间遇上市政协做民间文艺调查，就跟着任副组长的老馆长下去采访，回来后图文并茂做了个整版，给他留下了深刻印象。借调结束，老馆长问愿不愿去文化馆。就这样，这位永城文艺界的老专家成了我的伯乐。

老馆长是个闲不住的人，没事就往山里跑。我调到文化馆做摄影专干，跟着他跑了几年民间文艺的搜集整理工作，合作出版了好几本专著。我拍照，他撰文，有时我也参与写。回头想想，真不容易，采访出版的课题经费，都是他跑宣传部、财政局申请到的。后来轮到我跑经费，才知道那个烦琐，当年老馆长闷着头跑，从无半句怨言，固执得很。

有了这层关系，我与他自然走动勤密。他的独生女出国留学，毕业后嫁在国外。他退休赋闲，孤独无事，我常拎些蔬菜水果登门，他有了好酒，也主动召我小酌，说人生过往，也谈时局国策，更多的是聊永城民间的风物人事。

那天从省城参加完一个摄影展回单位，刚走进院子，似乎听到有人叫我的名字。声音耳熟，急切，抖颤，像是跋山涉水而来。四下探看，穿过大樟树下的那块三角空隙，我看到老馆长站在他家阳台上，隔着防盗网招手。

我踮起脚挥挥手，以示回应。

这棵遮天蔽日的大樟树是镇馆之宝。20世纪80年代，老馆长选这个地方建馆时，看中的就是这棵有两百多年历史的树。大树底下好乘凉！老馆长走到这片荒坡，眼珠就粘住了这棵树。后来几家单位争这块地，争议到了市长办公会上，从农家女成长起来的市长，最后把票投给了文化馆。市长做了批示，老馆长倒背如流：国家发展社会进步，文化事业不能落后，不能失去根基，做群众文化的同志应该像大树，向下深扎大地，向上枝繁叶茂。

我噌噌跑上老馆长家，他在门口迎候，拎着一双格子布纹拖鞋。屋里无人，我说，师母战斗去啦？现任师母是老馆长的续弦，以前是文化馆所在社区的主任，当年亲手建了个棋牌娱乐室，退休后热情的老街坊把她拖去凑人数，手把手教会麻将纸牌打发时光。

老馆长的身世我略知一二，1949年出生，六岁跟着跑戏班的祖父，学了几件乐器，后以二胡闻名湘南一带，响当当的老师傅，走到哪里，都有跟过来学艺的徒弟。刚退休那会儿，大街上兴起的乐器培训班请他授课，去过一两次后就再也不去了，说那些学校只管赚快钱，不懂得琴艺传授背后藏着什么，学二胡不只是拉出旋律，还有艺德修养之为。他索性自个在院子里办了个周末免费辅导班。有一阵，大樟树下的二胡课堂报名甚火，来学习的中小学生居多。好景不长，时兴起西洋乐器班后，拜老馆长为师的人越来越少，最后只剩下他老人家一人，有事无事自个在大樟树下独奏一曲，聊以宽慰失败的教学人生。城市广场上的票友们邀过几次，他去了，一群老人，却争强好胜，时常闹得面红耳赤，几日后又嬉戏和好。他却嫌聒噪累心，后来夏天沐浴摔伤，也就借此不再凑那热闹，偶尔手痒来了兴致，就在家里的阳台上，望着被防盗网隔离的天空，像只被困的鸟，咽咽嘤嘤地拉上一曲。

进门抬眼又看见了挂在客厅墙上的长鼓。这是老馆长的心头宝贝，我如往常，双手合十，做一个揖拜。第一次见到它，长鼓是摆在电视矮柜上，半人高，身材窈窕，腰身摩挲有光，如同遮羞少女。我当时懵懂，兴冲冲地抓起拍打，手刚碰触，就被喝令制止了。

古董？

他摇头。

有不寻常来历？

他不点头也不摇头，朝我瞪圆眼说，去洗手。

这只长鼓，纯手工的，两端状如喇叭，系有彩色丝绦，鼓面以羊皮覆蒙，蒙口处各以二十四枚小铜钉固定，年深日久，铜钉磨得锃光发亮，手握持的细腰处木色早已积垢变深，有了厚厚包浆。老馆长神秘示我，以手电筒强光照射，有金色绸缎光泽。

我肯定地说，金丝楠木的。

他甚是得意，少见吧！

那次之后，我不时从老馆长嘴里，听他念叨长鼓的历史。永城市县同名，全县瑶族汉族杂居，瑶族占了一大半，长鼓舞是瑶族民间歌舞的典型代表，过去多在瑶族传统祭祀盘王仪典和一些驱鬼逐邪、治病占卜的巫术活动中表演，后衍变至传统节日、庆祝丰收、婚丧乔迁等日子表演。新中国成立后，长鼓如家中农具一样，每家每户都有，平日就搁在仓房，不轻易抛头露面。有年元宵节，陪老馆长下乡看长鼓舞，他就给我普及这些常识。

我对这些书本民俗没什么兴趣，好奇的是鼓的来历。一去他家，就兜着圈子扯到鼓身上。

估摸着多少年了？

清末民初之物。

这么确定？

看材质和做工，出自大户人家。

怎么到您手上的？

说来话长。他又缄口不语了。

话长您也得给我慢慢讲呀。我假装着急了。

他把话题岔开说，下回分解！

长鼓来历，他不愿启齿，我就不再追问。

这次下乡，是宣传文化系统组织的文化扶贫，下属单位各抽调一名同志去西边大岭的石喊坪。新馆长上任不到一年，姓张，是位女同志，齐耳短发，素面峨眉，喜欢涂复古玫瑰色的唇膏。她从区委宣传部直接调过来，让很多人大吃一惊。后来听说是上面领导赏识，原因是她一手导演的社区文艺汇演活动影响大。那段日子，城里四处响彻动感旋律，飘飞柔曼舞姿，一群中老年女性乐此不疲，把广场舞跳出了专业风采。省台报道，市台滚播，人们茶余饭后就聚在电视机前把花红柳绿扒拉一遍，寻找几张熟悉的面孔。广场舞大赛成功落幕，身为总导演的她一跳成名，到了正科级的馆长位置上。

张馆长是个热情人，逢人一张大笑脸，点子多，办活动就来劲儿，再忙再累也不怕。说心里话，我挺佩服她，文化基层需要像她这样有激情的干事者。下乡出通知后，我还在省城，她直接电话里说了上面的要求，然后抬举我说，这事只有请姚老师出马最合适，那里有一位长鼓王，你不正在搜集民间艺人的故事，留下影像记录，一当两便。

她说到西边大岭的时候，我心里就没推辞了。大瑶山分东西两边大岭，山连山，岭拖岭。东边我去得多，拍过那里的一年四季二十四时辰和风霜雨雪，西边太偏，交通不畅，也没多少有名气有故事的景点，这次正好借机去体验一下。照张馆长的设想，我把民间艺人影像准备得差不多了，到时由馆里举办一个展览。她说，主题就叫《西边日出》，宣传西边大岭的变化，好不好？我没回答，她自个儿开心得哈哈大笑起来。

老馆长抖着手,指着桌上热气腾腾的茶,让我自取。我用手一扇那热气,飘过鼻孔,猜出是大瑶山的梗梗茶。茶汤色深褐带黄,晒干后喝,泡上十几泡也还浓烈出味。

知道你要去下乡了,老朽有一事相托。

老师的消息蛮灵通的。

单位院子才一樟树大,有点儿风吹草动都知道了。

老师的事就是我的事。

帮我找一只鼓。

老馆长对民间长鼓情有独钟,有长鼓舞研究专著问世,我们每每谈到长鼓,他就显得十分忧虑。现在制鼓人少之又少,传承艺人更是青黄不接,长鼓舞面临的衰落危机如何抢救保护,是个严峻的问题。

我偶尔与他辩论,民间文化的传承人每分钟都在死去,民间文化每一分钟都在消亡。有些东西朝乐观地想,自会获得拯救延续,从悲观的角度而言,必然淘汰消逝,花多大气力多大投入,也是要走向衰亡。后来发现探讨这个宏观问题非常复杂,文化下乡也难改变根本,活在当下,只有就事论事。

老馆长坚持己见,虽说民间艺术时刻在生老病死,但不等于见死不救,基层文化工作者能看到真实情况,要尽力呼吁拯救,不要让长鼓断在我们这代人手里。

老馆长刚把找鼓的事说出口,突然一偏,像会跌倒,又稳住了身体。我有些惊慌,一把抓住他的手臂。过去我们下乡进山,他精力充沛,精神抖擞,后来体检查出运动神经受损并产生了障碍，女儿在国外咨询专家寄回药物，总算控制没恶化，但慢慢还是能看出帕金森病的前兆。病痛在别人身上，谁都要服时间的软，每次见面，我都要叮嘱他放宽身心，享受生活。他嘴里嗯嗯应允，却脱不了心底的那个情怀作怪，操心的命。

你刚听到什么声音没有？

我摇头，没有呀，很安静。我们单位院子他不拉二胡之后，就出奇地安静。

总感觉身体里住了另一个人，拍拍打打，鼓声在耳边响得热闹。

我朝墙上的长鼓努努嘴，是不是强迫症，只是物理空间上偶然的共振共鸣？

他皱了皱眉，不是。

我走过去，抬头认真端详了一会儿长鼓，鼓身隐着暗光，一尘不染，凑近就会发现金光四射，与我过去认识的它并无异样。

老师让我找的，莫不是这只鼓的另一只？我像一个求道者顿悟。

老馆长答道，正是！

我掏出手机，拍了几张长鼓照片。大瑶山长鼓都是成双成对，另一只在哪里，我从没问过这个问题。

今天不问长鼓来历哩？

我笑，问了您不说也是白问，不问了。

这事真是说来话长，你坐下喝茶，我慢慢讲给你听。老馆长终于启口说这只长鼓的来历了：大约是十八年前，有一天院子里来了一位白发老者，头上扎了一个发髻，像是早就认识他，彬彬有礼，双手作揖问好。他那天坐在大樟树下刚拉完一曲《江河水》，突然睁开眼睛，就看到一个人白须白发颔首站立眼前，心中大惊，赶紧起身回礼。老者嘴唇上弯，似笑非笑，不慌不忙侧身取下肩上的黑色布袋。布袋很长，解开捆绳，露出一只精致玲珑的长鼓，瞟一眼就知道是有年头的好物。老者说他是瑶民，鼓是老鼓，自己荒废也不打了，想找个懂的人收藏传承，好比是给闺女许个好人家吧。当时他正痴迷民间老物件，心想人家上门是想出手找人收藏，可老者开价太高，那两年他买房装房，缴完女儿出国学费，实在拿不出这笔钱，就动了个心思，先借过来研究一下，待找到藏家后再奉还也不迟。他斗胆开口借鼓，还把老者带到办公室、家里转了一圈，证明是个公家人，不会诓骗他。

素不相识，就这样借给您了？我讶异地问。

借书借物，有借有还，有什么好莫名其妙的？

我忙改口，这是缘分呀，长鼓在您手上，物尽其用。

老馆长钟情长鼓那几年我还未调来馆里，后来耳闻，永城长鼓成功申报省非物质文化遗产，他编著的《永城说长鼓》帮了大忙，当时市县都看重，各种场合都要大张旗鼓地推出长鼓舞表演。申遗成功，时过境迁，市县主管领导一换，后继者热衷于做大做强县域经济，抓的是工业园建设项目引进企业落户的所谓大事，文化受冷落，长鼓事业的发展也中断了。

老馆长叹了口气，苦笑一声，颇为无奈地说，你不知道呀，前两年一到晚上，耳边就有人敲鼓，仔细一听又没有，这个鼓声住进我身体里，都成了我的心结了。

上了年纪，睡眠少，听力偶尔出些异常，还是您心思过重！

老朽心里这个结呀，时间久了就系得更紧了。另一只也不知流落到了哪里？我走访好多户，从没发现过一模一样的。一面之缘，老者也没再来找过我，你说借来的东西这么多年没还给它的主人，我哪能睡得着，何谈睡得安稳，怕是上天在点醒我。

我问，没打听过老者？

老馆长说，电话问过几个熟人，没有下文。老朽六七年没下过乡了，也不知那些山村变个啥模样，电视里说得那么好，都是做得好的，可条件差的地方呢。上个月张馆长陪着一位主管文化的副县长来见我，说小时候我到过他们村，还教他学了两天二胡，现在还后悔没坚持下来。如今分管文化了，登门来讨些主意。我们自然要谈到长鼓，长鼓本就是大瑶山的灵魂，完全有基础做起来。他请我出点子，我说不是老讲那个文化搭台经济唱戏嘛，搞一个有影响的节会，既发展了地方经济，又扶持了民俗文化。

我突然发现老馆长说话多了，声音抖得愈加厉害，像是水中木瓢按住这个按不住那个。

我到西边大岭找老一辈的人，打听白发老者何许人也，还在不在大瑶山？

老朽正是此意，在的话，把长鼓还回去。

这个该不难，张馆长让我找一个叫盘修年的长鼓王。看他一脸严肃，我想若不是因为腿脚不便，他定会亲自跑一趟。

我与老盘打过交道，后来断了联系，找他也许是条路子。

你们有交情，此事就好办了。

长鼓王是老师傅，有号召力，振兴长鼓文化离不开他们。

出门离开，我又安慰老馆长，长鼓人家没来要，也许不在意了，您是做文化研究，大不了将来送给博物馆保存，不再去纠结，晚上就睡得好了。

老馆长抓着我的手说，长鼓丢了，大瑶山的世界就是苍白的。

我似乎懂了，又并不全明白。他的话后来无数次出现在耳畔，像一声声清越的鼓音，叩在我心上。

## 二

上车前，四人小分队相互认识了。

带队的市文广旅局的甘副调研员，以前是文物局的副局长，20世纪80年代考古专业的大学生，胖墩墩的，头顶秃出了一个"小水泊"，常年蹲坑考古，落了个腰椎间盘突出，上车就拿出特制的靠枕垫在腰下。另两名队员是史志办的叶明生副主任和河南姑娘小湛，去年公开招考进的市电视台工会。

我和老叶过去在民主党派联谊会上打过照面。他最早是公交公司的一个司机，喜欢写几篇悲秋悯农的小散文和好人好事的报道，以工代干，到晚报做了几年记者后，进了宣传部文艺科，在史志办编年志待的时间最长。四个人里面，他最活跃，一会儿嬉笑着说，甘局，早听说文化系统你工作突出，没想到你最突出的是腰椎间盘。一会儿又皱着眉头说，老姚，你摄影水平在永城是头把交椅，去年摄协换届没搞上个主席，那个主席我可知道，拍马屁比拍照片强。

我没接他的话茬儿，故意逗他，史志办的领导过去叫史官，今日之历史在未来人眼中是什么面貌，全都是叶主任说了算，可不能轻易下论断。

这个罪名可担不起，凡事经了时间，真伪就难细辨。

比如呢？

大家心知肚明，不需要我多句嘴舌了。

彼此哈哈一笑，岔到下乡的话题上，干什么，怎么干，不能一头雾水扎进山里吧。问了两次，甘副调才懒洋洋地说，先摸些文化旅游口的情况再合计吧。

对对，要干就干成一两件大事。老叶把"大事"两个字咬得特别响，乍一听让人感到滑稽。

甘副调打断他，叶主任到底是在市委院子办公，接着天线站位高。依我看，乡村国是，规定动作，不节外生枝。

他是组长，把话堵在了死胡同，车里一下沉寂下来。大家心照不宣，索性闭目养神，去乡下的路还长着呢。

打盹儿醒来，车下了高速，正穿过县城去西边大岭，沿线的新城建设有了很大变化，道路宽绰，路边两行太阳能电线杆，都是红色的长鼓造型。小湛从上车后就在看手机，刷淘宝购物，看网络小说，大概这就是当下年轻人的标配生活。一直没吭声的她终于抬起头，望了望窗外，叶主任，县城建设很漂亮嘛，路灯为什么要设计成长鼓呢？

老叶擦去眼眵，瞟了瞟后排的小湛，慢悠悠地说，这个问题落到我的饭碗里啦。瑶不离鼓，长鼓起源，与瑶族传统的盘瓠崇拜有着密切关系。你知道盘瓠吗？

小湛摇头。

哎呀，那我又得往前溯源，给你好好补上一堂历史课！

小湛眼睛不离手机，诚恳地点头，我记性差，中学历史考过就忘。

盘瓠就是盘王，实际上是一个虚拟的图腾神，也是氏族领袖。

老叶背了南朝宋人范晔在《后汉书》中的一段，"昔高辛氏有犬戎之寇，帝患其侵暴，而击征伐不克。乃访募天下：有能得犬戎之将吴将军头者，购黄金千镒，邑万家，又妻以少女。时帝有畜狗，其毛五彩，名曰盘瓠"。

不等他详细解释，小湛抢着说，我知道盘王，传说中是条狗后来变成了人，对吧？

老叶连忙纠正，是龙犬，帮商人高祖帝喾打败了犬戎部落，立功之后，娶了帝喾之女花英三公主，生了六男六女，繁衍了瑶族。

小湛吐出舌头，咬文嚼字，长鼓不就是一件乐器吗，又有什么来历呢？

再给你普及一下长鼓历史。相传，喜欢打猎的盘王追逐一只羚羊时，不幸跌落山崖，被梓木插死。盘王子孙四处找寻，最后在崖底找到盘王与羚羊的尸体。他们将父王之死归罪于梓木与羚羊，砍下梓木，剥下羚羊皮，又将羊皮蒙在梓木两端，由此有了长鼓。盘王子孙举着长鼓沿途敲打，边打边跳，嘴里喊着，回来吧，回来吧！既是泄恨，也是招魂，瑶民也就此有了长鼓舞。后来，每隔三年五载，瑶族男女必须聚集，雕像供香，祭祀始祖盘王。

我闭着眼睛，耳朵却在认真听老叶讲古。盘瓠的传说民间有很多版本，他说得没错，关于长鼓起源的传说在南宋绍兴二年的《十二姓瑶人过山榜文》中有线索印证了盘王捕猎插死一说。这次下乡我还特意带了老馆长编的书，刚好看到一段"渡海神话"的野史引用，说瑶人十二姓子孙，漂湖过海，历时三月，船路不到，水路不通，飞天无路，无可奈何之际，盘王出现，给了他们再生机会。瑶人子孙不敢忘记救世祖，酬还答谢圣王神恩良愿。用什么来酬谢报恩呢，杀猪焚香，长鼓祭祀。

我借着话题，向老叶求证永城民间的几件旧事，说的是瑶民多蛮，常因垦地引水、男情女爱引发的纷争悲剧。

老叶说，瑶蛮是有根源的，历史上他们就是古代南蛮的后人。

小湛问，永城瑶民是何时聚居的？

最早的记录始于明洪武初年，上伍堡李姓最早被"招抚下山，准买民田为业"，可这些人下山之前，都是"左腰长刀，右负大弩，种黍菽以为粮，猎山兽以续食"。

小湛听得饶有兴味，老叶接着说，遇到山大王，小心被抢上山当了押寨夫人。

听到取笑，小湛回应道，切！哄小孩的骗话吓不了我。

我称赞道，老叶好记性！

我说得不对的，你可要帮我打掩护，老馆长是专家，你是他的高足。老叶嘿嘿一笑，又把话引开，小湛啊，我唯一的缺点就是记性好，还特别记仇。

甘副调睁开眼，开口说话了，小湛啦，话说给你听的真要记好呀，叶主任记仇，专记女孩子的仇，你不小心成了他的仇人，网上有句话，前世的仇人，今生的爱人。

话一沾荤，气氛活了，大家都笑起来，忘了此前的沉闷。

行至分路口，左拐上行是西边大岭，路面像一面面镶嵌相连的镜子，光亮晃眼。山野葱茏，偶有飞鸟遁入林丛，空余四面阒寂。过一坳，就可看见几间黑瓦灰墙屋，再过一坳，依旧是那几间，仿佛舞台布景在这里循环。瑶民多是小聚居，若非逢年过节，平日的装扮饮食，很难辨识哪户人家是瑶是汉。

过了午后一点才到石喊坪，县文联主席李启生和乡里分管宣传文化的副乡长赵日升已在此迎候，一番寒暄介绍，就被引进了村妇女主任葛丽英家。一栋老宅屋，砖木结构，屋梁都是大木，上了年头，墙壁上柴烟熏得黑乎乎的。我四处探看，屋里并无床榻，该是建了新房，老宅就成了村里的接待餐馆了。

堂屋中央供着神龛，牌位上写着：盘古大王之位。两边贴着一副对联：金炉不断千年火，玉盏常明万岁灯。这是山村瑶家的典型堂屋。东厢房里圆桌上摆好了碗筷，一个裹头巾的老年瑶族女子表情木讷，端茶送菜，自顾进出。我专门拍过瑶民服装，当地人把头上裹巾叫狗头帕，男子的两端留五六寸，悬于两耳之下，其余卷至头顶；女子发髻绾至头顶，以蓝布裹住，两侧对折，向前垂落，像古戏中书生戴的帽子。孩子的头巾都会绣上八角星，象征太阳，四周的花卉草木，意为阳光普照万物向荣。

大家坐定，腹中空鸣多时，也不顾客套礼节，拿起筷子吃起来。赵乡长以茶代酒，举杯欢迎。他说自己是"85后"，却肤色偏黑，几道抬头纹刻在额上，浮着几分中年沧桑感。

葛丽英吃过饭了，从头到尾没动筷子陪在一旁端茶倒水，我问她村里还有人打长鼓吗？

说有也有，说没也没了。

这话怎么讲？

赵乡长抢着回答，会打得越来越少，剩了年老的打不便（动）了，年轻人会打得更少，都外出打工了，一年上头春节回来那几天，哪有工夫学。

不至于会失传吧，民族特色丢了真可惜。我叹了口气，把老馆长的一套说辞搬出来。

老叶拿牙签剔出齿缝里的一块菜叶，往碗里一扔，语气凝重地说，长鼓是瑶族最古老的乐器，要在我们这代人手上丢了，沾文化边的基层干部，都是罪过呀。他这么一说，大家冷场了。

甘副调轻咳一声，说叶主任的话虽重，也不为过。这次带着文化扶贫的任务下来，内容很宽泛，当然不只为一个长鼓。乡村文化与时俱进，但原有的民族特色没了，说不过去嘛。他的话有轻有重，恰到好处。

赵乡长心思活，马上点头说乡镇文化基础薄弱，该批评，也接受批评。

甘副调接着说，我是学考古的，大瑶山绵延数百里，大小山坳我都走过了，考古挖的就是文化，也是一个地方的生命力。长鼓我也考证过，20世纪90年代末东边大岭苏马凼出土的东汉墓砖就发现了长鼓的图纹，是乐器也是祭器，真正始源是瑶族先民对太阳和神树的崇拜，看造型，中间小，代表神树，两头又圆又大，象征日出日落。

李启生先鼓掌，甘局长学问精深，谈古论今，信手拈来。尴尬一下就打破了，他起身给人分烟，说各位领导各位老师，刚下来就琢磨基层文化建设的突破口，令人敬佩，好在这次下来时间充裕，慢慢走访，基层干部也正好跟着学习。

甘副调现场安排，老叶和我留在石喊坪，他和小湛去乡上,各自走访,三天后到乡政府开会,确定一个具体实施规划。

村支书黄旺生刚从外面办事回,赵乡长交代他,村里条件虽然差,但要尽力安顿好衣食住行。黄旺生满口答应,伙食在葛丽英家解决,新村部楼上有两间客房,被褥都换洗好了。

我常年在外跑得多,不在乎住宿条件好坏,倒是老叶,认定乡上条件好些,略有几分怨气,但听说村部综合楼新建成不久,黄旺生拍胸脯保证后勤服务,也就缓了脸色,没有提出异议。

安顿好住处,放下行李,老叶说要眯会儿,我挎着相机出了门。

村部一楼会议室门开着,室内整洁,墙上挂了十几块制度匾框,墙角长条桌上堆满文件夹,不用翻看,必定是上传下达的工作文件。黄旺生站在电脑前,指导一个年轻人修改一份汇报材料。

黄旺生回来之前,赵乡长在餐桌上讲过他的江湖传奇,在上海郊区当了两年汽车兵,骗了一位崇明岛的农村姑娘回来,一闹矛盾,总以上海人自居的老婆就嚷着:侬这个阿诈里(骗子),阿拉里昏(离婚),吾要回上海。他在城里跑过摩的,开过大排档送盒饭,户外空调安装,卖过盗版图书,花样搞得多,都没混出名堂。过了四十岁,上海老婆把他骂回来,安心当起了村干部。我心生感慨,人都不是一张白纸,为了生存，都活得不平坦。

我跨进门，黄旺生立刻放下手上工作，迎上来，指指我的相机，这架势，姚老师是要去拍照吧。我给你推荐一个地方，风景绝佳，尚未开发，我们村下一步搞特色旅游，要把那里打造成知名景点。

开发旅游好呀，带动农家乐一起做火了，石喊坪老百姓富了，那就成了典型。

不说当典型，我是想在位就要干几件实事。

景点关键是要讲故事哟，书记说的那地方，有什么故事呢？

姚老师说到点子上，讲好故事才引得人来。他支支吾吾，好像遮遮掩掩一件宝物，想拿出来又怕被人抢走，最后我听到一句盘王在洞里住过一夜。

说来说去，就一山洞，我忍着没笑，转了话题，村里能打长鼓的人还多不？

讲句实话，真少人打了，打鼓不能当饭吃，不能起家发财，这年头，谁看得上，谁去惦记。

我心中一紧，村支书也如此悲观，何况普通村民。

盘修年家住哪一片？

你说盘老哥呀，他最近身体不好，可能到乡上教书的儿子家去了。他们家住半坡口，老村部旁边那栋只建了一层的青砖房就是。

我转身走了几步，他追出来，让锦灿带你去。

锦灿是帮他输电脑的小伙子，前两年在广东一家专做代工耳机的电子厂打工，召回来当了村秘书。他骑着一辆半新电瓶车赶过来，要搭我上去，我说还是走几脚路吧。他左右为难，也不下车，双脚撑地，驾驶电瓶车慢慢悠悠，边陪我说话边往前走。

会打长鼓吗？

他摇头。

想过学吗？

没时间学，小时候看老一辈的打，后来出去打工，一年上头回来待不了几天，年轻人聚一起不是打牌就是玩手机。

盘修年是长鼓王，你知道吗？

乡上人都知道，但他现在出了点儿问题。他指了指头。

摔伤了脑壳？

他老伴儿前不久过世了，和医院扯皮，到村部来发牢骚，抱怨困难多要扶助。您最好别去招惹他。

乡村现实很复杂，起初有人不在意这一轮扶贫，看到上面动真格，大会说小会喊，从上往下各种补贴资助，实惠好处多起来了，都恨不得往自己名下要。有的贫困村僧多粥少，有的边缘户眼红相争，让乡上村里常常左右为难，给了，不符合政策。不给，村民有意见，闹矛盾起纠纷。

绕上半坡口，有一块空坪，建了一个小戏台，台上空无一物，墙壁上都是孩子涂鸦，村部搬了新址后，这里的老村部房子就荒废了。我问锦灿，戏台还有人打鼓唱戏吗？

建起后好像搞过两三次活动,后来就没怎么用过,没人打也没人看,你看照明音响这些基本设备都没有。他朝操坪旁的一栋房子指了指,说盘修年家到了。

果然是大门紧锁,人不在家。大门西侧墙角有个窟窿,一块木板挡住了。瑶民房子都有这个洞,当地人称"龙眼",其实是狗的通道。

我凑近玻璃窗向里探看,堂屋西侧墙上设有神龛,神位牌上写着"冯河盘皇圣帝盘姓宗族家先"的字样,左右对联写的是:敬盘王风调雨顺,习长鼓五谷丰登。神龛左侧是一张彩色照片,一个穿蓝格子的胖老年女性,戴着狗头帕。这该是他的亡妻。屋里摆设有点儿凌乱,桌椅板凳东倒西歪,地上还有瓜子壳未清扫,没有女主人的家庭总要乱一点儿。

我招呼锦灿往回走,让他帮我问到盘修年的电话,这趟下乡,一定是要见到他本人的。

沿着山路往上看,还有不少住户人家,我问,村里没有搞易地搬迁?

我们这里离冯河水库有些远,前年的库区移民就搬迁安置了库区东边海拔361米往上的十几家住户,有人不愿搬,山里生活习惯了,想搬的政策又不允许。

我叹了口气,好政策不见得村民都会响应,穷不思变,山里人的固定思维,注定了贫穷的桎梏。

锦灿以为我还想往山上走,喊住我,走两里路,还住了一户会打长鼓的,叫冯茂山,他原本在外面打工,前几天回来了。

那我们去看看！

## 三

山里瑶民寡言，一棒子打不出三句话。冯茂山是个例外，到底是在外打工见过世面。他刚从学校回来，穿了件灰麻色西装，坐在屋前抽烟，一双手被烟熏成了十根乌色树枝。儿子读乡里的寄宿中学，最近不想读书了，逃课泡网吧给逮住了，学校把他从广西南宁叫回来了。他在一家木厂当锯木工，噪音太大，得了耳鸣症，赚点儿辛苦钱，盼着儿子读书有出息，却偏不上进。

他长了张蛮面，眉头紧锁，手指夹着吸烟，烟快抽到过滤海绵，烟雾从鼻子眉毛前袅娜上升，穿过发丛。我赶紧按下快门，额头的皱纹里，像是向外冒着白雾。他屋里的墙贴得花花绿绿，中间是领袖毛主席的宣传画，两边是过期的风景挂历照。其中有一张《梅山图》，画的是盛装打扮的瑶民聚在一起打长鼓。

我说孩子教育是大事，到了青春叛逆期，总有些摩擦矛盾，过这一段又好了。

农村孩子，身在苦中不知苦，不晓得他有什么资本。他苦笑，进里屋搬了两把竹椅出来，又把一杯水古冲递我手上，尝个味，自家酿的。

水古冲就是当地瑶民自酿的甜酒，糙米煮熟，拌上山里采来晒干后的酒饼草与米粉，发酵 48 小时，酒水和酒糟苦甜相混消暑散热，味道香醇。我在东边大岭走访时喝过，夏天有人上山劳作时兑上山泉水，格外清凉爽口。

你会打长鼓？

十六岁就跟父亲学会了。

容易学吗？

那时节白天田活忙，只有晚上学，我学了 36 套动作，复杂的是 72 套，现在怕是会打的没剩几个人了。

你父亲从哪里学的？

他是跟乡上中学朱校长的爷爷学的，那是一个老师公。乡里的师公都会打，他和盘修年是老搭档，还有朱校长的父亲，我们习惯叫朱老伙计，套套动作打得精妙，可惜瘫痪卧床好几年了。

你打的年头也不短，也是老师傅了？

朱老伙计盘老哥才是真的老师傅，当年两个人打的"桌上长鼓"，站在一张四方桌上围着烛火穿来转去，轰动过整座大瑶山。这几年我在外打工，很久不打了，我做娃的时候，打鼓的节庆日子，跳唱作乐，三天三夜，现在没那个氛围了。过去永城歌舞团的来请我教学生，那时候这房子还没建，是他们团长带队来学的，我猜那几个学会的现在怕也不打了。

能不能打一套？我举起相机，做了个拍摄的动作。

冯茂山犹豫，抱着歉意说，大瑶山打长鼓是有特定时间的，腊月十五后正月十五前，祭祀还愿，婚嫁喜丧，开春放炮，重大的文化活动，别的时间我们不打，再说，我屋里的长鼓都封存在阁楼上了。

我不愿勉为其难，就和他继续聊教育儿子这件事。他说他把儿子堵在宿舍，狠狠教训了一顿，儿子最终犟不过老子，答应继续上学。

你儿子会打长鼓吗？

会个×，以前逢年过节我打长鼓，小时候还看个热闹，长大了看都不愿看，说打鼓祭祀是封建迷信。

我们离开，冯茂山送到半坡口，反复为没有满足我的请求道歉。

刚把晚饭吃完，黄旺生跑来，冯茂山明天上午想请我去看打长鼓，打完他就回南宁了。我心中一喜，让葛丽英帮我买条黄芙蓉王的烟。

第二天我到冯茂山家中时，他已经换好了瑶服，穿一双青色圆口布鞋。我四处搜寻，没有看见长鼓。黄旺生也陪着来了，猜到我在找什么，悄声说道，民间保管长鼓有讲究，平常放在阁楼上，过春节或还愿时就摆在神台上，打鼓前要拜神，民间说法是请鼓。有的还去庙里拜祭，请法师请鼓，打完后再送回庙里收鼓。老班子打长鼓，师公必须净身、穿瑶服，表示有诚心，这样才灵验。

说话之时，冯茂山已从阁楼取下来一个雕花杉木长鼓，摆在堂屋神龛前。他点燃香和几张纸钱，蹲在地上念念有词，纸钱烧成灰烬后，他起身站立，双手持香放在额头前，面对神龛三拜，将一炷香插到神龛上盛米的碗中，另两炷香分别插到前后门的地坪上，最后走进堂屋，持起神台上的长鼓，宣告请鼓仪式结束。

想看"文打"还是"武打"？

老叶第一次看，请鼓仪式搞得如此庄严，也来了兴趣，何为文，何为武？

我说，两种风格，与地域有关。

黄旺生站在身后，低声补充，文打步伐活，人蹲得矮，动作平稳缠身，也显灵巧。武打的动作舒展幅度大，节奏感强，粗犷有力。

老叶说，都晓得村书记是吹鼓手，没想到也是个打鼓手？

黄旺生憨笑，连忙摆手，没吃过猪肉还没见过猪跑啊。

冯茂山先给我们演示几个基本动作。他左手手心朝上，握住鼓身中部，横于身前，虎口朝着一端鼓头，这是阳手横鼓。左手握鼓中端，手心向上，鼓头朝左下方，鼓前低后高，这是下阳斜鼓。他又摆一个姿势，左手虎口朝上握鼓中部，竖立身前，这是正竖鼓。

老叶急性子，听得一头雾水，催说赶紧打一段，说多了记不住。

冯茂山缓步退到屋坪中央，说给你们打一段走角吧。

黄旺生对老叶说，走角就是走路。

头一回听说。

过去出门肩挑背扛，山路窄，人不能挺直身体，都是趴着往上爬。

冯茂山立定身，调匀呼吸，原地右脚轻跳，左脚屈膝勾脚前抬，脚落定，身体左转一圈，左手下阳斜鼓，经右手拍击后于左肩旁反竖鼓，双脚作跪蹲状。接着左手前翻腕，长鼓划出一道上弧线，落至左侧阳手横鼓，上右脚来一个大八字半蹲，右手拍鼓，鼓向左经立圆划到右边成正竖鼓。又接着左脚上勾前抬，右脚原地小跳，鼓向前立圆一周成正竖鼓，右手击鼓尾。他屈蹲吸跳，上肢手臂变换鼓花，透着股刚劲气，动作流畅得像条水中游鱼，扑溅出一朵朵水花。

我端着相机，咔嚓不停，拍完一组长鼓舞照。老叶看得津津有味，鼓掌叫好。

瑶山长鼓有讲究，打鼓拜四方，待冯茂山东南西北各打一遍，立身收鼓，额头上冒出一层细密汗珠。他气息起伏，说这只是打了几套动作，到了正式演出，全部打完要个把多小时，打完下来一身湿淋淋的。

我说，冯师傅打得这么好，不接着打太可惜了。

可惜什么，地球离了谁都照常转。

没想过带几个徒弟？

老师傅不打也不教，年轻人不学更不爱。

讲心里话，是不是觉得政府没引导，少扶持？

冯茂山不吭声。老叶说，政府应该把你们当长鼓传承人养起来，大家四处讨生计，不是个办法，长鼓也难发扬光大。

冯茂山露出怅惋之色，凡事都有个命数，世界变化太快，前几年有一回县里文艺汇演，请了盘修年老哥带我们去表演，一个舞蹈教练排练节目，非把动作改得花里胡哨的，把盘老哥肺都气炸了，呼哧呼哧回来了。

我还没见到盘修年，想起老人那个生气模样，也不知舞蹈教练生搬硬套，把民族舞改成了什么流行风。冯茂山进屋收拾，把烟硬塞回我手上，说吃了午饭就要赶去县城，晚上去南宁，经过县城的火车只有一趟。

下乡第三天，黄旺生带我们在村里转，他想添置几套体育健身设施，领着去看留下的几块空坪地。老叶豪爽地答应，这个包在他身上，当场给党校的同学——教体局的副局长通电话求助，就把事情办好了。

我问起黄旺生那个盘王睡过的山洞，多大多深，路途多远，周边还有无山水风景？

洞的文章做起来费些周折，没有实力的公司压根开发不了。

书记这个认知到位，没开发，不如让它保持原生态。

老叶当过市旅游局的顾问，听到我们聊旅游，如果真有价值，我让市旅建投的帮你们找开发公司？

一个破洞，麻烦叶主任的地方多着了，以后再说。

我也不再追问，也许他说的那个洞，对大瑶山来说不过是状如蚁巢般的穴窝子。

张馆长的电话这时突然打过来了。这两天我没来得及与她报告，长鼓王还没碰到面，基层文化生活就是坪前屋后跳跳体操舞。

她的声音很兴奋，市委宣传部刚组织开完会，第一时间给你打电话，下半年永城县要搞一个盘王节会，邀请一些客商乡友出席。这个活动怎么办，原以为是县里主导的事，上升到全市群众文化活动，我就成了艺术总策划之一。

好啊！我心想，节会招商，不是什么新招了。

听说是市长想的这个妙点子，节会讲述脱贫故事和变化，过去没有过吧。她又嘱咐我，大瑶山的长鼓要响起来，你找到长鼓王，做好长鼓现实状况的调查工作，先把这张网断了的线接上头拉起来，活动方案一旦确定，我们下来就直奔主题。

挂了电话，我把盘王节会的事转述给老叶，他拍了拍脑门儿，大好事呀，文化落地要载体，说不定这是长鼓复兴的一次机遇。像"我们的节日"一样，把盘王节打造成永城瑶民的节日，把像冯师傅这些会打鼓的人集中演出，如果能做一场以瑶民迁徙为历史背景，以扶贫脱贫为时代标志的实景剧，让石喊坪的长鼓舞传承人参与演出，家门口就有了收入，也不用到外面奔波打工了，何乐而不为？

老叶脑瓜儿转得快，不得不佩服。他叽里呱啦又抖他的书袋讲古，湖南半省是瑶地，广西十口有三丁；广东二十一洲县，洲洲县县有瑶民。瑶族的《过山榜》中有明文："摇动长鼓，吹笙歌鼓乐，务使人欢鬼乐……"

老叶平时说话拿腔拿调，但说起瑶文化，张嘴就是典故，我真不该小瞧了他。

## 四

撞到眼前的盘修年让我大吃一惊。他干瘦得像根树枝，又如被风吹得悬在半空的一张纸，走路踉跄，让人很想上前扶一把，生怕他摔倒在地。

我们找过他好几次，甘副调召集在乡政府开会那天，就派人去他乡镇中学当老师的大儿子家，没见着人，说去了县城的小儿子家。大家嘴里的长鼓王，有些结皮，不好打交道。待真见面，这般身体，真是廉颇老矣。

那次碰头会，初步拟了几个项目规划，主要与文体设施配备、送电影送戏下乡、农家书屋有关，最后说到长鼓舞，大家不说话了。我说了张馆长传达的信息，赵乡长说是有这回事，县里年初的政府工作报告就说了打造节会品牌的计划，县直部门各乡镇都要鼎力支持，估计是在移民新镇举办，我们主动参与过多，会不会引起人家反感。

甘副调说，上面讲的是举全县之力，还调动了市里的专家来支持，意思很明确，群策群力。办好节会，打响品牌，民族文化传承了，受益的是大瑶山的老百姓。

会后，他带小湛打马回城，对接具体实施的项目。他们一走，老叶和我四处走访，打算把长鼓传承人的现状往深里挖一挖，整一份给张馆长的联系名单。

石喊坪不大，住了几天老叶就待不住了，建议到乡上住几日，信息来源也多些。我们白天下村转，晚上就住到乡上的红太阳宾馆。

宾馆是乡里一赵姓基建老板开的，前几年与人合伙买了一台混凝土搅拌车，发了家，把隔壁的宅基地买下来，建了栋五层楼房子，每层隔出几间房，按照快捷酒店的模式布置成了乡上最好的宾馆。赵老板的父亲是个能干的老头儿，身兼多职，迎宾、保安、厨房采购和卫生清洁员，每天的不同时间段，他会换上不同的服装出现在宾馆一楼大堂。

乡下房子一楼的层高很高，说是大堂，其实就是又高又窄的一个厅。厅里有两条深褐色木座椅，赵爹说是他从广东清远淘回来的正宗红木，有年头的老木。老叶不信，搬动一角掂掂重量，俯跪地上看背面的木色。每次见面两个人都要就这个问题争论一番。那天都坐在大堂闲来无事，又说到木头材质。我问赵爹长鼓的用料。他说传说中最早是梓木，后来沿袭下来，多是用杉木做的。

有见过楠木的长鼓吗？

他摇头，长鼓发声，两头要挖空，楠木木质密实，民间无人选这个料。

乡上会制作长鼓的人多吗？

这门手艺早没人继承了，几个会打鼓的老伙计前些年还能自己做，打的人少也就没法儿做这门生意了。

有人打鼓就有人做鼓，是这个理儿。

老叶问赵爹，听街上人说，您年轻时是山歌王子？

好汉不提当年事，见笑啦。

给我们唱一个吧！

他忸怩着站起来，我唱一段民间的《长鼓出世歌》。然后清清嗓子，哼了个小调门就唱起来：

梓木长在山坡上，格木长在大岭中，瑶人山中砍大树，砍树挖鼓两头蒙。梓木不裂好蒙鼓，樟木浮水好钉船，先进深山砍大树，再架木马砍鼓坯。精心再把鼓腰刮，最后挖空两头蒙。

他底气足，唱得有板有眼，引来隔壁几个无事的乡邻看热闹。我说，看不出赵爹的歌子唱得这般好。老叶接着夸赞，所以早就有人这么说，瑶山山歌多，出门三步歌绊脚。

那当然，瑶山歌崽有几多，它比牛毛还要多；唱到北京打一转，还未唱完牛耳朵。赵爹听了赞美，不免有些骄傲，过去是从三岁儿童，到八十岁老妇都能唱，婚讨嫁娶、逢年过节少不了，上山砍柴、出门劳作也是歌不离嘴。乡上过世了的赵庚五老爹，名不虚传的歌王，见到什么唱什么，问什么唱什么，可惜没人接他的脚。

乡邻撺掇他来一首带"想"的，他脑袋快摇落，说这个我可不唱了。我问旁人什么是带"想"的，答说是男女相恋相思。众人坚持，奉承几句，他思忖片刻，说那唱一首，莫笑话我这把年纪的老倌子。他唱道：

青山叠叠雾重重，山路弯弯草蒙蒙。妹和哥哥两相好，背刀去把路修通。哥唱山歌想妹深，一条肠子断九根。三天粥水没下颈，龙肉送饭也难吞。

众人听罢哈哈笑，赵爹唱完摇手，再也不肯唱了。

老叶说，长鼓传了这么多年，瑶民家中也收有老长鼓没？

有乡邻吹哪里看到过有年头的长鼓王，赵爹不等说完，别瞎吹了，没有肯定是假话，但要说有现在又下落不明。

老叶说，下落不明那就说还是有宝贝啦？带我们去找找吧，说不定比你这红木家具值钱多了。众人哄笑。

赵爹瘪着嘴，却不生气，祖一辈的人讲过，千家峒迁出来的一支瑶民带过一对老长鼓到永城，是野山羊皮和空桐木做的，大概是清朝时候的事。盘修年打听过这对长鼓的下落，到东边大岭的明文村问到过一家，常年放在厨房，熏成了黑色，鼓皮开裂破损，鼓木让虫蛀坏了，竹钉也缺了好多颗，当时就断定不是要找的长鼓。后来又听说到了另一户人家，破四旧的时候，主人不愿祖宗留下的东西失传，冒着生命危险把它挖坑埋起来了。有一年，外地来了个美籍华人，开价两万美元找这对长鼓，民间就有人在四处搜寻，有的说卖了，有的说主人没有出手，说祖宗留下的"传家宝"不能卖。

事情真的假的啰？

还得你们当面锣对面鼓问问盘修年。

听说是你们找我？盘修年一脸的懵然，语速极快，指着我的相机。我抬起机子，咔嚓就来了张特写，然后递过去。

盘老哥很帅。

他瞟了一眼，年轻时更帅，老了不中看也不中用了。

盘老哥谦虚，老有老的帅，我们很荣幸，终于见到著名的长鼓王。

长鼓怎么敲，鼓里歌本多少曲，我不说来你不晓。

所以盘老哥才是长鼓王。

他懒懒地说，说哪是什么鼓王，早不打了，我是卧龙岗上那散淡人。

为什么不打了呢？

过去人高兴悲伤的时候才会打，现在的我黄土埋到脖根子，混一天算一日，打不便（动）了。看到门口经过一位乡干部，他孩子气地扭过头，两个人用方言搭讪。乡干部走了，他发牢骚，水流东海有波形，人生在世有不平。

老叶说，有什么不公平的事，老哥跟我们叨叨，一起帮你想办法。

说与你听，能还我公平？前不久，屋里婆娘发急症，到县城医院治病，原本她就是老药罐子，高血压、低血糖、冠心病，这次腰椎间盘疼得实在厉害，找到医生，说唯有动手术，签了字上了手术台，个把小时后医生出来告诉家属，做不了手术，又缝合好了。瑶家人有个风俗，死在家中才算真正找到了归宿。我晓得情况不妙，早几天就听到屋外黑鸹子叫，光听到声音却不见影子,那年老支书去世,也是黑鸱子在村西头叫了一个多星期。医生就劝我们把人拉回去,还热心联系安排救护车,打上氧气包。婆娘路上昏迷不醒,颠簸到家一会儿就断了气,像是掐好了时间,睁开眼睛看了看天花板,说了声回家了,就闭了眼,别的话一句都没留。

最气恨的是什么?救护车还让我们出了500块钱。我还没去找医院的事故麻烦,司机说用了他的车就要收费,医生的事他管不着,这算公平吗?说到伤心事,他的眼睛湿了。

家长里短,是非敏感,想起锦灿说他怨言多,我不知该如何接他的话。

赵爹过来劝说,生老病死,知道你盘老哥把屋里婆娘看得重,少来夫妻老来伴,过了都过了,凡事看开点儿,哀多伤身体。

盘修年擦了把眼角的泪水,话是这么说,自己经历才知痛。

老叶也开导说,家里真有困难,可以找村委会,不行就找赵乡长。

他瞪圆眼睛,满脸懵然看着老叶,停顿片刻,好像才意识到要问清我们的身份:你是谁?

我们被他这一问,场面变得滑稽。赵爹见机,盘老哥,这位叶主任的级别相当于副县长,他说找谁就找谁。

盘修年双手一拱,眼拙眼拙,县长找我有什么事就说吧。

移民新镇原址是一个老瑶寨，新建上百栋民族风格的房子，安置的是水库移民和易地搬迁户，百业俱兴，如同建了一个新集镇。张馆长又打电话来了，这位艺术总策划兴奋地告诉我，又开了协调会，定了农历十月十六日举行盘王节会，地点选在移民新镇。

县里选这里，是有意把千年瑶寨的文化和变化结合在一起宣传。她正在劲头上，给我长篇大论谈活动设想，说是熬了几个通宵终于拿出一个方案。

你听我讲，核心是瑶民俗文化，场面要有气势，千人长鼓、千人打糍粑、千人竹竿舞、千人长桌宴，重头戏一定是长鼓舞。这是她的风格，喜欢大场面，场面大了，媒体自然都要抢着报道。

馆长出马，活动必定成功。

长鼓王的思想工作做通了吗？

还没有，老人固执。

无论如何要做通思想工作，还得让他愿意与冯茂山搭档，长鼓舞的表演者都是成双。她急起来还说，这是政治任务，开不得玩笑。

说到盘修年的事上，我和老叶反复上门做了几次工作，他坚持说年纪大了，身板快散了，哪里打得动。我们明知他是找借口，只好耐心劝他。

老叶说，您不用动真格，就象征性地上上场，摆几个动作。

原来让我做摆饰,那更不需要上台了。

我说,您是省里认定的长鼓传承人,不上说不过去啊。

你们马上可以撤掉我的传承人,我没任何意见。当时上面说我是传承人,有传承文化的义务,我说不想干,专家认了我,可我们传承人又得了什么好,哪个把传承人看在眼里,连基本的尊重都没得到过。

老叶说,这次我们帮您争取补贴。

给了也不要,我穷但有手有脚,自力更生饿不死,饿死也不做讨饭的叫花子。话一谈到现实境遇,就卡了壳熄了火,盘修年甩出他的蛮脾气。

盘修年不松口,我和老叶也性急。馆长所交任务完不成事小,长鼓舞传承人不打鼓了,把一个好端端的民族特色丢了,让我们这些专程跑下来的文化工作者情何以堪。

我们邀上赵乡长登门,他倒好,假装不在家门不开,要不来个兔子不见面,一早就出门躲起来了。拎的礼品放在家门口,过了两天他悄悄送回了村委会。

我向老馆长讨主意,他却笑了,说再缓几日去,盘老哥就是这倔脾气,认死理。你们没听说过,他年轻时夫妻去姐夫家,姐夫开玩笑,把他婆娘搂抱了一下,结果是他七年再没登过姐姐家门。可他呀,刀子嘴豆腐心,你们让李启生跑一趟。

赵乡长向李启生求助。他们有老交情,出个面也是探个底,盘修年到底出于什么原因,态度如此坚决。

那天我们刚到村口,远远看到盘修年背着一个编织袋往外走。李启生热络地打招呼，老庚，上哪儿去？

你怎么来了？乡上朱校长的父亲过世了，你晓得那都是多年的老伙计，今晚做道场，我去打套长鼓跟他道个别。

李启生回头望我一眼，撇撇嘴，意思是这个情况不好谈了。

大瑶山的丧葬有些老风俗还没丢，碰上了正好去拍些照片做资料留存，这个机会难得。我一听盘修年要去赶道场，连忙说，盘老哥，我们跟您一起去凑个热闹，也看看您打长鼓，可以吗？

他说，你们去敢情好啊，朱老伙计是个爱热闹的人，知道你们这些领导去送他，过奈河桥也走得稳当些。


我借了锦灿的电动车，黄旺生骑摩托，搭着老叶、李启生，四个人前往乡上朱校长为其父亲设在老屋里的灵堂。

瑶人死后多做道场，人是早上死的，道场就从下午开始，如果是晚上死的，则从次日中午开始。这是喜丧，年近九旬的朱老伙计以前是乡上有名的老师公，要做大道场，周边一下来了十来位曾经做过师公的中老年瑶民。大家见到盘修年，都热情上前握手问候。他把我们介绍给朱校长，就去旁屋里做准备换服装去了。

几位师公带着"请水"的队伍刚回来，棺材摆在灵堂偏左，这是按乡俗中的男左女右，队伍入得屋来，一个中年师公给死者两手各放上些许饭食，死者过奈河桥时将食物撒给桥下的鱼，路边的狗吃，可以顺利过桥，又在死者的头、肩、腰、脚处各放了一块瓦片，意即在阴间有屋住，也记得生前家的模样。棺木前左右各一位挑"土地担"的纸人，举着纸做的灯盏，阳人的白天是阴人的黑夜，点了灯就能看见路。

长鼓舞将在晚餐后做道场时开始。盘修年把平时压箱底的瑶族服装都带来了。他这套服饰全是手工绣的，说简单，也复杂。一些村民堵在门口围观，我挤过去，提出全程拍摄的请求，他没拒绝，对相机十分友好，边穿边讲解服饰的特点。

他戴的头巾是一块3米长的深蓝色土布，一端镶有织锦花边。他用布包住整个头部再顺时针方向缠绕成圆形状，留有10厘米长的布头翘在头左侧，另一块大红色织锦斜角对折后，用红绳固定头帕的后部，三角形的尖部朝上。

他说，过去严格的长鼓表演，都要遵循祖传禁忌，那是对盘王先祖的敬重与崇拜，在丧礼上跳，也是对死者的尊重。他穿上无领对襟上衣，衣身宽大，袖口较窄，衣长至膝上，领口袖口都镶有浅蓝布条或织锦花边。那条中式便裤，长至踝骨上方，裤腿肥且短，裤脚边镶宽幅自织花边。

衣服上身，整个人的面貌气质大变。从换衣到穿好走出来，他花了将近半小时。临了，又系上了一条围裙，布料和衣服同色，宽约50厘米，长约70厘米，三边镶有花边或蓝色布条，用自织的花带系于腰间，与上衣的下摆等长。

他踩着镶有红色云纹的船形蓝色布鞋踱了几步，在一把高脚椅上坐定，向黄旺生招了招手，请他帮忙打绑腿。白色家织布制成的绑腿，布上挑有深蓝色的小花边，两头还有约30厘米的彩穗儿，黄旺生从踝关节开始逆时针层叠缠绕，直到膝盖下方固定。

晚餐流水席吃得早，吊唁和看热闹的人们吃过饭就找位置坐下，等着看表演。屋坪搭起的油棚里有个临时摆好的舞台，乐手和女歌手停止了奏唱。

衣装完毕，流水席撤走，都管上台讲了几句丧事安排后，请出道场师公摆事。盘修年出场了，走到台前，向众人点头致意，衣服上的彩纹花饰衬得他脸上出现了久违的红润。他朝灵位处三鞠躬，朱老伙计好好走咧，你腾云驾雾，到了天界过潇洒日子，莫忘我呀，迟早我也要去那个地方。

他向四周抱抱拳，扯开嗓门儿，朱老伙计，你的崽请了风水先生帮你看了块宝地，左青龙右白虎，保你再无病缠身，眼睛看得见，耳朵听得到，手脚麻利精神好，你有个好崽子哟！

他绕台转一圈，声音更响了，朱老伙计，我们是老搭档，你走了，丢下我来给你打套长鼓舞，我想了想，我就独人打四方，最后给你打个"桌上长鼓"，送你过瑶山，行走十八里，天寒不冷有福人呀！

人们鼓掌喝彩，两个帮事的男子抬了一张四方桌到舞台前放稳。

上香烧蜡，请出长鼓。他神色一敛，对着屋里的神台打出一个"拜神朝圣"，又绕桌一圈，礼拜四方。他踩在长条凳上，一个跨步，人稳稳当当站在了方桌上。他边打边唱：手拿三尺长腰鼓，捉来拍响敬盘王。乌云当伞遮得远，月亮做灯亮得宽。

　　场内喧声渐消，观者聚精会神地看着他，他左脚上步，屈膝成"点靠步蹲"，双手作"竖莲花"状，稍一停顿，右脚向左盖步立身，左转半圈，左"阳手斜鼓"于胸前，右手击鼓右端，鼓从左下臂绕至左背后成"反竖鼓"。他右脚直立，左脚后勾抬，脚跟踢鼓左端，右手右肩上后拍鼓。

　　东南西北，四方动作重复，众人鼓掌不息。

　　待掌声歇停，盘老哥腾空落地，像片落叶，悄无声息。他的长鼓舞并未结束，走到桌前继续。他双脚直立，向左旋转半圈，左脚上步成"点靠步蹲"，双手体前来一个"莲花盖顶"，重复三次，两脚盖转接后勾抬腿跳，双臂上下后旋，动作一气呵成，最后以左"阳手横鼓"右手护鼓收身。那鼓音沉实，忽而炸裂成瓣，像把钩子，又勾起葬礼人们对逝者的悲思。朱校长站在舞台一角，直愣愣地看着，泪水打转，扑簌簌落都顾不上擦去。

　　真是大开眼界，没想到六十大几的盘老哥身形如此灵活。老叶格外激动，冲着台上竖起大拇指，他这几天借了老馆长写长鼓文化的书在看，记住了几个动作造型，俯到我耳边，盘老哥的桌上长鼓打得好，上桌一个"金鸡展翅"，下桌来个"画眉跳笼"，文武兼具，不愧是长鼓王。

五

　　不知何时下过一场小雨，墨黑的夜中，车灯推倒一堵堵黑墙，山野间游动着黏湿却清新的气味。耳边能听到道路两侧落叶松、水杉上雨滴落的声响，像时间的每一秒，一嘀一嗒，回声荡出很远，层层叠叠，往山上奔跑。

送盘修年到家，帮他脱下衣服，他坐在堂屋歇气，之前满满的元神又一点点散掉了，烟灰掉落手掌虎口处，也不掸落，像长了一颗痣。

人活一世，草长一秋。朱老伙计屋里祖传的长鼓怕是断了，他爷老子教了我们四乡八里多少长鼓艺人，他崽伢子读书出来当了校长，传不下去了。

我说，文化兴替，跟山路起伏一个理，不要太悲观。

路在脚下，不管怎样都是要往前走。

县里定了农历十月十六日举办盘王节会，盘老哥不出场那真是大瑶山的遗憾。

各人路，各人走，有什么好遗憾的？他拿起毛巾，擦了一把额头和脖颈儿的汗。

看到我沉默了，老叶又挑起话头，在永城，怕再找不到谁比盘老哥的长鼓打得好的人了。

盘老哥很受用，年岁不饶人，如果还年轻一些，上打"雪花盖顶"，下打"古树盘根"，右打"鳌鱼吃水"，左打"鹞子翻身"，前打"鲤鱼跳龙门"，后打"野羊反臂"，都还做得来。

老叶说，应该组织年轻人来拜您为师，把长鼓传下去。

盘老哥不吭声，望了他一眼，为什么盘王节要定农历十月十六日这天？

老叶知道是考他，回答道，盘王他是瑶家主，十月十六日午时生。这一天是始祖盘王生日，瑶族子孙为祖先庆贺诞辰，也是还愿酬谢的绝好机会，况且这时节农作物已经收获，农闲时间宽裕。过去的盘王节还有个说法，三年一小愿，十二年一大愿，届时全村或临近村寨的瑶人都来祝贺。说完得意地看了看盘老哥。

盘老哥若有所思，掐了几下指头，说今年是还大愿，也是该搞一次隆重的活动了。他举起有好几处虫蛀眼的鼓身，叹了口气，岁暮归山，鼓残归屋。

这几天，我就等着他聊长鼓，老馆长给我打了预防针，撒手锏到最后再使出来，不怕他不出马。

瑶山的老鼓，盘老哥也见得多吧？

有历史的老鼓，手感、鼓音自然不一样。

听说千家峒的瑶民带出来一对长鼓，流离战乱并没毁，能独自发出鼓鸣。

盘修年瞪圆眼睛，你从哪里听说的？

有一个白须白发道人模样的老者，曾经送过一只鼓给我的老师。

大瑶山只有东边大岭龙尾的庙里有道士。

我去过那里，不知现在庙里变化大不？

说说你老师是哪位，不会是永城的老馆长吧？

我点头。

哎呀，大水冲了龙王庙，小姚看你藏得多深，我问你老馆长还好不？当年他下来采访，就住在石喊坪老村部，吃住在我家，我婆娘做的菜他喜欢吃，那时小儿子小学毕业，好多年了，后来断了联系。

老馆长腿脚不方便，不然早就下来看你了，特意嘱咐我问候盘老哥好。

该是我去看他。

老馆长说长鼓是一对，可惜不知另一只下落。

怕是早没了，你说的那只鼓，如果真是龙尾盘王庙的鼓，就是一只长鼓王。

长鼓王，很值钱吧？

不是钱的问题，你带我去看鼓，我要知道你说的是不是真的，我要去见真身。

老叶插嘴说，姚老师不会虚构一只假鼓来诓骗盘老哥，只要您参加这次盘王节，就可以看到鼓。

老叶一说话，我却感觉一件真事被我俩演成了双簧骗局。盘修年哈哈一笑，说你们两个小骗子，就诓我吧。见到长鼓王，你们不要我打，我也要抢着打。

盘老哥，那你就是答应了，一言为定，不准失悔！

他又笑起来，说出的话，泼出的水。

张馆长风风火火，带着组建的艺术团队到了移民新镇。她是个工作狂，来了就投入活动的具体实施中，每个毛孔都冒热

气，浑身都攥着劲，有了疑难，一个电话来了，我和老叶就得赶紧过去。她是把我们当成了瑶山通、长鼓资深研究者。她想法多，一股脑儿抛出来，遇到的阻碍也多，让人头疼。她办事总照着一个又好又快的标准，我和老叶还在琢磨问题的解决法子，她却改弦易辙找到了新的办法。

她下来之前，请文艺界的几位老前辈开了个"诸葛亮会"。老馆长灵光一闪，脱口而出，就把这场活动定名为"鼓舞瑶山"。张馆长拍案而起，大瑶山作别贫困，"鼓舞"二字，一语双关，寓意极好。

我们碰面，反复讨论了把瑶族歌舞文化、婚嫁习俗等民俗特色展示出来的问题。她说，看了很多资料，形式跟内容相结合是关键。千人长鼓，分方阵表演不同的形式，完全有可能。

我也认为这是个好主意，长鼓舞原本式样多，有盘古、芦笙、锣笙、桌上长鼓。

现在不是流行一个新词，叫打卡，办好这次盘王节会，就是要把这里变成网红打卡地。她越说越激动，恨不得一夜之间人马道具都准备齐整。

盘修年从手机照片中确认了，老馆长收藏的是有历史的老鼓。他不急着去看实物了，却说先帮着打听清楚白发老者的下落。他印象中见过这么个模样的人，但不知名姓。他打电话，要老馆长莫性急，找到老者，另一只鼓的下落、鼓的来历不就一清二楚了吗？

老馆长哪有不急，跟我倾诉，最近鼓声在他耳边越来越响，耳膜要炸裂，心里像无数树根缠绕一起，用力打出一个个死结，他常常在大汗淋漓中醒来，那声音凶猛地冲撞着五脏六腑，似乎是要炸一个出口，声音却又跑不出去，身体一阵阵剧烈地抽搐。

我安慰他这只是身体的幻觉。他说不是的，一定是没信守诺言，上天的惩罚。他告诉我曾经答应过送鼓的老者，一年之内完璧归赵，心里却犯了糊涂，一下就过了十多年。

老馆长如同面对牧师告解，唠唠叨叨，我的身上又有电流跑过，仿佛那莫名的震颤又传导到我身上来了。

千人长鼓的道具问题上有了争议，我坚持一个观点，借这个契机，按照老样式手工制作，一来长鼓可以长期使用，二来又过若干年，它留下来就成了文化象征。

我知道经费会是个障碍，毕竟是千人长鼓，主办方又不想在数字上做假文章。没想到一圈讨论完也没个解决办法，张馆长豪气冲天，把县乡两级担心经费而反对的意见抛开，答应亲自去找赞助。

开完会，我借了赵乡长的私家车，载着盘修年跑了一趟东边大岭的龙尾盘王庙。我们出发了，盘老哥在会议室外听到了我们的讨论，问我，真能照老手艺样式制作长鼓？

张馆长有能量，她想做的事差不离。

你们真要下决心，我也参加一个，亲自来制作。

盘老哥动手，求之不得，还得辛苦您帮我们再找一些老伙计。

他兴高采烈,满口答应下来。半路上,他给我讲过去大瑶山的长鼓故事。到了十月盘王诞辰,各村瑶族村寨都要派出长鼓队,举行赛鼓会,看哪个村的鼓做得最好,鼓声最洪亮,大瑶山旮旯角落的各村各户都听得到。有一次,山那边的村寨来比赛,他们是平地瑶,喜欢大鼓,抬来的大鼓长2.4米,6对彩绳拉住两端,四人抬着,绳子中间用竹片绞住,松紧调节开关,可以调适鼓声,他们自制的沙包就是鼓槌。他们把大鼓吊在树上打,声音传开,整座山都有回声,但缺点是基本没动作,看的人就觉得有些枯燥。我们参赛的小鼓做得精巧,半米长,口径小,耍鼓的动作式样多,声音有节奏有韵味,两个人绕身而舞,可以斟鼓、围鼓、躲鼓,也可团鼓、悠鼓、转鼓,还有窜人身、十八响、起天纵地,这些动作加了些武术,打得虎虎生威,人家看得眼花缭乱,最后甘拜下风。

听说有一年你和朱老伙计打的桌上长鼓,把人家镇住了?

那次不是吹牛,我和朱老伙计打的是"五湖四海"。他们在桌上摆东西,中间米筒里插了香烛,四角放了鞭炮包封,这是考验真功夫,我俩贴着身体,像水中游鱼,打完下桌,上面东西纹丝未动。

我问他,舞蹈都与劳动生活有关,长鼓舞也一样吧?

是的,长鼓舞的内容有制鼓、造房、祭拜等,但它的传承还有一个原因。他说,瑶族是个有语言没文字的民族,长鼓传承的就是瑶族的文化,那些不能用文字记录的生活,先人就用长鼓的动作记录下来，一代传一代。你看那个造房的长鼓动作，先是选屋场地、砍毛草、量地基、挖地基、刮地、砍树、剥树皮、锯树、背树，接着是架木马、锯板子、砍方料、合方、凿榫槽、合榫头、放柱石、立柱头、串排架、升梁，最后是围篱笆、盖屋、压屋顶。没想到他的记性这么好，说起长鼓如数家珍，滔滔不绝。

我说，您真的是长鼓文化通，每个民族都有自己的历史，长鼓不传下去，断了历史也就断了根。

他不吭声了，望着窗外，很久才缓缓地说，小姚说得对，断了历史就断了根。这时，导航提示，我们要去的地方到了。

## 六

到了龙尾盘王庙，守着的却是道士。留山羊须的中年道士告知，我们要找的人原名叫盘财发，过去是庙里的帮工，住在庙里，但并没有真正出家，日子长了也学着蓄发留须，颇有几分道人模样。我问他人呢，他说大约是十年前离庙而去，说是去广西北海投靠女儿，就再也没回来过，听说生了肝病，不被女儿待见，早就病死他乡。我问他知道与否盘财发曾经有一个长鼓。他说不知盘财发藏在哪儿，从未见过真容。我问他知道与否长鼓来历。他摇头说，你们不妨去找镇上的郑大炮问问。

龙尾村的老支书送我们出村，说盘财发是个苦命人，爷娘多病，家里格外穷，但那时候大家都穷，谁也帮不上谁。有多穷呢，老班子有个讲法是：一把锄头一把刀，一根火柴当火烧，一把小米到处撒，满山遍野得一挑。盘财发年轻的时候还当了两年民办老师，后来转正不知为什么没轮到他。三个崽女，大女儿送给了县里一对没有生育的夫妻，那夫妻后来搬到了广西北海，二儿子十来岁突然感冒染上肺炎没治好死了，满崽是刚出生就夭亡了，老两口认命，也安着心过日子，大概是十年前老婆得胃癌走了。他一个人浪荡，后来就靠庙里当帮工混口饭吃，和郑大炮走动勤密。这两个人是一条藤上结的瓜，同病相怜。

长着一张小嘴的郑大炮，因年轻时说话语速快得名。年轻时妻子难产去世，家里又穷，孤家寡人的他酒醉迷糊，混账度日。后收一养子，原本想讨个老有所养的好，养子不孝，有钱就对他好，没钱丢一边不管。坏心坏运，养子几年前出车祸撞死在南沟的一棵五指头树上，郑大炮成了贫困五保户，政府供养住进了镇上的养老院。

知道什么是五指头树吗？人有五指，树有五根主枝，电视台做过宣传的。

郑大炮看完我手机中的长鼓照片，闭上眼睛作沉思状，过一会儿才肯定地说，这是盘财发的长鼓，他与我说过把鼓借人了。

你跟他联系多不？

有个啥联系，他人都死了。

你们没联系怎么知道他死了呢？

我几次做梦，梦到盘财发说他死在外面了，梦中托我办事，我一办好了，就再没梦到他。

盘修年凑近我耳旁，别听他胡诌这些鬼画桃符的东西。又转身问他，你们是好朋友，他有只长鼓，什么来历，你听盘财发说过吗？

老一辈的都该知道这件事。

我催他赶紧说一说。他说，当年，省城长沙来了一个三十多岁的右派知识分子，叫胡知勤，能弹会唱，能写会画。村支书是个开明人，看他忠厚老实，干事勤快，正巧村里小学没老师，就冒着风险让他给孩子们上课。听说胡知勤是拿了一块上海手表和他半年的工资，从所城一户人家买回来一只老鼓。他那时在盘财发家吃搭伙饭，也教他写字算术，两个人无事就在屋坪搬出长鼓比画动作。后来胡知勤感染风寒，拉了好几天疟疾，吃了不少土方子，结果没扛住，人一病死，乡上就通知家属拉回去火化了。便宜了盘财发这家伙，认得几个字会算几道题，村里就让他接胡知勤的班，当了两年村里小学老师。当时没有人惦记这只长鼓，后来盘财发有一天喝多酒，伤心伤意掉了几滴眼泪，说胡知勤托他保管长鼓，却不敢拿出来打，怕睹物思人。

确定是只有一只长鼓吗？

长鼓成双，但盘财发手上只有一只，胡知勤留给他的也就只可能是一只。

有照片吗？

无亲无故,过去几十年了,哪里有照片。他不耐烦了,都是命中注定的,吃饱肚子管活命,一只长鼓没人管哪里来的哪里去了,现在连长鼓都没人打了。

如果真是这样,长鼓就是这个来历了,胡知勤从所城购来,临死前交给盘财发手上,盘财发生活艰难想找人卖又内心矛盾,遗物为什么没交给胡家人,答应借给老馆长怎么没回去取,投奔女儿寄人篱下却又病亡,长鼓又是所城哪户人家的?我脑子飞快转动着这些疑问。

我又问隔壁几个老人,他们捂着牙齿掉光的嘴,异口同声说,信神信鬼,莫信郑大炮这个酒迷糊。

盘老哥无奈地笑,去所城,我找老相识打听,宁可信其有,不可信其无。

我在电话中向老馆长报告郑大炮的说法,他与盘修年心有灵犀,也说宁信其有不信其无,去了所城,问不问得到,也就死了这条心。

我到过一次所城,地处大瑶山东南端,搭着广东地界,过去是个商贾热闹地。历史上是明洪武二十九年建城,周有方形城墙,全长约两公里,现在仅剩东南门楼和四角炮楼,民国时设置村制。所城原有两个门进出,东门叫喜门,凡婚嫁红喜事由此入,南门为延薰门,丧葬之事经此出。老一辈的回忆,城墙上能跪马射箭,还设有专人守卫射击的枪眼儿,城内正街是一条石板街,还有几条横平竖直的卵石砌成的小街。西南角的火神庙坍了一半，后来村里每家每户凑钱重修了一个，庙前有一古戏台，庙旁有一深井和一常年水满以防火患的池塘。

所城最善经商的大户人家姓封，开了很多家商铺，占了很多田地。有个说法，封家人刚来所城，占了冯河上的坝洞，与瑶民引发官司，封家请来一位天师，玩弄法术呼风唤雨，连着周边的袁家山、父子岭都一并占了，瑶民吃了大亏。封家的霸道不讨所城人喜欢，后来年月里钱财散了不少，日子也还小富即安。前些年不知是到了封家哪一代后人娶媳妇，请了戏班和长鼓舞表演，盘老哥还很年轻，过来挣过喜钱，认得这里不少老户。

他带我去找早年认识的易姓老哥，是个琴师，当过村里学祁剧的儿科班的班头。易家祖上是从江西宜春迁来的兄弟俩，一人住在城外河口往上几里路的鸡蛋岭，岭上土地开阔，依山傍水，开塘养鱼，种植果树。一人进所城，城内的易家有后人当过民国初年的县粮食科长，有一年山洪暴发多亏他开仓济民，众人从此念及易家的好。盘老哥说，易家人聪明，有曲艺天赋，吹拉弹唱，琴师鼓师曾经占了永城的大半个舞台。

找到易家琴师，已近傍晚。这个长得肥胖矮矬的光头佬坐在自家门口，看着落日晚霞，中气十足地哼着小曲。老友相见，自是格外欣喜。听说要打听所城的事，易家琴师拍着圆溜溜的光头，说所城11个村民小组1500号人，除了没有发生的，没有他不知道的事。我递过手机中的长鼓照片，他却摸着下巴上几根稀疏的胡子，左看右看，摇头摆手不吭声。盘老哥着急了，说牛皮吹破了吧！

易家琴师从裤兜摸出一个唢呐哨子，往嘴边一吹，哨音柔细婉转，这是山中桐子树上一种昆虫壳加工制作的。吹毕，他又朝屋里天井喊，撮巴子，出来喽！

从隔壁屋里急匆匆走出来一个穿着拳师服的男子，五十开外的年纪，人瘦，走路却虎虎生风。他凸着眼，冲易家琴师说，喊什么喊，日头没落完，饭才刚入口，就着急去见老相好孙二娘。每天晚饭后，村里一群男女老少，要聚在一起弹唱娱乐，固定的夜间文化生活。孙二娘大概是里面的一个女性，乡下男子说话不带荤不习惯。

易家琴师说，别瞎说八道，来看看，你说过我们所城有一只长鼓王的，是不是这个？

凸眼男子撇嘴，看都不看，说哪儿还有什么长鼓王，"破四旧"那个时节早就烧没了。我把手机给他，他定睛细看一阵，眼珠又慢慢往外凸，几乎要挤出眼眶，原本很宽的眉间距拉得更远了。

这只长鼓没见过，但又有点儿眼熟。

这是个什么话，你不正经点儿说话会死呀，易家琴师骂道。

凸眼男子笑，我口无遮拦，想到什么说什么。

那你说到底见过没有？

没见过，但是我小时候听封家博共（曾祖父）说过一只长鼓的故事，你们听不听。

有屁快放，少卖关子，易家琴师作势要上前掴打。

盘修年挡在两人中间，凸眼男子吐舌头扮了个鬼脸。有一年闹饥荒，东边大岭的一户瑶民，找到所城封家当铺，典当了一只鼓，说是长鼓王，然后拿钱买了粮食，度了饥荒，救了一村人的命。过了赎期也不见人来，封家就派人去催问，可人家刚活过命来，哪儿有钱赎回鼓。后来是一个外乡人，二话不说赎走了。据说陌生的外乡人是江西贩卖药材的大商人，年轻时到这里找药材摔下山崖被瑶民救过，知恩图报，就把瑶家的东西赎回还给他们了。长鼓王到底是在哪一户家收藏，也没个准儿，到了"破四旧"那个时候，大瑶山很多旧物被扒出来毁坏烧光，另一个村的人起哄，到龙尾找这只长鼓没找到，把几个被怀疑的村民拉出来批斗，但最终不了了之。有人说，鼓被主人提前转移埋地下了，后来遭虫噬鼠咬毁了，早没有了。也有人说，鼓被送到山外的人藏起来，几经转手，被一海外华侨出高价钱买走了，卖的是美金哩。

凸眼男子绘声绘色，我听得云山雾罩。

盘修年说，东扯葫芦西扯瓢，听了半天你给我们瞎编一故事。

怎么是瞎编？凸眼男子嘴里不服。

我问，龙尾那边下放来的右派胡知勤，在所城买过一只老鼓。

易家琴师说，有这回事，但他买的与撮巴子说的不是同一只鼓。那时所城的长鼓艺人多，家家都有祖传的长鼓，有好有坏，有年头久也有日子短的，胡知勤买的是姓袁的家户的，后来举家搬走了。他长得精精瘦瘦，戴副眼镜，斯斯文文，文化人嘛，不像我们这些跑江湖的，那时候村里的女娃都喜欢他。他当时在这里教了一阵子的课，晚上跟袁家户拜师学长鼓，也有说鼓是袁家户女娃送给他的定情物。

盘修年扑哧一笑，抖身站起，还有别人更清楚这些来历不？

易家琴师一本正经，在所城连我和撮巴子也说不准的事，怕是人家连风都摸不着。

## 七

寻找长鼓来历的事搁浅了。我和盘老哥返回的路上，电话里详细与老馆长讲了一遍。他听完这些情况后，不再纠结鼓的来历，另一只鼓的下落。他沉默了片刻说，大瑶山出来的长鼓，大瑶山就是它的来历。他允诺在盘王节前夕，亲自把长鼓送过来，让它陪伴盘修年一起演出。

甘副调在文化战线人脉广，回去后四处张罗，就给乡里村上发来了十套文体健身器材，一千多册图书，以及团市委配套希望学校建设的两百套新课桌椅。那几天，乡上村里车来车往，黄旺生把村里的青壮劳动力叫过来，清理搬送，安装器材。

小湛从电视台申请调拨了一套户外灯光和广播设备。河南姑娘心细，主动派车送来了安装人员。这是我和老叶商量过的，要让老村部前坪的文化舞台亮起来、村里的广播响起来，有灯光有声音，妇女们跳个广场舞，盘老哥冯茂山今后教教年轻人学习长鼓舞。安装人员固定机位，牵线调试，忙碌大半天，直到傍晚时分，灯光接通，六盏大灯分别从舞台和老村部房子四角同时亮起，石喊坪的夜晚变成了白天。有一盏追光灯，射出一道圆柱光，像孙大圣抡起顶天立地的金箍棒。过来帮忙的盘修年摇着灯，乐呵呵地，围观一圈的妇女孩子看到光从坡下的新村部、锦灿家等村户的屋顶上扫射而过，光朝向天空，整座西边大岭像突然拉开幕布的大舞台，崇山峻岭、茂林密草处，银光闪闪，十来只飞鸟从光圈中掠过，发出一声声清越的鸣叫。

广播线路也联通了，老叶兴奋地比画，把音响话筒打开，清清嗓门喊，喂喂，下面，石喊坪斗巴子演出正式架场。四面八方都有了声音，村民都鼓掌欢笑起来。

黄旺生高兴得不停搓手，凑到我身旁说，灯光设备太高级了，会很耗电吧。

老叶听到了，哈哈大笑，早料到黄书记是个小气婆，已经帮你们跟乡上打好了商量，每年拨两万块钱，专用于村里开展文化活动的电费报销。

盘修年取过黄旺生手中的烟盒，书记你看，电灯电费都安排好了，以后村里堂客们跳个广场舞后生子搞个长鼓培训，可不能小气，让人摸着黑跳啊。

他去给安装师傅敬烟,黄旺生拧转身体冲他喊,老盘啊,只要你把村里的长鼓舞队组织起来,多给我们培养几个长鼓舞传承人,跳多少个通宵,电费的问题都莫操心,乡上不出我自个掏荷包。

坪上村民又都哈哈大笑起来。我们才发现,村里在家的人听到广播里播放的歌曲,都循声而来,几个平常跳舞的中年女人领头边哼着拍子边甩手踢腿地跳起来。

长鼓制作所需要的资金有了下文。东西大岭几个乡镇摸过底后,大概新鼓缺口有600个左右。张馆长回了一趟永城,找管文化的宣传部部长、副市长分别批了10万元,去见文化局局长汇报工作,局长两手一摊,无奈地说,年初扶贫资金就批下去了,另想办法。张馆长把她几个企业界朋友张罗在一起吃了顿饭,甘副调被请去陪酒,一唱一和,不知使了什么迷魂药,60万元几个企业家当场众筹到位。那夜,把甘副调这个老酒桶喝醉了。老叶后来追问赞助始末,甘副调笑而不语,一个劲儿地说,邀请了他们开幕式过来,到时叶主任灌倒他们,给我报仇雪恨。叶主任拍得胸口噗噗响,他们要是也能给我们编志出书赞助,红白啤,一起上。

最大的问题解决了,好消息传来,我第一时间告诉盘修年,他兴奋得像个孩子,一跃而起,大喊欧耶。没想到这个固执的老头也这么可爱。我后悔没带着相机抢拍下这个精彩瞬间。

张馆长早和他沟通好长鼓的制作方案,由我和老叶联系木材供应商,他出面邀请功夫好的木匠手艺人。那几天,没事我就往盘修年家跑,打电话、改图纸、排时间表。自从跑过一趟东边大岭后,盘修年像变了个人,精气神格外振奋,为了制作长鼓的事,没少熬夜,越熬夜越有精神。我劝他要爱惜着身体用,凡事自然有个过程。他当耳边风,怕得老虎喂不得猪,年纪越大睡眠越少,不抓紧时间,怕耽误大事。

没过几天,老村部就清理腾空,前坪堆满了空桐木、杉木和黄牛皮。被委任为制鼓管事的盘修年干活有章法,采用流水作业,分工序先把人员选定。村里的广播一会儿就响了,找人找物,他打开喊几声,不出一刻钟,人和物都送到了眼前。他指挥两个乡上的木匠搬来两台切割机,根据图纸设计,把木头锯成一根根直径15厘米、长80厘米的木料,又让人用刨子刨成长鼓模子。蒙鼓的生牛皮要用石灰、硫黄、芒硝制成的药水泡三天,如果自然晒干须经一两个月,黄旺生去借来烘干机,挂在通风的屋子里24小时烘吹。黄牛皮干透后,妇女主任葛丽英带着几个能干的妇女,用刀把上面的毛刮干净,裁剪成一块块四四方方、七寸大小的鼓皮。

那几天太阳好,木模子一晒,村里到处飘着一股木头的芬芳。村里的老人说,这是石喊坪这些年来最迷人的气息,像是又回到了光屁股娃的小时候。锦灿找到我,想拜盘老哥为师。我说,这是大好事呀,近水楼台先得月,盘老哥正想收几个关门弟子哩。

要蒙鼓皮了，盘修年叫人用水发泡牛皮，先剪开皮子，泡绵半日，再蒙上木模两端。以前蒙皮子用的是竹钉，他改用圆头铜钉，细铁锤把钉子敲进去，三排铜钉先钉中间再钉上下，由下向上密集成正三角形状。最后一道工序是上桐油，他撸起袖子亲自示范，油漆刷子上油，鼓身、牛皮上都要刷，上了桐油虫不咬，鼓也不容易坏。

盘修年操起一只新鼓给我们演示长鼓舞中的制鼓动作，砍树、背树、锯树、刨树、挖鼓心、扎鼓、试鼓、听鼓。

我说，这是舞蹈，也是文字。

老叶不明白，长鼓舞怎么变成了文字？

我和盘老哥相望一笑。

桐油干透，盘修年请来几位油漆手艺好的师傅，给鼓身绘上龙凤花纹，涂上红黄两色，再给两头扎上一圈金丝绦，各系四只小铃铛，轻轻摇拨，或清风吹过，叮当作响。

那些日子，石喊坪的四面八方都能听到悦耳的铃铛声。

从永城回来，张馆长就一心扑到了节目排练组织上，她对大型演出活动的调度经验丰富，临时设立的办公室墙上贴着进度表，醒目位置是开幕式长鼓舞祭祀表演的时间安排。

四乡八镇会打长鼓的人都已登记在册，分乡训练，集中彩排。盘修年、易家琴师、冯茂山集中开过一次会后，被委任为演出的骨干成员。张馆长富有煽动性的演讲，让这些长鼓艺人摩拳擦掌。盘修年劲头十足，白天在长鼓制作现场忙碌，晚上就当起了长鼓舞培训班的教练。他们出面动员，本乡、周边和在外地的一些长鼓艺人都聚拢起来。锦灿拍了几个长鼓舞抖音视频发到网上和微信群里，点击过万，他又通过乡上县里的政务微信公众号发出邀约，不少年轻人的积极性高涨，争着报名参加训练学习。

张馆长来探班，看到盘修年跳上蹦下手把手指导示范，甚是感动，老哥别太劳累，身体细摸着用，您是长鼓王，主角不能有任何闪失。

这段日子，我发现盘修年只要打起鼓就变了一个人，浑身有力，身体里像住着一只长鼓。他停下动作示范，我彻底想通了，这把老骨头，为长鼓传下去站好最后一班岗，死了也值得。

您还要带着冯茂山、锦灿这些小辈打下去的。

是嘞，当年朱老伙计大我一截，选了我搭档，瑶山长鼓就是一代代传的。他笑眯眯地望着我，小姚说过，我们把长鼓舞传下去，就是传承瑶人历史。

张馆长点头，叶主任是写史志的，他回头就要给您写上一笔。

盘老哥摆着手，不说话，眼泪却珠子般地掉下来。我眼疾手快，职业性按下快门，没想到这张特写日后竟成了摄影展上的主打图片。

这段日子老叶趁我四处拍照，悄悄当了一回"红娘"。他果真把市旅建投的朋友请过来，朋友又带了一位搞旅游开发的老板，人家对那个盘王洞挺感兴趣，说要好好规划一下旅游线路，让外地人过来不单是看一个洞，还要把大瑶山的林海、泉浴、民宿、长鼓表演和移民新镇的特色民俗街游购娱等元素都串成一条旅游观光线。虽然刚谈了个初步意向，八字没写一撇，但黄旺生万分开心，整天向村民传播这个好消息。我怂恿他多多恭维老叶，争取说服老叶留下来当个驻村扶贫干部，真要是能留下来，凭他的活络脑子，不出三年，石喊坪又会大变模样。

我的摄影展也提上议事日程，电脑中的片子排看一次后，连我自己都惊呆了，三个多月里我到西边大岭的瑶山人家走访拍摄，没想到拍了这么多好片子。筛选后，终于确定了影展就以盘老哥和冯茂山两位长鼓艺人的影像为主体，从长鼓的制作、打鼓训练到表演，由物及人，全景展示，背景就是大瑶山的青山绿水。老馆长看我传回去的一些样片，深夜给我打电话，说你这小子下去有收获啊，这次影展名字就改为"美美与共"吧。我问意蕴何在？他说，民族民俗之美，地域人心之美，扶贫脱贫的变化之美，各美其美，又美美与共。

老馆长的肯定让我特别开心，结束通话，我给他的微信发去一张新片子：雨后放晴，大瑶山像一个发光体，里外透出翡翠的光。

## 八

盘王节开幕前一天，赵乡长来个电话，心急火燎地把我和老叶叫去。他办公室里坐着一位西装革履的外乡人，五十开外的年纪，戴副眼镜，斯斯文文，香港的一位地产商人，叫胡常实。

胡常实说，快半个世纪前，父亲胡知勤被打成右派下放到大瑶山，后来染病离世，那时他才五岁，懵懂不知，有关父亲的记忆稀薄。父亲喜欢音乐舞蹈，寄回家一张打长鼓的黑白照片，母亲离世后把照片交给他保存至今。这些年，他香港内地两边跑，但没有来过湘南。这次返乡，是想了却两个心愿，如果有机会，投资一个文化旅游项目，为大瑶山做些贡献，然后就是到父亲曾经生活过的地方走访，找个有山水的地方立块墓碑。他把照片从钱包夹里小心翼翼地取出，我一眼就认出来，照片上长鼓的造型式样，和老馆长收藏的那只长鼓一模一样。

我问他，如果这鼓还在世间，又是老父亲的遗物，会不会想收回去？

他很惊讶，经历这么长久的年代岁月，这只鼓真的还在吗？

我把前不久与盘修年去东边大岭寻访的情况，长鼓与他父亲的故事告诉了他。我说，下午您就能见到那只长鼓了，我的老师是位长鼓文化研究者，保藏了这只长鼓，他一直想把长鼓送回来，存放在即将建起来的大瑶山博物馆里。

他非常激动地扬着手中照片，这个想法太好了，鼓在瑶山才有灵气，父亲也一定是这样的愿望。到时能否请姚老师帮个忙？

您请讲。

帮我和长鼓合张影，我要把这两张照片带在身边，传给我的孩子们。

老叶插嘴说，没问题，姚老师是我们永城超级棒的摄影家，举手之劳。

我做了一个按快门的动作，大家都开心地笑起来。

老馆长来到移民新镇的时候，盘修年身着瑶装，我与胡常实等人迎候在路口。老馆长颤颤巍巍把背包打开，取出长鼓，盘修年和胡常实双手接过，四周响起一阵经久不息的掌声。

盘修年手举长鼓，长长的百名长鼓艺人队伍，齐声喊道：长鼓出瑶山，回家祭盘王，风调雨顺，国泰民安！

我举起相机，聚焦一张张激动兴奋的脸。镜头掠过老叶时，他像个孩子般咻咻地笑着，却不时拿手擦眼角的泪。这家伙脑筋转速快，就在中午陪胡常实吃饭的空当，凭借三寸不烂之舌，把盘王洞的旅游项目"兜售"给了这位正想来此投资的商人。胡常实满口答应，不管是单独出资还是合作开发，都愿意为大瑶山做点实实在在的事情。

胡常实与老馆长见面，鞠躬致谢。老馆长已经听我说了突然出现的这个小插曲。他身抖声颤，慢吞吞地说，物归原主，如果想带走长鼓，我能理解。

胡常实恭敬地说，不用了，鼓留在瑶山，我想这就是父亲的遗愿，谢谢您这些年用心保藏着它。

老馆长扭过头，眼泪唰地落了下来。后来他告诉我，那天来的路上奇怪得很，长鼓嗡嗡叮叮，在身体里响个不停，特别是一进大瑶山，响动越来越大，整座山变成了传说中的那只扶摇神犬，密林收缩为皮毛，蜿蜒道路回归斑斓纹路，东西两座峰岭变成炯炯双目。它发出一声似从地底下迸涌出来的鸣啸，仿佛就要立身疾奔。隔了很久，终于周遭悄无声息，世界安静下来。他坐在副驾驶上闭目养神，一睁开眼，又似乎看见车从那个白发老者身旁擦肩而过，老头微笑着，不紧不慢地跟在车后，目送长鼓回到大瑶山。

他说，其实，传说是我虚构的；其实，每次进山我都会觉得大瑶山要奔跑起来。

大瑶山从来没有这般热闹过。人来车往，如同一只只归巢飞鸟，隐入青山怀抱。

开幕式那天一大早，广场东侧，有人往垒好的火塘肚子里点燃一棵大枫树，这把火要烧到全天活动结束。传说中枫树是蚩尤战败被黄帝所杀后化身，祭祀时烧枫树纪念，也是求得平安护佑。仪式开始前，是杀猪祭神，祈求五谷丰收。不知谁家中养的一头大花猪被赶出来了，一群人热闹地围观，猪嗷嗷叫，人群中也发出哈哈大笑。一旁的"大吹大打"伴奏，由两支唢呐、大团锣、大鼓、大钹和碗锣等打击乐器组成，指挥者一声令下，奏出的声响气势如虹，现场顿时变得热烈隆重起来。

祭祀盘王的仪式紧接着正式开始了。嘉宾客商，乡友乡民坐在广场的大舞台前，观瞻瑶民崇拜先祖仪式的复活。舞台设有祭坛，挂着彩绘的盘王神像，红蓝绿黄黑五色瑶人旗在风中舒展。祭坛上摆放了三牲，燃烧着香烛，12声地雷公炮响过，祭祀的四位师公主角登台，分别是还愿师、诏禾师、赏兵师和五谷师。盘修年担纲还愿师，他穿戴整齐，满脸肃穆，眉目间神采奕奕，郑重其事地完成每一个动作。舞台两侧站着歌娘、歌师、长鼓艺人、唢呐艺人、六位童男童女和厨官厨娘。仪式从请神、拜神开始，到乐神、送神结束，显得神秘而庄重。

备受期待的长鼓舞表演了，领舞的盘修年神情专注，看到台下数不清的身影，他愈加充满激情。伴随着一阵激越的音乐，他捧着香炉水碗，请出老馆长带回来的长鼓。四乡八里，已经传说着它的故事，它已经成为大瑶山的长鼓王。

音乐停止，四下沉寂，隐隐有细微的鼓鸣从天而降，灌注耳中。鼓身闪光发亮，瑶装上身，盘修年像是回到青壮年时代，在高台上一跃而起，长鼓跟着身体缠绕而舞，拧转自如，与他搭档的冯茂山也身形矫健，屈膝有力。易家琴师、撮巴子、锦灿等人站立方阵前列，齐声颂唱：子孙打起瑶山鼓，鼓声呼呼震山冈。鼓声不停歌不停，世代传唱盘瓠王。

舞台和广场上的千名长鼓舞者，手持绘有龙凤花纹、配饰四只小铃铛的长鼓，跟着长鼓王的舞动而一起跳跃，他们的动作整齐，矫健粗犷，又显灵巧活泼。四面青山远远回荡着语喧声响，鸟群从空中鸣叫飞掠而过，东边日出彩云缠绕。我压抑不住澎湃的心潮，连续按下快门，这一时刻我没有理由错过。

　　观众席前排，老馆长热泪盈眶，身体却纹丝不动，安静地坐在轮椅上，脸上神色自若，辗然而笑。他平日抖颤的帕金森病症状莫名其妙地消失了。我走过他身旁，他扯住我的衣袖，指着远处细声地说，那段山岭像什么？像不像横卧的一只长鼓。

　　我身体半蹲，朝他注视的远方望去，峰岩耸立，与长鼓形貌失之千里。但我拼命点头说，真是一只长鼓卧成了大瑶山！

# 空　　山

## 一

易地扶贫搬迁动员会是在乡政府食堂召开的。

很多人是第一次参加这样边吃边开的会。到会的扶贫队长、村支书和村民代表坐了六满桌，脸上笑嘻嘻的，跟过节似的。厨灶间热气腾腾，陈劭东站在餐桌前讲话，声音洪亮，每个字都像是刚扒出火灰堆的山芋，烫手。

"安置点装修在扫尾，下月上旬，最好是本月底，山上的贫困户都搬新家！"他反复强调时间表，只能提前不能推后，这事他比谁都急，还有两个月，省里就要来考核验收，眼下脱贫攻坚是全县中心工作的中心，陈劭东这位乡党委书记，码市乡第一责任人，绝不允许关键节点掉链子。

陆续传菜上菜，原先的鸦雀无声开始松动，有人咽口水打饿嗝，或者小声点评菜品菜色。食堂的厨师是全乡办红白喜事的老厨子师傅，到县里最豪华的酒店当过大掌勺。他们很久没尝过他的手艺了。这两年提倡移风易俗，年轻人外出务工，很多的酒宴不办了，老师傅就被请进了食堂。一日三餐，平时吃工作餐的乡干部冲破顶就摆两桌，老师傅好不容易逮住这个大显身手的机会，忙乎了一通宵。

饭点到了，该动筷子但没人动，在等请客的人把话讲完，这是礼貌也是礼节。陈劭东在问："各位还有什么特殊的困难吗？"

无人回应，他又问了一次，石喊坪的黄旺生站起来："陈书记呀，两个问题，碰到搬不动的钉子户怎么办？"说完他就坐下了，陈劭东盯着他，等他的第二个问题。

"没有了。"他又站起来，大家哄堂大笑。

按理说，易地搬迁是精准扶贫的好政策，按人头二十五平方米建房，面积有大有小，每户都只出一万元，一般是搬到集镇附近的安置点新居。此前县里花了大量人力摸底排查，搬迁对象也有好几项明确要求，现居地是深山石山边远高寒荒漠地区，交通水利电力教育医疗卫生服务薄弱，用一句通俗易懂的话说，就是"一方水土养不起一方人"地区的贫困户。

石喊坪村人多地少，多数散居山上，前年修了条公路上去，豆腐盘成肉价钱，出行看似便捷了点儿，但资源捆缚手脚，集体经济上不来，村民生活难有大改善。外人眼中，政府安置，从山上搬下来是件好事，求之不得，何况事先还有繁杂的资格审查、逐层评议等各项程序，入了名单也都是本人签字承诺过，黄旺生说的钉子户应该是不存在的。

有人交头接耳问到底是怎么回事，少数几个干部明白缘故的，知道黄旺生是踢皮球，给自己留后手。

手机响了，我走到食堂廊道上接电话，回头看了一眼陈劭东，憋着张寡沉的脸，之前的兴奋不见了，游离着憔悴和躁动。

　　电话是山上的彭老招打来的，齆声齆气，我使劲儿把手机贴在耳孔。他问我："有没有彭小亮的消息？"我说："老爹，已经在找了，等一等不慌急。"彭老招没有像以前那样发脾气，而是低沉哀求地说："田乡长，快帮我找到彭小亮吧，我要死了，死了也闭不上眼啊。"我说："老爹，是不是身体不舒服，让村医去看看你吧，万一不行，就接到乡卫生院来？"他继续说着找儿子的事，最后用赌气的口吻威胁："我不下山，不搬家，哪里的医院也治不好，就死在老屋里好了。"

　　山上的通信基站说全覆盖，信号其实差得很，电话蹿进咝咝嘈杂后就哑了。我再打过去，始终接不通。彭老招就是黄旺生说的钉子户，女儿死了，儿子失踪了，病痛缠身，靠点儿养老金山林补贴生活。我决定，下午亲自去一趟彭老招家当面安抚。

　　走回食堂，听到陈劭东陡然提高八度，作最后的总结："易地搬迁是全县脱贫摘帽的头号工程，没搬好，就是脱贫帮扶不到位，就是我们党的承诺没兑现。在座每个人都是党员干部，是县委、县政府、乡党委政府的代言人，不仅要按时间搬迁到位，还要确保安全，安全底线谁都不能破，真正确保贫困户开开心心，到时我再请诸位吃庆功宴。"话音落下，掌声稀拉，大家迫不及待地举箸夹菜。

吃饭不喝酒,饭就吃得快。下午大家要各自回村落实具体工作,有的三嚼五吞嘴巴油一抹屁股一拍吃完就走人。我瞅着邻桌黄旺生放下筷子,就走到陈劭东耳边说了彭老招打电话的事。他站起身,把黄旺生叫到一边,说:"老黄,我们商量个事。"

听我复述完彭老招的电话内容,黄旺生指了指自己脑袋说:"彭老倌这里有问题,犟得很!村里拿他没办法,还是要请你们多做做思想工作。"

陈劭东拉下脸:"什么事都依靠我们,那要你们村干部摆造型呀。"

黄旺生不示弱:"他满世界找儿子,我有什么办法,还不是要靠县里乡上出面。"

我插嘴道:"不是没找,我正催着公安那边。跑了几年没点儿音讯,不是喊找就找得到的。"

陈劭东突然像吃了枪药,说:"一句话,他的思想工作做不通,真要出了问题,谁都吃不了兜着走!"

"陈书记,话不要讲太硬,谁不想把好事办好。我一个小萝卜头,今天喊不干,明天就走了人。"这个退伍老兵受不了委屈,也火气冲冲的。

"我们别误解了陈书记的意思,彭老招本身有实际困难,心结打不开可以理解,我们多做做工作。"我看到气氛不对,出来打圆场,"人心都是肉长的,别的方面多关心,他真感动了,也就不会犟了。"

"省里来的干部到底水平高,会说话,不像我们这些大老粗张嘴就不会拐弯，硬邦邦的。"黄旺生自嘲，然后迈出食堂，向大坪停车处走去。陈劭东摇头苦笑，继续回桌上扒他那碗刚吃了一半的饭。我跟在后面追出去，想跟黄旺生再聊几句，他当没看见，头也不回，发动摩托，加油门上坡，排气管冒出一股刺鼻的油烟，扭身就出了乡政府大院。

## 二

一个月前，我回到家乡永城县，挂了码市副乡长的虚职。有的地方离开后就再没打算回去的，奈何上天突然拎你出来，又遣回那个来处重新走一遭。省报的田记者摇身变成了田乡长。有人在背后亲热地打招呼——田乡长！起初我没适应过来，当作喊的别人，头都不回，意识到喊自己时，人家转身走老远了。人生又多了一个误会。

宣传系统选派省直新闻单位编辑记者挂职锻炼，搞过好几届了，每次选一个县蹲点，为期三个月。报社领导找我谈话，说这次去你的家乡，有没有想法。

照我的想法，从山里出来的，更愿意去一个湖区或是经济发达的地方，又要回去，心中并不乐意，但我刚在新闻战线杂志上发表了一篇文章，一个核心观点就是说新闻记者增强脚力脑力眼力笔力，就要像"爬山虎"，既不断向上攀登，也要亲近脚下土地，多下基层走转改。文章给我戴了顶高帽子，让我颇有些骑墙难下。我心里更清楚领导的脾性，名义上征求意见，实际上就已是不容推托。去年新班子调整后，人事改革刚完成，萝卜和坑都配好了，年纪大的老资历要坐镇版面也不愿折腾，年轻记者一线任务重，加之有的刚成家拖儿带女也走不开，我这种年过不惑，工作经历够资格，又是不受重用的文化版记者就成了最佳的人选。

事实上我也没那么不情愿，甚至觉得能脱离报社三个月何尝不是件好事。我十五岁从永城考到市里读师范，后来保送师大到了省城，出来后就回去很少了，在县城中学当老师的父母退休后跟着我住到省城，老家亲戚原本不多，也悉数离开到了市里或是南方。去看看家乡的变化，采写几篇鲜活生动的扶贫稿子，这是领导的期许，也是党报记者的职业使命，不失为一件有意义的事。但我骨子里，这些年偶尔的返回，以及听闻农村种种变化，沉寂与衰落，"回不去的故乡"像个紧箍咒，翻来覆去就有了怯意。

有次北上广回来几个朋友在省城相聚，各有成就，衣冠楚楚，席间说起农村种种现象，有人对农民劣根性大加鞭挞，有人感慨时代造化，贫富悬殊拉开新一轮城乡差距，也有人叹惋教育资源的不平衡，贫困地区的农家子弟如今考上名牌高校几乎比登天还难。一场聚会变成了反思，几杯酒下去，以大城市人自居的语气傲慢者被人讥讽揶揄，你们往上数三代，哪位不是从农村出来？城市文明若不能反哺乡村，这样的畸形发展于一个国家又有何益处可谈？众人醉言互怼，吵得斯文扫地，闹得不欢而散。

在永城停了一夜，晚饭后离见面会还有时间，我就去老街23号院走了走。离得不远，出宾馆步行十分钟，我在23号院出生、长大，考学出去后，家也搬离这里去了城东新区。院里有五幢六层小楼，原是教育供销系统的家属房，当年算建得早的小区，独门独户，名声在外，现在是灰墙破路，窄道狭梯，明日黄花，残年衰落。

院子隔条大马路的南门市场，是县城最繁华的大市场，也最嘈杂混居。百货南杂批发一条长街，没有买不到的东西。前几年建了新市场，但人们仍喜欢来这里，几经整饬，街面比过去整洁，店铺门头也收拾得美观多了。县第三小学就藏在街里面，多年一直说搬却没搬，入读的多是政府公务员和商贩子弟。到了这个点，校门就被流动摊贩挤占，只剩一条窄窄的过道。我站在铁栅门外张望，教学楼格局依旧，教师旧宿舍翻盖了新楼，扎眼的是修了条绛红色塑胶跑道。门卫老头手持长扫帚走过来，用怀疑的目光问我，是找人吗？我心头一凛，找人？我曾经认识的人已经不在这里了。我摇摇头，说随便看看。他嘟囔一句，有什么好看的，然后掉身走了，画大字般地继续清扫着门口的草坪。

县里高度重视这次挂职锻炼，四位主要领导都出席了见面会。走进会场我就看到了曾经的初中语文老师王海平，印象中他古文功底好，《离骚》《论语》过目成诵，鲁迅的经典文章也是信手拈来，我们好多同学选读文科多与他的言传身教不无关系。他为人处世严谨务实，也懂得外圆内方，没听说有什么背景，送完我们这一届，就调到了教育局办公室，后来又到县委办公室写材料，转到乡镇干了几年又回到教育局任职，现在是管文教卫的副县长。我们联系虽少，但有这个渊源，比常人要亲近许多。他紧紧握住了我的手，热络地说："欢迎大记者回家啊，多为家乡发展献计出策、添砖加瓦！"

见面会有个议程是挂职代表发言，原先定的领队和最年轻的省电视台记者。带队的宣传部新闻处干部说话刻板，重申的是老一套，即：每位编辑记者下乡的工作职责，对所在乡镇的每个村走访一遍，做好一次接访工作，联系一户困难户，组织或参加一次集中采访，撰写一篇体会文章，也要列席乡镇有关工作会议，协助做好当地突发事件的新闻应急和信息专报工作。省台记者是学播音的，字正腔圆，表态铿锵有力，向基层干部取经，吃苦耐劳，身体力行，帮助群众解难题、支实招、见成效。整个会议室都被她的表态声波震得嗡嗡响。

会议原本可以结束了，主持会议的王海平说再请省报来的田自力同志说几句。理由有二：一是我是他教过的永城学生中的佼佼者；二是全省党报的资深记者，见多识广，对家乡这些年的变迁发展，必然深有感触。

临时发言，推托不得，我也不习惯场面上那套话语，脑子里一紧张，仿佛一片空白，脱口而出的却是鲁迅《故乡》的开头："我冒着严寒，回到相隔二千余里，别了二十余年的故乡去。"我说，"许多走出去的人，都会怀有鲁迅这般对故乡、对乡村的审视和剔骨见血般的热爱，因为故乡是我们的出生之地，是母亲流血之地，也是埋葬祖先之地，无论何时何地，受挫困苦，我们的故乡，我们的乡村，永远是游子的身体、心灵可以停驻的地方，也是重树信心再出发的地方。乡村的当下处境，乡村一直是中国社会的一个巨大投影，我们可以看到生活最基本的伦理、秩序、情感和精神，如何回望、建设乡村，归根到底不能只站在一个维度之上，而要深层次地掘进。"

天啦，我怎么了，由着个人的认知，慌不择言，居然还说出"掘进"这样的词。我把那些赞誉家乡变化的溢美之词，把要为脱贫攻坚挖掘典型浓墨重彩书写中国梦永城故事的话全忘在了脑后。话说完，掌声雷动，这让我颇感意外，心跳得更乱了，却觉得这次下乡也许真是有意义的。

散会后，王海平走过来和我告别，讲了几句工作生活有困难他来解决的客气话，我突然发现他两鬓发白，眼角皱纹折叠，时光从不饶过任何人啊。他说，这次安排你去码市，有些偏远，生活上会艰苦些，所幸时间不长，克服一下。你的学长陈劭东点名要的你，这样也好，你们有个照应，一起干点实事。我问，劭东在下面干得还好不？他说，挺好的，就是有些耽搁了。三年前调整，本来可以到城关镇接位，在县城，接天线更近，很多基层干部求之不得，是他自己主动请缨去全县最贫困最偏僻的码市乡，开始有人称赞他是深谋远虑，镀镀金转一圈就回来了，现在对贫困地区主职干部的人事一律冻结，不脱贫摘帽不调整提拔，有人就笑陈劭东打错了算盘走错了棋。

我们边说边往外走，他要上车了，笑着拍了拍我肩膀说："不管怎样，都是未来砥柱啊！"我赔笑心想，人各有志吧，劲东从来都是有想法的人，我还蛮期待码市在他手上翻新变样。

## 三

次日上午，来接我的是乡宣传干事小姚。陈劲东周末在县委党校参加为期两天的脱贫攻坚乡镇书记的辅导班学习，小姚说了缘由，就目视前方开车上路了。陈劲东派遣这个小伙子到省城给我送过土特产拜节，初次交道就看得出他是那种谨言慎行的人，但后来听说他喜欢玩机车，挺出乎我的意料。路上，我问乡上一些事，问一句他答一句，很多地方不是说不清楚，就是答非所问。我失了兴致，就看着窗外的山景，倾听风中偶尔能捕捉到的几声鸟语。

环绕码市的是一座山，又是两座。这么说吧，山虽相连，又各有其名，一曰古婆山，一曰兜盘山。我把手机地图上的标示指给小姚看。他说："这边都习惯叫东边大岭西边大岭。"去码市要在东西大岭间的山路上转上两个多小时。20世纪90年代，经码市的水路荒废，硬化拉通了一条低等级的公路，坑坑洼洼跑了好多年，跑一趟是颠簸得头昏脑涨，虽然修护呼声甚高，但苦于没资金来源。直到前两年借扶贫的交通项目实施，山路扩宽，平整如新。我隔着车窗拿手机拍重峦叠嶂，从视野开阔的地方看天空，太阳被裹在厚厚的云层里，像是有雨要来，转上几个弯，又看到云开雾散，光芒万丈。

我打了个盹，迷迷糊糊感觉快要到了。小姚刚好接完电话，见我醒了，说："陈书记来电话，刚接通知，明天王县长看码市的安置点，顺便走访几个贫困户，九点开完例会从乡政府出发，请您也参加。"

我说："扶贫工作事无巨细，乡干部都要亲力亲为，迎陪走送，很忙吧。"

"有人说扶贫工作像个百宝箱，拿一件少一件，总也拿不尽。"小姚咧嘴一笑，说，"乡镇干部压力山大，个个上了发条，不在扶贫现场，就在去扶贫的路上。"

"注意安全！"车道急转弯，吓我一跳。小姚放缓速度，爬上陡坡，我的视线被一排粗壮的大樟树遮挡，待缓行一段再看到葱郁山岭，脑子里没了方向感，对东西大岭又失去了判断。

到了乡政府大院，小姚引我走进他们那栋20世纪90年代末建起的办公楼。楼层护栏外悬挂着醒目的红色黑体字标语，宣传的是核心价值观和美好生活的奋斗目标，院西墙的宣传栏张贴着林林总总与扶贫有关的政策文件，东侧是农村商业银行、邮政的房子，连同文化服务站、政务服务大厅，挤挤挨挨，院子简陋狭小，但不失紧凑整洁。

码市乡拢共三十二名干部，借调到扶贫办和县直部门后，在岗的也就剩二十来位。办公楼上下四层，一二楼办公，三楼宿舍，四楼闲置成了储藏间，小姚给我收拾好了三楼靠西第二间，陈劭东住在最东边。房间不小，布置简单，床铺书桌衣柜和两把漆面脱落的木椅，像个空空荡荡的"家"。

小姚帮我把简单的行李搬进屋，抱歉地说："将就将就，生活用品差什么到时说一声再添上。"我笑着说："没那么讲究，你们能住我也没问题。"陈劭东像是掐准了我刚安顿下来，打来电话慰问我的一路辛劳，说下午学习班结束，约了县直几家部门负责人商议安置点生活配套工程的事，晚上才回得来。"我争取早点儿回呀，我们借着月光喝一杯，给你接风洗尘！"他声音中的爽朗劲儿多少年也没变。

跟小姚去食堂吃午饭，因为是周日，有的走读干部还没回来。老师傅的柴火灶烧菜很香，胃口大增，饭后我决定独自到集镇上走一走消食。出政府大院上坡左拐步行五分钟，一条五六米宽八九百米长的街道，刚好容两辆小车通过，既是集市也是公路，全乡的经济活动集中地。逢农历一四七的日子赶闹子（赶集），山里村民蜂拥而至，估计交通会瞬间瘫痪。街两边不留缝隙地砌着房子，一楼清一色店铺，有的是木脚楼，有的后来改建成水泥两层房，屋里光线灰暗，像码放的两排黑匣子。两个挂牌的村卫生室相邻不到五十米，十米之外一个岔路口是乡卫生院，这样布局让我觉得可笑。我去过一些大乡镇，道路又宽又阔，横平竖直，宾馆、门窗装饰、超市、养生馆、汽修、家居，街边店面门头和县城没什么差异。眼下的这条码市老街，十来分钟就踏勘结束。没人在意午后出现在这里的一张新面孔。也许这几年下来扶贫检查的外人多了，人们也不在意那些路过的陌生者了。

毫无生机的乡镇。即将到来的三个月我将如何度过，只有等陈劭东亲口告诉我了。我坐在街角一块青麻石上，阳光穿过几面屋脊的三角地带，在眼前来回晃动。我眯眼打量身后的老街，二十年前到过此地的一幕若隐若现。那是我此前唯一的码市记忆，也是心底的一块隐痛。

那次是坐一辆客运班车过来的，路途摇晃，无比漫长。来的原因，是参加师范女同学彭余燕的葬礼。同龄人的意外离去，十来位同学相约奔丧至此，忧郁的心情让行程变得沉闷滞重。20世纪八九十年代，国家重视中专教育，师范工商财农林水医卫等专业的录取分很高，能考入的都是尖子生，很多家庭冲着工作包分配走上这条求学路，农村学子还可转为城镇户口，就更是将之视为跳龙门的绝佳机会。

我和彭余燕是同一年考入，同班，她是码市学校考上的独苗，学习优异，长相素朴纯净，寡言少语，有点儿像那个年代日本殿堂级的女演员山口百惠。陈劭东是学长，高我们两届。刚入学不久的晚自习上，一个戴眼镜的高个子男生站在教室门口把我和彭余燕叫出去，定定地望着我们笑。素不相识，我有些纳闷儿，他自我介绍说了一大串头衔身份，最终目的是邀约我们参加文学社活动。他问我："知道为什么找你们吗？"我摇头。他说："我们是老乡，都是永城的。"彭余燕从头至尾脸颊红扑扑的，没有说一句话。打过几次交道后，他是学生会副主席，经常抛头露面，就主动带我们参加一些社团活动。文学、书法、绘画、篮球，他都能露几手。我们常在广播里听到朗诵他的诗歌作品，在书法美术比赛获奖名单里找到他的名字，还有每学期的校篮球联赛上看到他精准的三分篮远投。他走起路虎虎生风，回头率很高，我后来觉得他对彭余燕颇有好感，不过每次都会把我叫上，好像有我这个够亮的电灯泡才更安全。

陈劭东毕业那年，留市名额非常少，据说一个市干部子女占了他的指标，他赌气回了距永城不远的一所乡镇中学。现在回想，这对一个内心骄傲的人打击该有多大。分配失意，他因此和我们的书信联系很少。到了两年后我们毕业，师大有继续深造的保送生指标，我和彭余燕入围成了竞争对手，很多活动获奖的加分项，得益于陈劭东当年把我们引入社团参加竞赛打下的基础。后来彭余燕竟然主动退出，理由是家里条件差，父亲身体不好，弟弟年幼，她想早些参加工作。我没有悬念地保送了，却很长一段时间开心不起来，就是因为彭余燕的放弃。学校给了她全市优秀毕业生的荣誉，还给永城县教育局出函推荐，她运气不错，进了县三小当老师。一个从山沟里考出来的女孩，留在县城教书，将来嫁在县城，这些都是按部就班要发生的，理所当然会是一种很不错的人生归宿。

那时的通信虽有寻呼机、长途公用电话，但又贵又不方便，我和外界的联系方式主要是书信。师大期间我和彭余燕的书信往来并不密切，每学期两三封吧，逢年过节互寄写着祝福的明信片，彼此内心都隔着一道防护带。她在信里说得最多的是工作生活近况，当班主任，教语文，一周有十五节课，还带了写作兴趣班；住在学校宿舍里，宿舍前有一排又高又直的水杉，房子老旧，冬夜风吹得过道呜呜响，像有人穿着拖鞋跑来跑去；多数同事都是县城的，上完课就回家了，几个年轻同事开始恋爱约会；她正在参加高等教育自学考试，一个人待在宿舍偶尔会感到害怕。她只言片语未提过陈劭东，但我知道我的收信地址是他透露的。陈劭东写信只有一件事，让我帮着购买邮寄书籍和自考复习资料，他刻苦好学，说要以一个自学考上研究生的民办教师为榜样，早日离开那所偏居一隅的乡镇中学。我旁敲侧击要他主动联系照顾好她，想象过他们坐在空旷无人的校园角落或宿舍里埋头苦读的温馨场景，当彭余燕说起幽深夜晚一个女孩子的害怕虽再正常不过，但我不解的是，陈劭东这时在哪里呢？有一次信末"顺颂安好"时，她不经意地提了一句，她在犹豫，做一个艰难的抉择，想回到码市学校当老师，那样离家近，能更好地照顾父母弟弟。我给她寄了一本战胜困境成为人生赢家的美国女作家海伦·凯勒的传记和自考论文复习资料，回信中语气坚决地劝她打消回乡的念头。我想也许只是她一时冲动，身边是不会有人赞成这样做的。

那时的懵懂和远离，慢慢会将任何虽美好但不在同一经纬度上的情感撕扯掉消磨光。后来我更是体悟到，于情感而言，时间是灭火器也是过滤器。各自安好尚且无事，突然听到彭余燕死去的消息，那一刻除了震惊诧异，也充满了拳打脚踢般的伤感和锥心刺骨的遗憾。

彭余燕自缢身亡，消息是另一个县城教书的同学传来的。那时我面临毕业，联系了几家单位准备面试。我站在校园一家报刊亭旁，给陈劭东打了十几个传呼留言，焦急地等待，他却直到第二天才把电话打我们楼栋宿管那里，丢下一句留言：余雁离世，节哀顺变。当时他若是站在我面前，我想一定会狠揍他一顿。

消息像挤牙膏似的传来，自杀事件概括成一句话：彭余燕深夜在学校宿舍自缢，次日上课无人进教室，才被同事破门发现。我说我不相信，同学说我们都不相信，好端端地活着或者说一个正常人，是要遇到什么样的事才如此决绝赴死，进一步说，以双手之力勒死自己怎么做得到。

县公安局最后下的定论还是自杀。封锁现场、排查问话、尸检化验，该履行的程序都走过了，找到的人证物证并不能证明死于他杀。我们那时分散各地，涉世不深，也没什么社会关系，对人情世态、办案破案都不谙其道，也没想到要组织起来去讨个明白的说法。"相信公安会把事实查清楚的。"一句互相安慰的话，等来的是不愿相信也得相信的结论。听说她的父母倒是去县公安、教育局找过几次，但也只是安静地等在领导办公室门外，没有亲戚朋友帮着打横幅拦车鸣冤，也没有胡搅蛮缠讨要巨额经济赔偿。碰到这种事，单位都愿花钱速战速决，怕扩散影响。县教育局和学校工会找来家属当面答应给一笔丧葬费之外的赔偿，她父亲说人没了，钱也不要了。教育局领导说这是正常补偿，是你们应该拿的，在结案书上签完字，保证今后不闹事，拿钱就可以走了。她父母清理了女儿的遗物，在乡干部的帮助下，把女儿遗体拉回去下葬。那已经是彭余燕死去半个多月后的事了。

  出殡前一天，一帮同学相约从四面八方赶到码市。说是一帮，也不过十来位。我大清早从省城坐火车到市里，又赶到永城与同学会合。我用车站公用电话联系了陈劭东，他的声音听起来也很沮丧，说人已经死了，没有新证据，就只能依了公安的定论。我问他要不要去送彭余燕最后一程。他说正在等参加县委办的选调复试通知，第二天可能要去面试。这也是人生大事，我没有责怪他。他赶来车站，拿了一个信封，里面有一千块钱，差不多是他三个月的工资，让我亲手交到彭余燕家人手上。我手里捏着信封，看他匆匆转身离去，这算是对一段美好关系结束的祭奠吧。一位同学悄悄告诉我，他谈了个女朋友，她的父亲是一位县领导。我冷笑一声，没有丝毫惊讶，也未作任何评判。

  车在山路上慢慢颠簸转悠，同学起初还说说话，后来整个车厢都昏昏欲睡。天空弥漫着蒙蒙细雾，山和树木模糊游移，我有着前所未有的麻木，希望车永远在模糊的视野中行进，不要停下来。

  天擦黑的时候，终于到了石喊坪，热心的村民把我们迎进彭余燕家。房子破旧，堂屋窄小，棺材摆在中间，像停泊着一艘黑色巨轮。四年前，我们在校园里，生龙活虎，无比热爱生活，向往美好未来，但突然以死亡的方式分别，从此阴阳相隔，心情复杂，比到码市的山路还要曲折幽深。

没想到的是，陈劭东深夜赶来了。冗长的道场仪式刚结束，停放棺材的堂屋里烛火摇动，墙上黑影碾压，他久久凝视着照片上被火光映亮的半张脸，眼泪无声掉落。

后半夜家属守灵，主事的人要我们到附近村民家中休息，待天亮后送逝者上山下葬。我们把女生安顿好，几位男同学决定彻夜不眠。夜里有些寒凉，有人提议烧堆火，大家潜入黑暗中搜捡回一堆树枝，有人索性拖来一棵砍倒在山沟里的小树，我们在离彭家不远的空地上点燃了火。几个女生睡不着又回来了，火堆前顿时热闹起来。围着火，大家回忆往事，说起一次集体野炊的火是彭余燕燃起来的，有人说把火烧旺些，照亮她上路，让她以后走过的道路都有光亮和温暖。我心中的哀伤被火烘烤得硬邦邦的。记不得谁先说，看月亮升起来了。黑黢黢的山岭，清辉洒下，蒙上一层雾状的微光，山体也变得通透。

火光跃动，视线恍惚，山路上忽然看到有人影经过，女生胆小，喊大家去证实那个人影的真伪。有男同学举起火把往山路上探照，却发现什么也没有。一个女生哭泣起来，说那是彭余燕的魂魄吧，让她靠近我们吧，让她坐在我们中间吧，像往昔默默地倾听，而不是独自离去。夜色也被这个女生的哀悲感染了，所有人沉默着，抬头凝望月色溶溶的夜空，四面阒寂，只有树枝燃烧发出噼里啪啦的声响。

陈劭东坐着不吭声，手中的烟一支接一支，我记得他以前是不抽烟的。后来他变魔术般地从随行包里掏出两瓶白酒，把瓶盖打开往夜空里一扔，男生轮流对着瓶口喝着辣舌割喉的祭奠之酒。那是一个对着青山赊月色的夜晚，是一段扼腕生命脆弱的青春时光。我们把酒无言，坐到晨光熹微，我醉眼迷离，好几次朝山路上张望，空空荡荡，奔赴另一个世界的身影再没有出现。

那个夜晚过得格外缓慢，仿佛时间已经凝滞，连同火焰、呼吸与回忆。我知道，以后再也不会遇到这么漫长的夜晚了。

## 四

陈劭东从县里返回已是夜里十点了，他比我两年前看到的样子要略显发福，肚腹微微隆起，我暗中一笑，中年男人都逃不脱的命运呀，何况是在酒桌上摸爬滚打的乡镇干部。他开心地喊着我的名字，热情拥抱比他身材小一号的我。

"听说了你在见面会上的发言，说得好，故乡是回不去的，因为时间本身是回不去的。"

我不理他的夸赞，假装生气地说："听说是你把我要到这穷乡僻壤，来看你施展抱负？"

"是你那位王老师泄密的吧？"他哈哈一笑，"大记者，就是要到这里来，才叫真正接地气。精准扶贫在这里发生的点滴变化，都应该写进历史的教科书。"

我不去接他的大道理，讥讽地说："当初选这里你可没想到回不去的吧？"

"既来之，则安之，我没考虑那么多。"

"那说说你考虑的是什么？"

他把话题岔开，说："走，去我房间喝两杯。"

"算啦，我戒酒了，现在也不是青春年少感伤悲秋了。"

"破戒！不破不立。"他才不管我拒绝的理由，抓起我的手就走。

他的宿舍布局也很简单，比我的多一个书架一个储物柜。他摆桌子拿酒开熟食，我就到书架前巡视。我想看看当年被我当作偶像的学长还剩下多少精神追求。对他架子上的百来本藏书，我并不以为然，最上一排是党员干部必读的理论书籍，但下面的三排书把我镇住了。都是与乡村建设和中国农村百年变革的民国大咖著作和西方译著。梁漱溟、晏阳初、董时进、李景汉、傅葆琛、陶行知，20 世纪二三十年代的一批有理想的乡建之子，也有美国明恩溥、何天爵，英国麦高温约·罗伯茨等中国文化研究者。我抽出几本，摩挲发旧，批注详细，看来都是反复读过的。

他把酒食摆好，拿出一瓶洋河大曲。

"人生是灰色的，梦是蓝色的。"他扬了扬酒瓶，斟满两个小玻璃杯，"晚上请饭请酒，两条通村公路扩建三个安置点饮水工程，立项的扶贫项目，进度缓慢，像催债，人家欠你的，你还要低三下四去讨。"

"他们不履职,到时板子打他们身上。"

"没你说的这么简单,现在的考核都是一把手约谈,在你管辖的地盘上,老百姓的吃喝拉撒生老病死,哪一件都不是儿戏。"他端杯示意走一个。

"帝王将相,戏非儿戏,是这个理吧?"

"来,大记者,码市欢迎你!"杯中酒他一饮而尽。

我久不喝酒,两杯下去头有些晕乎。他酒量虽大,但脸上堆积着酒后的浮肿和奔波的疲累。他和我絮叨起乡镇的现状和症结,扶贫脱贫的艰辛,有一些现象与我平日所闻完全是颠覆性的。勤的干,懒的站,不三不四瞎捣蛋。我知道基层工作复杂干部辛苦,但没想到有的艰难无异于徒手攀爬一面面陡岩峭壁。

我轻叹:"你到码市,说说你的抱负?"他说:"你待一段后再作评议吧。"我直言午后感受:"让人无可惊喜。"他说:"你看到的是过去与现在,我们更多的是要去看未来。"我爽言直语:"没有现在谈什么未来,况且你所说的未来是在这穷山恶水,没有资源,没有财力、物力所能走到的未来,是你书架上那些失败的实践和理想的空中楼阁?"

他抬头看了一眼书架,仿佛那里藏着一个突然会跳出来的怪物。他说:"这几年,我在琢磨乡村建设这四个字,它不简单是建设乡村,让乡村有个光鲜的外表,它是整个中国社会建设不可分割的有机组成,乡村走出贫困的根本是在建设而不仅是一味输血。扶不起的阿斗,关键是阿斗要自己立起来。他取下几本书，说到它们带给他的启示，民国时期有数百上千的团体机构实验区都致力于乡村建设，除了我们熟悉的黄炎培的徐公桥乡村改进实验区、陶行知的'晓庄模式'，连阎锡山这位我们仅以为的'刽子手'军阀，也有很多改革乡村的设想，他的用民政治就是要'启民德、长民智、立民财'。还有外号叫'中国船王'的卢作孚，新中国成立后毛泽东曾说过的中国民族工业'四个不能忘'中的运输航运业的那位大亨，就率先提出过乡村现代化的口号，你知道他的愿景是什么吗？是愿人人皆为园艺家，将世界造成花园一样。"

"我们难道只把这当作幼稚和失败？"他苦笑。

我看着眼前这位仿佛又回到师范生活年代的学长，激情四溢，在社团活动现场慷慨激昂，但台下已经不是坐着当年逐梦理想的我。我没有反驳或是说打击他，那个他所说的自己立起来，在码市这个地方，有立得起的支撑和底座吗？我说："时间不早了，今晚到此为止吧。"

酒已喝完，话却并没说尽。这个夜猫子，我不坚决打断，也许他能滔滔不绝地借着酒性说到天亮。他的房门洞开，我起身迎风，能看到对面隐约的山岚，我们没有回忆多年前那个喝酒送别彭余燕的月夜，也没有只言片语去怀念共同的故人。我突然看到桌上还摆着第三只酒杯，空杯见底，杯壁沾湿，地上有一片浅浅水渍，像一张模糊但似曾相识的面孔。

他踉跄着送我出门，我让他留步，赶紧洗漱休息。他的舌头打着卷："你来了，就是最好的支持。明天一起陪你的老师，看看山村的未来。"

## 五

下半夜落了场雨，把山林浇个湿透。清早起来，黑色屋瓦洗涤过似的，油光发亮，几只长尾巴鸟檐间雀跃，发出悦耳的欢鸣。空气润朗，沁人心脾，这感觉是在城市所无法经历的，我深深呼吸，恨不能将身体装上个压缩机，把体内浊湿之气排空，把鲜新之气储存起来。日上山峦，浮光耀金，两面青山也如同梳洗过，墨绿、黛绿、葱绿、碧绿、水绿、豆绿、亮绿、嫩绿，我所能想到的描述绿色的词，似乎都能在山野间找到它的所在。我想起师大同学有一位毕业去了西藏支教，给当地牧民学校当义务老师，每天清早，眺望蓝天白云、草原雪山，看着孩子们的高原红，迎来第一缕曙光。乡野之所，大概这就是最美好的念想吧。

城乃防御，市乃开放，码市之名，从前因开放而得。过去这一带在人们嘴里叫码头铺，傍着一条穿山越岭的水流，叫冯河。陆路交通兴起之前，运输全在冯河上，山货洋货交易流通，商贸客商多会于此。地理记载，码市四周虽是崇山峻岭，但地处湘粤桂交界，清咸丰年间就建集立市了。从冯河出发，水路经抵道州、永州，沿湘江入洞庭、通长江，然后水阔天高，就能去往武汉、南京、上海等地。来之前，我又翻阅了一本地方志，上面说过去冯河开阔，上游溪流众多，从东边，有大量的杉松、竹木、茶叶、桐油、药材山货在此聚散，往南的古道直通粤桂，丝绸海盐以及一些舶来品又多从这条水路中转散入内地。

一水缠绕，山就活了。但记载中的繁华时光已成美谈和遗憾。三十年河东三十年河西。陆地运输的快捷，如毛细血管的公路四通八达，把冯河之上众星拱月般的水上口岸抛弃了。又加之水土流失、山洪滑坡、泥沙冲积、河床抬升、河水欠丰、山上林木禁止砍伐，无物可运，水运衰落，唯有老人嘴里，落魄的码市还留着些许荣光。

深夜酒谈之后，我真还对陈劭东的所谓未来充满好奇。往事历历，时光销蚀一切爱恨情仇，但不会销毁。这位多年前我很尊重的学长，其形象地位已经随着彭余燕的离世坍塌了。那个晚上围坐山火的一场痛饮，是对青春的祭奠，对生命的哀悼。他没有给我合理的解释，往后也没有，他有理由不说，我也不追问。罅隙横亘我们之间，也是这些年联系很少的原因。他攀上高枝，盘桓于他的仕途，无可厚非，但他画的一张乡村建设的大饼，让我感到腹中之饥。麻木生活，物质想象，有光而不曾照见甚至早已忘记光的存在，我们转身，他说待他拂去光之上的遮蔽之物。

他来码市，真是要帮穷山里的人寻找光吗？又还能找到吗？

周一例会，陈劭东公事公办，很客气地做了介绍，算是让我和二十多位乡干部见面认识了。毕竟还要同事三个月，该走的程序不能少。例会还布置了一周的工作，小姚把清单打印好发放到各人面前。二十几项工作，密密麻麻，交错复杂，都事关扶贫的方方面面，饮水安全、教育保障、基本医疗、危房改造、易地搬迁等，每一项后面都有责任人和主抓部门，打星号的是提醒本周完成，三角号标志的是重中之重，画圆圈的是要迅速整改落实的。

上面千条线，下面一根针，政策最后落实到基层，就压到了乡镇、村一级干部的身上。没搞好，上面要批评，严重的要问责，下面落实的难度和实施操作的麻烦之多，因地而异，也因人而异。陈劭东讲话干练，废话很少，安排工作既观瞻大局也讲究落地，这些年的磨炼不是瞎折腾，我却不禁有些同情他，选择到这个最贫困的乡镇，也把自己困在了这里，才干激情能在时间里一直延续生长吗？

会议半小时后结束，乡干部分头忙碌。陈劭东把记录本合上塞进包里，招呼我："王县长快到了，我们一起去陪，看看安置点。"

拎起包我就跟着他噔噔下楼往外走。陈劭东还像读书时那样，步子迈得大走得快，小姚没给行程单，我不知道王海平下来具体要干些什么。大学毕业我考进报社做过几年的时政记者，与省里领导或是省直部门负责人下过乡，都是前呼后拥，浩浩荡荡。见到王海平孤身坐在副驾驶，我有些惊讶。

"您堂堂县领导下来视察,就这样轻车简从,不怕路上打劫呀。"我故意打趣,活跃一下车内气氛。

"哈哈,有何可劫?他们要劫也只会劫劭东书记吧?"王海平说,"这两年下来检查扶贫,习惯了独来独往,不给下面添麻烦,也不给自己找麻烦。"

"人家要的是排场,偏生不怕的是麻烦。"

"那是人家的事,喜欢形式官僚主义,可不是我这个教书匠出身的半老头子追求的。"他说了一个笑话,"'八项规定'出来之前,一位副省长到县里慰问特困群众,省市县三级领导陪同,警车引路,车队庞大,到群众家中一番嘘寒问暖,临走时递上一个信封。当时副省长拿着薄薄的信封,脸色就有些僵滞,那户人家有个傻宝儿子,急急拆开贴着'慰问金'三字的信封,大呼小叫,来这么多人,才送五百块钱。副省长前脚刚跨出门,听到这话,脸就垮下来了,冲着随行的干部发火,明年再这样的标准,不要请我来慰问了,丢人!"我和陈劭东都笑起来了。

王海平愉悦地回忆当年教书时的几件小事,还把我那时的表现做了些美化。我没想到他记忆力如此之好,转入仕途,也就是凭着好记性和笔杆子上去的。劭东光听我们师生说话,也不插话,面色深沉,和昨晚见到的完全是两副神貌。

王海平把头往左一偏,盯着他看了几秒后说:"劭东啊,人事上我说不了话,你到乡镇来就来,好端端地把婚离了,趴到这穷山沟里,是真不想上去了,你知道县里有些人的嘴,比刀子还锋利。人生机遇就那么几次，你不要搬石头砸自己的脚。"

陈劭东离婚的事我略知一二。当年，他改弦易辙，娶了县委副书记的女儿，这是他没有选择彭余燕的唯一理由。男人为了前程朝秦暮楚，前车太多，难断对错。早几年岳父退休，他们夫妻没过多久就协议离婚，没吵没闹，对外讲是感情不和，儿子归他，不过外公喜欢，又仍带在女方家中。去年他来省城做了一场老乡的饭局，我问过他，也是这个说辞。人多嘴杂，他没多说，分别后他却发了条短信过来：离婚是废除束缚，放飞自由的身心。

说到自由这个份儿上，都这个年代了，还有什么再去追究的。

朋友相处，点到为止，没有唯一标准。这也是我的原则。后来我再没与他问询过，成年人别过得那么辛累，尤其是对城堡进出的亘古命题，人人都有破狱而出就绝不画地为牢的选择权。小县城最热衷传播桃色新闻，开始很多心怀鬼胎的人还非议着哪一方有猫儿腻，等着看一出好戏，但两个人各自单着，既无绯闻也无实变，有时还一同带着孩子出现在好友的饭局上。陈劭东下派码市后，一心在山谷沟垄里忙碌，也乐着把儿子丢在岳父家。

一团扯不清的麻纱，陈劭东故意岔开话，以恭敬口吻向上级领导汇报，码市扶贫脱贫已经完成的工作，正在做的旅游项目以及存在的问题。从全乡到各村的贫困人口、逐年脱贫的数字到各项经济指标、惠农补贴，他熟稔于心，一门清。王海平夸赞他对政策、数据的掌握和贫困状况的分析，微笑"预测"：我们都看得到的，劭东把码市的扶贫差事办好了，未来是要进常委班子的。

先去看的是易地搬迁安置点的建设。地点是陈劭东一个个亲自反复考量后选定的，与别的乡镇不可比，人家随便在集镇附近选一块空旷之地，水电路一并畅通，几十幢新房整齐排开，美观气派。码市自然条件受限，集镇往外开扩捆手捆脚，又不能随意炸山拓地，要找到一大片平整土地来集中安置石喊坪村上百户搬迁人口谈何容易。搬太远，贫困户不乐意，住得太集中，山上独门独户住惯的人也不愿意，他最后想了一个方案，山村特色不丢，选了四处安置点，离集镇不远不近，尽量让一个村互相认识的贫困户住到一块儿。选址方案经过公示，逐一让村干部上门征求意见，获得全体贫困户的赞同通过。

我们参观了正在装修扫尾的安置房，白墙青瓦，依山就势，连点成片，最小的50平方米，最大的150平方米。王海平对房屋设计和建设质量竖了大拇指，说，房子建好了，要想让人住得舒心，还必须考虑后续的帮扶措施，在劳动力转移就业上做文章，易地搬迁才有亮点。

陈劭东似乎早等着谈到这个实际问题，介绍了已经准备落户的扶贫工厂计划，又神秘地把我们带到离安置点不远处开垦出来的梯田处。他说："农民虽日出而作，日落难歇，但骨子里最需要的还是可以耕种的土地，没有土地他们心慌难眠。搬迁后，山上的房子要拆，山田也种不了，年轻的可以外出打工，年纪大的走不出去，我考虑就近开垦了几块菜园子几分山田，让搬迁户心里不慌，这样生活才开心，好歹也是帮着他们做点儿实事吧。光靠政策补贴，脱贫不得其法，贫者不改心志，乡村振兴又何以为继呢？"

走了几处安置点，恰好也有村民前来探看新家。王海平看得高兴，感慨赞许："扶贫要扶智，也要扶志，我看码市因地制宜的思路和做法很好，抓住了山村易地搬迁的牛鼻子。农民本是农村脱贫和振兴的根本力量，他们不积极参与，乡村建设就是白纸一张空话一句。"现场气氛热烈，王海平说，"我不能空手来，好比农民着急娶老婆，你却送本书，告诉他'书中自有颜如玉'，哪能这么糊弄，是这个理吧？"他的话逗得大家哈哈大笑起来。他承诺从分管的文体卫项目资金里给安置点支持，把文化健身医疗配套到位，村干部和村民看到领导送"红包"，一个劲儿鼓掌致谢，像是前途立马一片光明。

看完安置点，王县长说想到石喊坪走访几个贫困户。看了两三户，这些家庭有的子女在外打工，有的孩子即将入学，都对搬迁充满期待。山路弯弯，山林茂密，西边大岭看似变化甚微，一家一户，依山就势建房盖屋，虽靠山吃山，但相较过去，政府投入加大，生活基础大有改善。王海平坐在前面当导游，说他在码市出生，儿时看到的山长什么样，山中生活之苦，十几岁随当国营林场场长的父亲调动工作走出大山，这些年哪里变了样。我听着也颇为感慨。

　　过了午时返程，王海平在一个岔道口选了一条小路上行，路况差一点儿，走过这道弯，前面才重上主路。我坐在车上转得晕乎，看着山林已不识，隐约记得多年前来过，但记忆被脑海中的橡皮擦擦去了。车停下来，王海平走进坐落山坳上的一栋矮房子。房子有些年头了，是过去的大土坯砖堆砌起来的，屋檐黑瓦日晒风吹，雨淋夜露，色泽变白，罅隙处长着斑驳苔藓，时间的刀斧之力，都刻在了坯砖上，有的地方裂开几道瘦长的缝隙，有的剥蚀之后残缺坑洼，仿佛一个长途跋涉的褴褛落魄者。

　　"这样的房子算不算危房？"王海平前后屋看看，皱着眉头问道。

　　"已经做了易地搬迁的安排，分了一套安置房。"村支书黄旺生及时赶到，躬身上前回答。

　　"谁说我要安置房？谁说我要搬家？"人未见声已闻，一个脸色酱黄的秃头矮老者从屋里走出来，他右前额凹缺一角成G形，活像一个从大庙供台走下来的丑怪老罗汉。他的长相拨动了我的记忆之弦，我想起二十年前在葬礼上模模糊糊的一面之交，是彭余燕的父亲。听说他头上的凹缺，是年轻时当排工留下的，差一点儿命都没了。到码市来的路上我有想过，这一家人过得还好吗？没想到此时相见，却不敢相认。

　　"谁说我要搬到安置房去？"老人火气很旺。

　　王海平一愣。黄旺生上前一步，挡在老人面前，说："彭老招，县里领导来看看我们村，看扶贫好政策的落实，安置房就是政府的关心，你怎么又不搬了？"

"是你们要搬，我从来没说过要搬的。"

黄旺生脸色赭红，摆出一副杀猪佬的生气状，还想要争论一番。王海平拦住了他，问道："老爹，为什么不愿意搬？"

"我搬走了，我儿子就找不到家了。"

"你儿子怎么会找不到家呢？"

"他出门了，还没回来。"

这时从里屋走出来一位满头银发的老女人，彭余燕的母亲，高颧骨，皮肤黑里透红。女儿的噩耗传来，听说她一夜之间头发全白了。她满脸忧虑之色，扯着彭老招往屋里拖，他赖着不走，像个孩子生气般嘟着嘴。两个人就在自家门口当着外人的面僵持了。

王海平走进屋里，黄旺生跟进去叽叽咕咕介绍彭老招的家庭情况。儿子叫彭小亮，出门打工，回来过一趟，再次外出后就没音讯了。

"有几年了，去找过吗？"

"三四年了吧，这让他们去哪里找。到乡派出所报案，说要县里才有权限查什么身份证信息。"

"查过吗？乡里村里应该派干部帮一帮。"

黄旺生支支吾吾，他返身到老女人面前，问最近有没有儿子的消息。女人摇了摇头。

屋里光线很暗，飘着一股溲溺之气，王海平站到对门逆光的神龛位，墙上挂着一张褪色发黄的旧照片，严格意义上并不能算是逝者的遗照，而是一张放大的生活照——女孩穿一身长裙，侧身站在操场上，风把长发吹起，阳光在脸上映成淡淡的微笑。黄旺生一旁说，那是彭老招女儿，死好多年了。

我也看清了二十年前的这张脸，此刻却非常陌生。我像一个失忆者慢慢召唤记忆，如撞入一头小兽，慌乱，搐动。物是人非，山长水阔，触处思量遍。时光的灰旧与色彩的挥发，无法真正磨蚀这张青春的脸。我瞟了一眼陈劭东，他站在我们身后，神色寡淡，仿佛丢了魂魄，身体骨骼撞击发出嘎吱声响。这声音，又像是从房子里每个人的身体里发出来的。

彭老招突然大叫一声，我们纷纷扭过头去，他抓着老女人的头发，拖着往几米远外的山路上甩去，嘴里骂道："都是你这死婆娘，把儿子赶跑了，不回来了，看你死了哪人给你送终。"

女人并不挣脱，顺着彭老招的力道和松开的手，弯身跳过屋门口的导水沟，站在路边上，把一头银发向上扬起来，跳大神般手舞足蹈起来。她往山下方向指了指，喊道："回来了，小亮回来喽！"随行者有人真的探出身子往山下望，什么也没有。

彭老招一屁股跌坐在把矮凳椅上，抹着眼角，说："老婆子，我对不住你呀，你跟我嫁到山沟里，愁吃愁穿，图个啥，现在快埋进土了，儿女都没了，你恨不恨我，你不恨我，我恨我自己啊……你披头散发干吗，快去捡柴烧火，家里来了客，我们杀鸡吃，吃鸡喝酒。"他靠着墙，受了委屈似的呜呜哭起来，她走过去怜爱地摸着那颗头发所剩无几的脑袋，又紧紧把他瑟瑟抖动的身体抱进怀里。

"死酒鬼！神经病！"黄旺生皱着眉头，嘀咕道，又朝我们露出一副哭笑不得的表情。他对彭老招说："你也是经历过生死的人，凡事都要看开些。"

"我没死，我没有死过，死了就不是人了。"彭老招挣脱妻子的怀抱，理直气壮地回答。看到王海平跨出门槛，他一把抓住他的手，"领导，你要帮我，你们要帮我找儿子。"

"好好好，我们帮你找。"王海平连忙应允，往后退，像是怕他做出格举动。

彭老招放开他，又抓住我的手，把找儿子的请求重复一遍。他的手粗糙得像钢锉一样。我也唯有点头。老女人过来把他扯开，向我们道歉："老倌子过去放排脑袋受了伤，不清醒时就胡言乱语，莫见怪。"

"找个鬼，你们都是骗子。"彭老招喃喃低语，"一群骗子！"

王海平把陈劭东喊到身边，交代说："乡里派人去衔接公安，把彭小亮失踪的情况再调查一下，科技信息这么发达，交通住宿看病打工都要身份证信息，还找不到一个人。"陈劭东没有说话，表示默认。

这些年乡村的奇怪事件，比小说还真实地发生在身边。离奇出走，杳无踪迹，只是其中一桩而已。乡邻多会议论彭家人丁不旺，命运如此，不可违逆。这个场合，我心情沉闷，不敢跟疯言疯语的彭老招相认，也许他压根不记得女儿有过这样一位同学。他这么疯疯癫癫，非常不好对付，有点儿像医学界也畏难的"老年认知障碍"，大脑皮层结构功能发生了病变。后面我能帮得上什么呢？在省城我曾汇过两次钱，但钱都退回来了，地址有误，查无此人。但那是我所能确定的地址，可以解释的理由，是对方拒签了汇款单。后来我才知道，这个性格刚硬的老排工拒绝了所有的善意。

## 六

下山时，车内一阵沉默。我看着窗外，青山绿水，却遮不住悲催命运撞击彭老招一家的遍地狼藉。彭老招说话怪怪的，让我想起维特根斯坦说过，人是不会经历死的，凡是经历了死的都已经不是人了。他肯定是不知道这位20世纪最具影响力的犹太哲学家，却说出了类似的话。我不知道王海平突然闯进彭家的缘由，他是码市的故人，彭老招的遭遇不会没听说过，也许还知道彭余燕与我们之间的关系。

他终于开口问话了："劲东，你对彭老招一家的情况很熟悉，经常来？"

陈劲东说："每次到石喊坪都会路过看一眼，彭小亮是三年前外出打工，之后再没任何联系，两个老人基本丧失了劳动能力，过去吃低保，种了五分山田，建档立卡后有些养殖公益林补贴，乡里逢年过节发点儿特困补贴都有份，勉强维持生活吧。问题是彭老招长期头疼脑热高血压，一年下来吃药也开销不小。"

"黄旺生说你是该给的都给了,不该给的也都给了。"王海平说。

"什么叫该不该?"陈劭东说,"黄旺生在村干部里算是有能力,但一张嘴像冰刀子,村里和他对着干的人都不饶。"

"有时做事要一碗水端平,至少要巧妙,这也是自我保护。"

我第一次见黄旺生,就看出他匪气重。很多村干部久踞村上,手握资源家底厚实,唯上是从,对弱势群体却很霸道,这并不少见。

陈劭东说了彭老招和黄旺生之间的过节。早些年,农村有段时间风气不好,广东人跑来设流动赌场,黄旺生的小舅子在村委会当会计,不争气,爱去赌。他把村委会代管的养老金、村民各项补贴存折偷偷取了钱去赌。有些村民知道这回事,上门讨要,他就发一点儿,年纪大的村民不知情,他就造表伪造签名蒙混过关,几年下来从中截留贪污了有二十来万。钱呢,打牌输光了。村里人私下找他要钱,嘴上答应得好,却一拖再拖。这事传给彭老招知道了,他才不管什么猫儿腻,也不讲情面,先到村部闹,又跑到镇上告,还找去了县纪检委。县里后来派人下来调查,一个大窟窿,加之以前发放现金、换存折抹下来的零头,总共有三十大几万。上面要追责,最后是黄旺生四处找人出面转圜,又替小舅子退了钱,才免了牢狱之灾,村委会会计也干不下去了。

小舅子违法乱纪有错在先,可黄家人对彭老招恨之入骨,眼中钉只是拔之不得。村民看到他傻不愣登，爱出头，以后捕风捉影听到一些村支两委和村干部暗地做的不公之事，就悄悄告知，怂恿他去闹。有些事换在别村就大化小小化了抹过去了，他排工出身，是那种倔性子，几经争斗与乡上村里的不少干部结了怨拉了仇恨。

陈劭东说："人家嫌弃彭老招还来不及，哪会愿意去帮着找，都盼着彭小亮死在外面看笑话。"

"那几年我在教育局，从县纪检委通报上看到过，当时反响很大，全县后来搞了次大排查，教育部门也对教育补贴中一些发放不到位的搞了整改，没想到导火索是彭老招。"王海平说，"彭老招这个雷脾气年轻时就有，重情义，敢担当，说来话长，我老父亲还欠他一个人情。"

他这么说，我有些好奇，问道："听说您父亲那时是国营林场的老场长，那个年代，林场权力很大的。"

他回头看了我一眼："你知道码市过去有名的连子排吧？"

"当然，我小时候还跟做过木材生意的姑父去看过放排。"我说。

码市热闹红火的年代，最引人注目的一件事就是放排。那时秋冬季节砍伐的池杉、水松、香樟、山毛榉，都集中堆放到山上的水流边，等着涨春水。春水一来，木头就要扎排，一般三五根或者是近十根扎成一张木排，排头用4个竹篾编成的圈套固定好，中间钉上火熏水涝过的"肚带藤"，朝溪流一扔，顺水而下。小水路顺下来的木排都要在码市的老河咀汇集，然后由人拆散重新扎成连子排。老河咀一带的河床平缓开阔，陡峭岩壁上几棵大香樟挡荫，像撑开的遮阳伞，过去排工就在伞荫下做出一张张连子排。

连子排有公母之分，排工要先摆好平衡木，分四层摆放要运输的木材，第一层二十四根，逐层两根两根递减，扎成一节总计八十四根。此般编扎三节，第三节扎成凹形排尾，此为母排，第四节必须选粗壮的木材，排尾编扎成凸形，谓之公排，然后公母相对，串成一体。我姑父干什么都很执着，退休后口袋里常揣着一个速写本，走到哪里勾勾画画，前两年回到冯河走了几天，凭记忆画了一组放连子排的图。我前不久去见他，他拿出画的连子排，与我一起回忆看放排的场面，心情特别激动。他一说我的记忆就活了，我们叫那些排工是"排古佬"，上路前，排古佬烧香磕头拜神，把随身行李丢在排中间的食宿工棚，暑天是赤膊短裤，天凉也是穿件短褂汗衫，全身冒着腾腾热气。

"人老了爱讲古，我父亲就是这样，我一回去看他就拖着给我讲林场往事，还自己写了些文章，将来都可以出本书了。"王海平说，"我给你们讲讲彭老招的故事吧。"

彭老招以前并不叫这个名字，这是他在河上的外号，"招"就是驾驭连子排的排工，前招掌控速度，后招负责方向。彭老招随身带着一根竹篙，那是从山上精挑细选的隔年毛竹，围径十五厘米，找铁匠打了一个铁箍固定在竹蔸，久磨发亮。河上的排工都认得彭老招的这个"方向盘"。每到急流险弯，他的篙迅速下水，脚下踩实，手上发力，就着流势把木排方向打直，不然的话排头撞向水中石头，散排是小事，人被弹撞殒命才是大事。彭老招熟悉冯河每一段水域，排速管控有度，从未出过差错，久而久之在水上声名大噪。那时从码市放一次连子排，四到七天，时间从容，排古佬欢歌笑语。若是时间催得紧，有的生手宁可丢了这单生意，也不敢冒生命之险，水上放排性命攸关，也是把脑袋挂在裤腰带上的事，敢接的那号人才是真正的厉害角色。

有一年涨春水，国营林场急着放一次排，给出的薪酬是平时的三倍，但要在三天内送达，没人接单，平时牛皮烘烘的排古佬也怯场了。老场长灵机一动，摆酒请来了彭老招，给他戴高帽子，说这批木材是着急送去一所新学校，做一批课桌椅，事关孩子们秋季入学及时开课，积德造福之事。几杯老酒下去，没吭声的彭老招撸起衣袖，答应帮老场长这个忙，但提出一个要求是依旧照过往的正常薪酬付，多的分文不取。老场长担心彭老招反悔，要先付定金。彭老招说："冯河上的排古佬说话算话，给公家办事打包票，但不打退堂鼓。"

彭老招讲义气，不图利，一下传为美谈。开排那天，排古佬聚拢老河咀，杀鸡放鞭，唱起排工号子，河流上像过盛大的节日，河面上落满鞭炮碎屑，点点殷红，像是一条血河流淌。林场工人将上游蓄满水的石堰开闸，彭老招驾着连子排在众人雷鸣般的欢呼声中上路了。速度取决于时间，这次的速度自然要比过往快，至于快多少，当然是越快越好，但他还是非常小心稳重，过了最险的侵滩河、蛇友肚、刀脊岭，与他搭档的后招如释重负，嘘了口气，放松警惕，行到鲁鸡荡，后招大意，判断方向失误，斜里往前冲，眼看要搁浅滩头，彭老招赶紧减速，但还是擦着一块大石头，顺着水流的加速度惯性，连子排侧身空翻，彭老招拼命想调整好方向，但人被甩出去，头撞向岸上一棵树丫，后招没这么好运气，撞上石头，翻身几个滚，沉入水中，一股血泉浮上来，像墨团滴落，慢慢洇开在冯河这张流动的画纸上。

1993年，山里通公路，木材改陆运，也就是这年夏初，彭老招放排出了事故，用行话说是"翻了掌，沉了水"，虽幸免于难，但也从此告别放排，归山做回了农民。他那颗变了形的脑袋，凹塌处就是撞树受伤的后遗症。

王海平讲到这里，我推算了一下，那年彭余燕正在码市乡中学读初一。课堂上她被老师急急忙忙喊出来，懵懵懂懂回了家，她一度以为父亲水上出事死了。彭老招活过来，但家里的顶梁柱在那天就倒了。彭余燕的初中学业，其实是老场长暗中资助才毕业的。

听完这段属于上一代人的冯河故事，陈劭东假寐，我看到他眼角隐约有泪光闪动，终归是眼一睁，泪花就不见了。

我抓住副驾驶的后椅背，说："找彭小亮的任务，让我试试吧！"

## 七

乡上都知道来挂职的副乡长，陪王县长走了趟石喊坪，下山后就要帮彭老招找儿子了。

有热心的乡干部借来办公室走动，饭后散步时，给我讲彭小亮的事。这是个"闷葫芦"化生子，中考没考好，被乡里资助去读县职业中专，后来的事让人哭笑不得，入学前被县城几个小痞子喊着玩牌，一夜输光了学费，也不吭声，干脆入了痞子群伙，只有要学费、生活费的时候就回了，然后吊儿郎当地掉在彭老招的屁股后面，来找乡民政干部要补贴。这个在他人嘴中误入歧途的彭小亮与我记忆中的完全是两个人，我记得他的样子，是个不爱讲话、大眼睛的小男孩，在他姐姐的葬礼上，坐在角落里一动不动，供桌上的烛火快熄灭时，他就跑过去续香，给长眠灯里倒上油。时隔多年，记忆都会发黄变旧。他长得多高，胖还是瘦，是不是像那些出了门的年轻打工仔，把头发留长染一束黄毛。他失踪几年，码市在外打工的好心人，起初也帮着留意问询过，但音讯全无。他像蒸发的水分，跑到看不见的地方藏匿起来了。

远山尽翠，屋舍散落，像一串断线的珠子，掉落大山深处。彭老招家从前是住在山脚下的，离集镇近，放排受伤后，说听不得赶闹子的哄吵声音，找村委会换了半山坳的一块空地安了家。我驾驶着小姚的川崎X300上山，这台机车号称"山路王子"，外观结实，动力强悍。有一段山路修在冯河水库上，去年修好的路，但防护栏还没到位，乡里给县公路局送过几次报告，不知压在哪个领导的抽屉里。有几处路基塌方，水泥路面发生位移，凹凸开裂。小姚再三提醒安全，滑落山下，命都捡不回来。

彭老招在石喊坪是个禚姓，势单力孤，不被待见，也跟他早些年爱找村干部的碴儿有关。那时基层管理松散，群众利益被村干部抓在手上，彭老招不管不顾，把黄旺生的小舅子告倒了，把低保分配不公的问题揭了盖，村委会要把几棵老树贱卖进城也被他誓死守住了。女儿死后，他那放排中捡回来的疾病之躯，干不了重活，年岁一增，愈加孱弱，成了村里的特困户。村干部虽几经变换，但都避而远之，好像他是村里的瘟神。

上山前，小姚帮我给黄旺生打了个电话，说在村部等着。乡干部聊起黄旺生，一个人精，在村里盘踞经营，不是沾亲带故，就是勾肩搭背。乡上也曾有意愿换个村支书。年轻力壮有点儿头脑的人跑外面打工多赚钱，没人愿意出来挑这个重担，开了几次换届选举会，盘来转去，还是把黄旺生推了上来。我加速，川崎沿着山路盘旋而上，两旁的树一棵棵向后飞起来，像是与我竞赛似的，比赛谁跑得快。风灌进我耳朵里，混杂着摩托的嘶鸣，听不见别的声音，耳道里鼓胀轰鸣，像随时都要爆炸。

前两年上面拨专款，各村新建了办公用房，规范有序，气象一新。石喊坪也不例外。会议室长方桌上成沓码着装订好的资料名册，墙壁上张贴着各种文件规章制度。我环视一圈，村委会工作职责、村民代表会议制度、村干部廉洁自律规定、村规民约、村务公开、驻村扶贫工作队职责，还有诸如文明创建星级文明户评比工作领导小组、村尊老养老红白理事会道德评议会、禁赌禁毒协会名单，眼花缭乱。挂最中间的是一张写真的彩色卫星云图：石喊坪村脱贫攻坚作战图。

黄旺生正在布置山林补贴具体数目的核准工作，见到我走进来，连忙放下手上的材料，满脸堆笑，端茶倒水，又指挥两名村干部抓紧去落实，到底是受过军事化训练的，说话办事，雷厉风行。

屋里剩下我俩，我开门见山说了要找彭小亮的事。黄旺生迎客的笑容倏忽就闪失了，像一只刚走出洞口的老鼠嗅到了猫打哈欠的气味。他说："你要找人，应该是去市县公安局，我可不会把他藏在村委会。"我说："支书误解了，我是来侧面了解些情况。"他说："彭小亮出去这么长时间，具体情况你也应该是找彭老招。"我说："他们家在村里不是新人，应该没有支书不知道的吧。"

黄旺生那双眼睛闪过狡黠的光，挑了彭老招喝酒闹笑话的事讲。排古佬水上漂，都好喝酒，彭老招也不例外。赶闹子的时候，半斤白酒下去，醉眼蒙眬，见人就扑通跪下了，抓着人家的衣袖裤脚，问，你看见我儿子了吗？你知道彭小亮去哪里了吗？有人闲着无聊看把戏一样，听他弯来绕去絮叨那些前不搭后的往事，也有人甩开他的手脱开身。他差不多赶场闹子就要喝酒，喝到哪里就醉在哪，醉在哪就睡在哪里。黄旺生嗤笑，我却仿佛看到那个摇晃着大脑袋的矮瘦身影，歪倒在一家店铺门前，朝天张着嘴，涎水顺着胡子拉碴的下巴，往下流到胸脯上，浸出一片湿渍。如果彭余燕活着，她不知有多心疼她的父亲。现在她的弟弟丢了，活不见人，死不见尸，凶多吉少，我的担忧多于侥幸。这些不幸降临到两个孤独的老人身上，余生身陷泥潭，淤积覆盖，越陷越深。

"黄支书，您是石喊坪的一村之主，彭老招是石喊坪的村民，手心手背都是肉。他过去再怎么闹，也不是为一己私利。"我委婉地说。

"排古佬脑壳摔哒有问题，我对他有成见，但不跟他一般见识，我不是那种小肚鸡肠暗地搞阴谋诡计的人。"黄旺生不改当过兵的暴脾气，直来直去。他说起第一轮扶贫没评彭老招的过程，那是因为父子没分家，彭小亮在外面打工，彭老招说儿子一个月有两千多工资，平均下来超过当时的贫困户标准，彭老招装清高，也不肯戴贫困户这个帽子。后来陈勐东上任后特意来村里，要复评补上去，说彭小亮出门打工没寄回一分钱，两口子病痛多，吃药开销大。他头疼是活该，人在地上活，操心天上的事。陈勐东这么关心他，因为什么，你跟彭余燕是同学，心里明白。

黄旺生说起彭老招，屁眼都是火，也不知他从哪里把我们几人的关系打听清楚了。我扑哧笑起来,他问:"有什么好笑的?"我一本正经地说:"乡党委书记关心每一个有实际困难的群众,是他的分内之责,也是村支书的分内之责,如果眼下像彭老招的情况评不上贫困户,我看你这个村支书也是当到头了。"有些村干部油皮泼赖,吃软怕硬,我一个过路客,也不想跟他太示弱。

黄旺生对我的话并不生气,也乐呵呵地笑起来。我起身就走,他追出来喊道:"田乡长,山路弯多,安全第一,小姚的车贵死人。"

从村部拐弯出来不到百米,路面撒了些细砂石,车轮打滑,所幸我以双脚撑住。黄旺生乌鸦嘴,我恨恨地骂道,抬头却看见左边一段坍塌的矮墙,墙内有一幢废旧的红砖房,杂草丛生,有一棵伸枝展叶的老树,上面挂着一块木牌,字迹模糊,一片蓊郁的废墟。我好奇这是个什么地方,就把川崎停在路边,推开半扇破门进去,看清是"栽百年树,读万卷书"八个字。一个办完事回来的村干部认出我,跑过来告诉我,以前这里是村小,办了好多年,教育布局调整后,山上的读书伢子都集中到山下的乡完小去了。这是棵什么树,我忘记问村干部就走了。回望一眼废弃的老村小,心想这就是那棵多亏彭老招的捍卫而侥幸没有死在进城路上的古树吧。

半路上,一个小女孩背着粉色的双肩书包,走在一位老人身旁,她们是从山下上来,这个时间点正是放学归家的时候。

我按响喇叭,和小女孩擦身而过,侧头看了一眼,女孩眉浓眼亮,脸圆鼻尖,长得很可爱。她像谁,像那个儿童版的彭余燕,我警告自己,别再沉溺那个悲伤的过去了。

彭老招坐在门口抽烟,好像是专候着我的到来。变形的脑袋笼罩在烟雾中,如果摄影家在场,保准是张可入展的艺术照。我记得他上次见面是没有抽烟的。也许是太孤独,他每天那么长时间地坐在这里,看着从家门口经过的路上出现的身影。他最想看到的身影,一个去了天上,另一个不知道去了哪里。

房檐很短,门前的导水沟是大麻石砌的,一米宽两米多深,沟两岸搭着一块楠竹木板,雨水打湿后,缝隙处匍匐着青苔,脚踩上去有些湿滑,木板摇晃,发出吱呀的响声。他不记得我了,我说前天来过的,王县长和陈书记让我来帮着找彭小亮的。听说我要帮他找儿子,半信半疑地盯着我,眼睛里充满焦虑和迫切。他问我:"叫什么名字?"我说:"我叫田自力,您叫我小田就可以。"我闻到空气中散开一股酒气。他端起脚旁的搪瓷杯抿了一口,说:"自力,我给你倒杯酒。"我连忙摆手制止,彭老招的好酒之名看来不虚。

女人端杯出来,杯里飘着十几片山茶叶,我接过来,水是冷的。她说:"山泉水,没烧开,山里的习惯,冷水泡茶慢慢浓。"我说:"谢谢彭妈妈。"

彭老招进屋了,我端起他的酒杯问:"老爹就这样干喝。"

她愣了一下，无奈地说："喝了一辈子，戒不了，有时就看着墙上女儿的照片，干喝，越喝越落泪，越难受越喝。"我心像被重锤击打，第一次听到这样的喝酒方式，伤心回忆是他的下酒菜。

檐下突然飞过一只燕子，身形矫健，在屋里转一圈，又飞走了。她说："我女儿出生的那年春天，燕子来来去去筑了个窝。村小的代课老师给取的名字，说家有喜燕，就叫彭余燕，余是我的姓氏，大家都说名字取得好。彭小亮捣蛋，有一年把窝给捅了，落一头的灰屑，我生气呀，结结实实把他打了一顿，我从没打过他，那是唯一的一次。没想到的是，女儿那年死了，你说奇怪吧，就是这么巧合。后来我信了佛，天天供香拜菩萨，求的是保佑天上的人与地上的人。"我听她说话，心生哀叹，人世间，不顺的事碰到一起，偶然就变成了执念。相信有个神在，有命运的差遣要降临，人们就丢了抗争，只剩下等待。

彭老招不知在里屋摸索什么，走出来时，手是攥着一张皱巴巴的纸。他挥挥手，把纸铺平，递给我，纸上歪歪斜斜写着几行字：

寻人启事
彭小亮，男，27岁，码市乡石喊坪村人，身份证号……手机号码……

我把这张纸拍了照，看身份证的出生年月，彭余燕死的那年，彭小亮刚好7岁。我看看堂屋，光线暗淡，好像这个淘气的失踪者已经归来，就躲在角落里，屋中央桌上烛火快灭的时候，他就跑出来。

我问道："老爹，有小亮的照片吗？"

他摇头，叹气说："原本有一张，到派出所报案留给他们，那帮狗×的后来说弄丢了。"

"家里有他的笔记或日记本没？"我试着拨了拨纸上的那串电话号码，明知道不会有结果，但还不死心，一定要听到那个女声用冰冷而明确的语气重复两遍才肯相信。

"哪还看得到一张纸，都给烧掉了。"彭老招鼓起腮帮，气呼呼地说，彭小亮外出打工前，把读过的课本撕下来，烧了个精光。天生不是读书的料，跟他姐姐比，一个天一个地。其实他也是后来变的，彭余燕死了，他就变了。

彭余燕读书认真，成绩优异，在我们班是数一数二的，每学期都拿一等奖学金，这么想起她，都会心疼可惜。她的死在彭小亮心里的打击有多大，也许被成人世界忽略了，导致的后果就是他的自暴自弃。我看着屋檐下往返进出的燕子，失魂落魄。

山路上鸦雀无声，风景静美，穿山风吹到身上，很是凉爽。导水沟东一丛西一丛长着茂密的矮刺槐，沟壁上爬满葛藤，不远处有一棵长青苔的枯树横卧，一只拖着大尾巴的黄鼠狼迅疾穿过，钻进山缝消失了，只有树身在轻轻摇晃。若是不为世事羁绊、物质忧愁，这般的山居生活，甚是叫人羡慕。如果不是那个不知去向的彭小亮，我也不会这么长时间坐在这幢老屋里，生活具体到柴米油盐，落实到生老病死，就失去了想象的美好，内心的艰涩外人是难以真正体悟的。来了就扛着吧。是好是歹日子都是要过下去的。彭老招在出生入死的水急浪尖中走过，他该是懂这个理的。

搪瓷杯里的茶叶散开手脚，茶水味道渐渐出来，我喝下一口，颇有"喉吻润、破孤闷、搜枯肠"之感。这是卢仝《七碗茶歌》中叙说的感觉，居然在一杯山泉泡茶中偶遇了。彭妈妈起身续水，彭老招开始回忆彭小亮离家前的事。我说："老爹好好想想，越翔实越仔细越好。"

彭老招说："彭小亮第一次外出打工从昆山回来，穿的衣服鞋子跟一年前出门一模一样。那次回来后，也很少出门，整天在床上睡，到饭点才起来。他越来越沉默，有时坐在屋后那口废井旁，有时站在山坡的水塔上，抽烟，不知道在望什么想什么，打开手机播放音乐，是那种又喊又叫的音乐，没一句听得懂。"彭妈妈插嘴说："彭小亮读书没遇到好伴，被带坏了。过完年没出十五，他说还要出去打工，我们拦不住，只好讲在外面小心身体，注意安全。话讲多了，他不耐烦，只说要得要得，不要啰唆。"

"我是越来越觉得人老了就是个等死的废物，小亮这个豺狼子说得对，老了就不要啰唆了。外面的人讨厌你，儿子也嫌弃你。"彭老招垂下眼帘，嘀咕道，"父母恩深不可忘，禽有鸟来兽有羊。为人不将父母孝，枉为人来似豺狼。"他把头一偏，秃顶上的那片亮光消失了，脑袋凹塌的地方，像藏着一道深不见底的沟壑。

我陪着老人回想有关彭小亮的过往点滴。天色暗下来，我留下手机号码，叮嘱他们有事随时打我电话。他们眼巴巴地送我到路边，过导水沟的时候，我说这块隔板要换了，摔到沟里就麻烦了。我发动车，排气管冒出一溜儿刺鼻的青烟，不知过多久才会被山风吹散。

第二天去乡派出所见了秦所长，他来此地时间不长，显然无法和我正常交流这一起辖区内的人口失踪案。他把所里工作年限最长的警察大吴喊过来。大吴是本地人，又高又胖，两脚八字外撇，但每一步走得敦实，听得到地板的震颤。

"山里居然能养出这么一位大胖子，你见过吗？"秦所长把烟点燃吸上，露出一口乌金牙。大吴不介意所长的玩笑，吐吐舌头扮个鬼脸，却很严肃警惕地看着我。

我说出彭小亮的名字，大吴就脱口而出："知道的，我知道。"

秦所长身子一正，把手指向他，说："你知道他下落啊？"

大吴咧嘴鼓腮，又扮了个鬼脸。"彭小亮的父亲隔一段会来派出所打听有没有找到他儿子，不过，好像最近很久没来了。"他吐了吐舌头，说，"他不会是死了吧？"

"乌鸦嘴！"秦所长怒目一瞪，"现在是我们田乡长接手了一项扶贫工作,帮贫困户找儿子。"

大吴翻箱倒柜找档案去了,搬出一沓登记本,一页页翻看,嘴里念念有词:"彭小亮几年不见人不露声,是得好好查一查了。"

秦所长陪我聊天,他在公安转的部门多,自诩经手和听闻的案子无奇不有,却说像这类案子是最头疼最无能为力的。没有办案经费和重要批示,谁接砸谁手上,甩都甩不脱。大吴找到的那页登记纸,寥寥百字,都是彭老招、彭小亮的基本信息,并没超出我所掌握的信息线索范围。看到我失望的样子,大吴也拧紧眉头,似乎要弥补这个亏欠,说:"要不去找找南门酒坊的老板皮纸,原名叫皮巨飞,和彭小亮是职专同学,县城有名的混子。"

秦所长送我出门,剔着酱色牙垢,安慰我:"别着急,也可去县局找找管刑侦的赵登海,如果需要他可以帮着张罗请出来喝顿酒。"我说:"老赵肯定是要去找的,他欠我的太多了。"秦所长听我这话觉得理应有些渊源,想打听清楚,我冲他和站身后的大吴扮了个鬼脸,他被尾烟呛得咳了几声,大吴捂嘴窃笑。

从乡派出所回来,我像我爱琢磨爱画画的姑父那样,画了一张与彭小亮有关的时间线路图:

码市(石喊坪)—昆山—码市(石喊坪)—苏州

2014年3月下旬第一次离家,打工所在地:昆山。

2015年2月28日第二次离家,目的地:昆山?

苏州?(是他给家里的说法,半个月后,打回来过一个电话报平安。电话卡是他在昆山的移动代办点上的号,用的是自己身份证,后来欠费停机。)

我打开手机上的高铁管家,研究了火车路线。从本市开往苏州只有一趟普通火车(他需要前一天坐长途汽车赶到市里火车站附近某个小宾馆住宿),凌晨6点22发车,次日凌晨4点2分到达,时长21小时25分,途经21个站,停车时最长的是江西九江41分钟,其次是南昌25分钟,最短的如衡山、丰城、向塘、东至也有3分钟,到达南京后车次从双号改为了单号。这是虽耗时长但便捷的直达出行,票价也不贵,去苏浙一带的打工者大都会坐这趟车。当然他也可选择别的交通方式,也可能在任何一站下车,如果临时改变主意的话。

失踪者游进茫茫人海,寻找者就像渔民驾着船到一个地方撒一次网,广撒网是对的但不见得有效果。我对现在的科技和信息管理过分信赖,去县公安局之前,我打电话给表弟讲了找人的事。他在市公安局工作,我问他有没有又好又快的办法,他却是颇为惊讶地说:"哥,你跑那个乡旮旯干吗,跟自己过不去吗?"

我说:"这个话以后再说吧。你先帮我想想法子,怎么才能找到彭小亮?"

他说:"哥,你知道咱国家一年有多少人失踪吗?有意无意,正常异常,活着的死去的很早之前我们讨论过社会新闻中那些离奇的失踪,有的逛超市进去就没出来,有的上了公交车就没见下车,有的妈妈转个身推车里的孩子就丢了……"他的潜台词是,很多时候对于这种主动失踪不归的人,多半是找而无功,白费力气。他不想费力也不行,我还是坚决地把彭小亮的名字、身份证号及出走的大概时间、地点发过去了。

信息我也发给了赵登海,永城的刑侦大队长。他很快回复:领导放心,抓好落实。我说:油皮不改,明天亲自来拜访老同学。

赵登海和我是三年初中同学,他是那种像飞天蜈蚣般的淘气角色,经常被老师罚站面壁蹲马步,考试没少找我要过小抄。人各有命,他父母在南门市场做点儿水产干货的生意,条件不差,花钱把他塞进了县城重点高中,照旧捣蛋睡课,后来听说暗恋上班级成绩最好的女生,学习动力骤增,虽然为时有些晚,但那年碰到高校扩招,进了邻省一所公安专科学院。毕业后到乡派出所从户籍民警干起,治安、经侦干到刑侦,现在成了永城公安系统的一员大将。我到他办公室,除了一张摇晃的办公桌和几把椅子,空空荡荡,说像审讯室倒还更匹配。他见面不生分,不过第一句话也跟我表弟一个腔调,对我跑到码市挂个虚职有所不解。

"有的贫困村多复杂你知道吗?光等政策没有对策,基层干部疲于应付各种检查,该干的正经事没时间干也不愿干。"

他说话时，也露出满口烟渍牙，一股烟味能丝丝缕缕被你吸进鼻子里。他是老烟民了，读初一就偷偷抽上了，在校门口的不良商贩手中，一根两根地买，那时我也被他怂恿着抽过几次，呛得厉害，闭着嘴不敢跟人说话，怕被家人发现。"玩一支，还没培养出来呀？"他大拇指朝烟盒底一弹，露出烟嘴递给我，然后示范捏破里面的爆珠。我想到秦所长的乌金牙，难怪人们说，公安都是一娘生的。

受权限所囿，赵登海查到的彭小亮在近两年都没有用身份证登记的记录。我问："可否再把时间拉长一些。"他说："必须有正式报案立案，向省局市局申报，申报不难，就是手续复杂时间拖得久。"我说："彭老招不是在乡派出所立了案吗？"他说："那帮庸人，立了案也没看到记录，估计是口头问询，登记了一下，不然系统里不会查不到正式的立案记录。"

"农村这样的情况不少，公安一年不知要碰到多少报案的，人离家了，搞几年，没音讯，有的又突然回来了，也有的不回来了。"赵登海举了几个例子安慰我，这不光是年轻人打工出去不回了，还有的生儿育女的中年人，婚姻破裂不堪忍受农村贫困种种原因，把孩子甩给老人女人，自己玩消失，无影无踪。

"那要不回来的，多会是什么情况？"

"死外面了呗。"赵登海所说的死有两层含义，一是躲在外面不露脸，活得好好的。一是真正地死了，悄悄地死了。

"但死也要有个对证吧。"

"不要钻牛角尖了,死无对证你懂吧,就是死无对证。"

<h2 style="text-align:center">八</h2>

我把寻找彭小亮的事在"挂友"群发布后,群里炸了窝。

挂友是我们这些下乡编辑记者之间的昵称,挂职绝不能"挂着职位不干实质工作"。干工作就会有困惑,大家就常在群里交流见闻心得,互相释疑解惑。电视台的挂友说:"她走访联点的村里也有类似情况,丈夫离家出走十几年了,听说是在东北找了个临时组合,妻子当没有这个丈夫,把孩子拉扯大,子女也当没有这个父亲。"我说:"彭小亮未婚,不存在家庭逃离的前提。"晚报跑社会线的老孟参与过多次公安报道,有一种职业敏感,说:"彭小亮失踪会不会跟他姐姐多年前的死有关,比如发现姐姐并非自杀,寻凶复仇的他又被杀了,两个案子要并在一起查。"有人反驳说:"二十年前发生的案子,姑且不说当地公安定性准确与否,有多少证据还保存又是否保存完好,没有证据佐证成立,一切都可以编撰虚构,公安会打自己的脸不。"老孟说:"此一时彼一时,现在的DNA检验技术已经成熟,只要当年现场勘查细致,哪怕一个烟头一根头发,也能追根溯源。"挂友们上纲上线,刀光剑影,枪打炮轰,把近些年曝光的司法不公、办案腐败的事拿出来争论,我悄悄地设置了免打扰,任他们吵闹不休。

老孟的话提醒了我,彭余燕自杀案的不合理之处,我跟赵登海电话里说了。一个在县城工作的年轻女老师，职业稳定，教学业务能力强，没有什么精神抑郁等方面的疾病，自杀的理由是什么呢？公安当年就真的没查到一点儿线索，或是怀疑过他杀。这个搞刑侦的公安当年还没毕业，案子后来也几乎无人提及，他听我条分缕析，未置可否，也不妄下论断。

过了几天去县委宣传部开会，会后我去南门市场找到了皮巨飞的酒坊，这个人的体形更像他的外号"皮纸"，又矮又瘦，像张风一吹就飘起来的纸。结算完一单生意，他那双阴鸷般的眼睛盯着我上下打量一番。

"你知道狗×的为什么躲起来吗？"

我摇头，说："他家里情况你也知道，没点儿音讯，都急着找他。"

"皮纸"翻古一样，说了一大通旧事，炫耀当年从彭小亮来县职专读书结拜兄弟后，自己是多么照顾袒护他。"我的家就是他的家，哪次到县城不是在我家住着，在外面打架惹祸，都要我找人收拾残局。"他摁灭烟头，"这家伙倒好，出去没挣钱，不知上了谁的当，借了网贷，利滚利，要还两万多块，没钱还，就玩失踪了。"

让"皮纸"尤为愤怒的是，彭小亮在网贷登记的紧急联系人是他，追债追到他头上，手机突然涌进上百条骚扰信息，电话响个不断，里面的人恶言威胁，这样他不得不把手机卡注销了，重新换了号码。"那些人电话吓唬我，可笑，我是吓大的？""皮纸"睨视我一眼，说，"我等他们来，来了还要不要回去？这钱不是我欠的，凭什么找我。"

如果网贷属实的话，那彭小亮的失踪就有了理由。"可他躲到哪里去了呢？"我让"皮纸"帮着分析。

又来了生意，他大声呵斥在一旁玩手机游戏的小年轻去接待。那小年轻长得胖墩墩，不情愿地站起身，一只眼睛还盯着手机屏幕。"无药可救！""皮纸"咬牙切齿地骂道。

皮纸打开手机万年历，翻看一会儿，说："彭小亮大概是2015年2月底出的门，说要去昆山一家电子厂，半年后给我打过几个电话，邀我一起去天津做点儿生意，稳赚不赔。"我说："卖酒生意刚有起色，去不了。"他说："能不能借点儿钱？"我说："四处借的钱投到酒坊了，就给了当年也在南门做过生意的一个叫老糟的电话。听说老糟在江浙混得不错，想搭个线让他们认识。我哪里不明白，他是上了传销的套，到处在骗人入伙。"他说："后来，网贷的追我，我打他电话，早停机了，我一怒之下，就再也没联系过他。"

"问过老糟吗？"

"人家号码早换了，联系不上了。"

市局的权限大，表弟回复我的情况，证实了皮巨飞所言不虚。2015年3月1日，也就是彭小亮离家外出第二天，他在市里火车站附近的菊花台招待所住过两晚，但后面再没有记录。我问："表弟怎么看？"他说："这表明彭小亮极大可能是

选择坐火车离开的,或是与同伴一起离开。那时还没搞人脸识别,查得不严,普通火车还有不少黄牛倒票,也存在用他人身份证购票的可能,假身份证和遗失的真证件特别多,路边几十块钱随便就有买的。"我很懊恼,我们现在需要的是确定,不是可能。

表弟说:"可以确定的是,彭小亮入了个人征信失踪者名单,借过两笔网贷,一万一千块钱,从没还过。"他安慰我:"也许,他失踪只是为了躲债。"我安慰自己,如果只是钱的问题,就还有补救的余地。

我又去找了一次赵登海。下了班,他请我吃永城的特色炖肠子,街边店,两碟卤拼,爆炒花蛤,椒盐带鱼,蒜蓉西蓝花。我假装愤懑,把好吃的都点上,最该讲证据的公安,居然跟我讲死无对证,我就赖上你了。他不急不恼,把酒满上,先自罚三杯。

言归正传,我把从表弟和皮巨飞得到的信息反馈给他,他答应把彭小亮输入人口失踪信息库里,这样一旦异地公安有发现,就会上报到信息中心。他提醒我,即使是这样,也难免是大海捞针,不要抱太大希望。我把老孟的那套DNA查案的说辞搬出来,他一个劲儿摇头。他特意调阅了彭余燕案的档案,说:"没发现什么明显的问题,自杀原因归结主要还是本人精神压力过大。"他不经意地说,"有点儿奇怪,资料中有一份县三小校长李路明的笔录,里面居然缺了一页。"

"是不是有什么问题?"我急切地问。

"做笔录的警察去年患肝硬化去世了。"赵登海一笑,"这又是一个死无对证。"他与我解释,这种定性的历史案子要重新启动调查很难,不经上面特批,没有关键证据指向案子有重大误判,我们不可能抽人去查。至于 DNA 检测,实验室是很成熟了,但实践中真没这么简单。

赵登海给我浇了一瓢冷水。

我像是看到一个水下漩涡,旋转速度渐渐加快,真相似乎就躲在一个若隐若现又触不可及的角落。我说:"如果彭余燕案真是出了错,也许这是一次最好的机会,我回来永城就是天意。麻烦你帮我打听一下那个校长的住址,我去拜访一下他。"

赵登海见我说得如此坚决,说道:"这个小事没问题,还有一个人,你有兴趣也可以去问一问。"他欲言又止,我问:"是谁?"他略加沉思后说:"我们的老师王海平,当时是县教育局副局长,也接受了问询。为什么会问询他?"他耸了耸肩道:"可能也就是一个正常的问询,因为毕竟是教育系统的老师死了,总要有领导出个面。也许他早忘记这事了,这事你自己决定吧,我这两天要出差办个案。"

我明白他不好露面,不然又会闹个小道消息满街飞。我说:"他俩都让我去拜访吧。"

## 九

中午开完动员会,下午接待下乡查看施工进度的交通局领导,晚上入户走访,陈劼东是越忙碌精神劲越好,回来后敲门,喊我陪他喝一杯。前些天他连轴出差,跑申报排古佬非遗的事,创意是以老河咀为据点,重新打出排古佬民俗这张牌,引进旅游投资,开发冯河漂流。这也是码市的一件大事,其间我也帮着到省市发改委、文化、旅游部门跑了一趟,找了个老领导支持,一路绿灯,胜利在望。

如果要我评分的话,他在码市的工作真是够深入务实的。毕竟底子太薄基础太弱,万丈高楼平地起,要从洼地建高楼,谈何容易。有时很晚我还能听到陈劼东房间里的电话声,不是汇报沟通,就是部署布置,上传下达,吃透精神,找那个最能发力的平衡点在哪里。我还真的很同情这个陀螺,也佩服他的拼命劲儿。

他的床头摊开一本五百多页码的《小镇喧嚣》,书是我前不久推荐的。几年前的文化读书版我编过一本读后感,书原是一个博士做的论文,揭了基层某些真相,像著名的社会学著作《金翼》,用"讲故事"的方式,抖出来的是乡镇基层政权、村级组织和农民的博弈共生,不可多得的乡村"深度描写"。没想到我随口说了一下,他就马上找到这本书。我翻了一下,他看得很认真,做了不少批注。他说:"读迟了,不早推荐给我,我可是在基层这种复杂的互动中吃过不少亏了。"我说:"早读了,就能处理好和黄旺生之流的村干部关系,不见得吧。"他呵呵一笑,说:"黄旺生不能一棒子打死,乡村在某个发展阶段少不了这样的实干者,表面上我们认为他有点儿给自己和亲友谋利，当然这是绝对不能鼓励的，但我们要想，谋利获利的一方，也是身在底层的老百姓。"

我说到黄旺生今天食堂甩的脸色，陈劭东劝慰我："心底宽睡得好吃得香，请你喝酒就当是替村干部赔礼道歉吧。"他把酒倒满，桌上又摆着第三只杯子，斟了三分之一的酒。他双手持杯，神情严肃，洒洒地，飘过一缕清香。

我端杯，说："敬彭余燕的？"

他一饮而尽，拍着胸口，声音发颤："这里一直压着一块石头，好多年了。"

我说："我也敬敬天上的老同学。"然后将杯中酒洒一半在地上，喝完另一半。

"你到码市来，也是为了她，想赎罪？"

"罪如果能赎，就不叫罪了。"

"这些年过去了，你可以说说你们当年发生过什么吗？"我想起了彭余燕下葬前的那个夜晚，山林野外，月色灼心，火焰把酒焙热，把泪烤干，他与我只字未提；后来几年像没有了这么个朋友，无音无讯，无牵无挂；往后他身份变了，我们像从来没有和彭余燕交集过。我有时怨恨，他一定是做了情感伤害的事，也海阔天空地想过放他一马，他不是故意伤害，有理由做自己的情感选择，但在这件事情上，他缄默，我就视之为罪，视之为不谅解。

陈劭东何等聪明，他怎会不知道我心中的轻蔑与敌意，他在装糊涂。我们都在装糊涂。看见的不说，看不见的暗中对垒。这也是我们身处的人际世界,有人在给玫瑰画上钢盔铠甲,也有人在给绵羊戴上眼罩嘴套。

"自力,我有时真觉得是我害死了彭余燕。"他说起她毕业后那两年,两个人亦师亦友,读书复习考试,都觉得年轻,路还漫长,从没说过感情上的事。后来,一个亲戚把他介绍给了县委副书记的女儿,一切因此发生了改变。他不甘心当一辈子教书匠,吃粉笔灰,但现实中命运的一丁点儿改变都充满坎坷艰辛。他有意疏远她,希望时间洗淡感情,各自安好。他选择了一条捷径,后来才知道,这世上哪有真正的捷径。他如此忏悔,我心一软,一股激流冲走心底残存的那点儿怨恨。

"我没向她解释过。"他落了泪,呜呜哭起来,"真没想到她会自杀。我从来都没有梦见过她,我一直等着她在梦中跟我说,不是我杀了她。"

我们都喝醉了。我倒在床上就睡着了,无论手摸到哪个方向,都像碰到了芒刺。又做了一个奇怪的梦,去石喊坪的山路又宽又平,我骑着机车像风一样奔跑,到了半山,我被眼前的景象惊呆了,成片成片又高又壮的稻穗左摇右摆,秋涌千重浪,稻熟遍地黄。我知道我是做梦了,这么美的金秋,在石喊坪是从来看不到的。我不愿醒来,绕着田垄不停地奔跑起来。

## 十

我拿到赵登海发来的地址,老街 23 号院。没想到李路明也住这个院子,真是巧了。周末大清早陈劭东回城,我跟他的车同行。上午十点,我敲开门,他正端着一碗绿黏黏的荞麦面筋,嘴里嚼得咯吱响。

"都说人老了睡眠少,我五点半起来打一个小时太极,吃了豆腐脑老馒头,面食养胃,老残胃了,又到河边公园唱了半部京剧《我正在山楼看风景》,回来洗漱一把,坐沙发上眯了个回笼觉。你这来得正巧,这属于加餐。"他拿筷头敲了敲碗沿。

李路明是个话痨。

等他说完,我说明来意。他拍脑门子,惊讶地说:"你不是维修的小张呀,我这老眼昏花,把你认错了,对不起。"

"没事,您家里什么坏了,看我有没有办法。"我问道。

"电脑跑得越来越慢,比我这糟老头还老迈。小张是我过去的学生,答应帮我修好的。"他笑嘻嘻地说。

"让我试试。"我知道这都是电脑用久之后的小问题,运行速度慢,把一些平时用不着的软件卸载完,杀个毒,轻装上阵就好了。我打开设置程序捣鼓了半个多小时,大功告成。李路明重启电脑,欣喜地朝我竖了竖大拇指。他拍拍屏幕说:"看电影听戏曲还炒炒股,业余生活都靠它了。"我说:"老有所乐,您才真是会过日子的人。"

一来一去,一唠一嗑,我俩像地下党员对上暗号,话就顺藤牵瓜地拉扯出来了。

我说:"您校长当这么多年,培养了那么多好老师,好老师又教育了那么多优秀学生,您是真正的桃李满天下。"

李路明笑了,说:"这话在过去,我当耳边风,现在哄老人,我爱听。"

我呵呵一笑,他还挺直率的。我说起彭余燕,当了几年老师,后来出了意外,那是我们同学中成绩最优秀的一位,这些年同学们都还怀念她。我担心他会有顾忌、抵触,不愿旧事重提,边说边警惕地观察他的表情。他听我说完,眼神怔怔地看着我。

他搬把椅子坐到我对面,说:"小彭是我一块永远的心病啊,这些年我可从没忘记她。你是小彭的同学,是她的故交,我跟你说说,当是我们对小彭的一场追思吧。"

他站起来走到书柜前抽出一本书本大小的相册,把1997年至1999年教师节的合影翻出来,指给我看彭余燕站哪儿,坐在中间的他精神抖擞,满面春风。

毕竟过去20年了,李路明说起往事,又深情又忧伤。

"全县大概就我当校长的年头最长,我喜欢校园,喜欢教育,喜欢和老师孩子们在一起。课间活动那些吵闹声在我耳中是最优美的旋律。当校长也就像当家长,把每一位青年老师都当成自己的孩子,该谈对象成家生娃我都操心,做过媒人,成过几对,没有散了的。我想小彭是山里的,没亲没戚,人勤心善,工作认真优秀,我得帮她找个好归宿吧。有次开会,有领导开教育局王副局长的玩笑,他丧妻一年多也可以找个人帮着带孩子了。他年富力强,该腾出时间干事业,将来还要往上攀的。我就动了心思，想把小彭介绍过去，你也别说这是拉郎配，都改革开放好些年了，年龄不是问题，感情可以培养的嘛。"

"我呢，先去试探问了问王局长，他嘴上说感谢关心，以后再看吧。我担心他是嫌弃小彭的家境。后来局里下来年终检查，我让小彭上了堂公开课，还参加青年教师代表座谈发言。走的时候，我旁敲侧击问王局长，他一个劲儿夸我治校有方，青年教师队伍带得好，要总结经验推广。我也开心呀，他明着表扬我，暗中是中意小彭。他同意了，我就准备做小彭的思想工作了。"

"我一个大老爷们突然问个年轻女孩子要不要嫁给死了老婆的领导，恐怕有些不妥，考虑到这个因素，我把管工会的副校长找来，刚好是个女的，由她与小彭打探比较合适。副校长问过话后，告诉我小彭目前没有谈对象的考虑，正参加高等教育自学考试的论文写作和答辩。我就说我没看错，平时当班主任教学任务那么重，晚上坚持学习，才三四年工夫就快拿到本科毕业证了。但也不能因为工作进步就不考虑个人问题是吧，我想再缓几天亲自出马。机会是属于有准备的人，错过了就没有了，后悔都来不及。"

"有次开完年终总结会，小彭评了全县优秀受表彰，大家向她祝贺，她脸红了，眼睛笑弯了。我想趁着她高兴时说这事可能有戏，散会后我叫她到办公室，先迂回问了家里情况，她当时显得有些不安，说急着回去看父母。我就顺着她的回答说，没有想过把父母接到县城来。她说暂时没考虑，也不具备条件。我说，条件都是自己创造的，抓住了机会，条件可能就像清早睁眼，过夜的花都盛开了。"

"没想到小彭不假思索地拒绝了我。什么原因，我也想知道呀，是不是已经有了男朋友只是没公开，或者是看不上，肯定是有个原因的。她脸都憋红了，像个气球，我真担心再追问下去，气球就要爆了。"

"她走了，小跑出门，像是怕我再把她喊回来，这些年轻老师我都是看作自己孩子一样，你说是不是又好气又好笑。"

"没想到，过完春节开学前几天，她一本正经地给我递了个报告。我打开一看，是请调报告，理由是就近照顾父母。从来都是乡下老师削尖脑袋找尽关系往上调，从来没有主动放弃往下走的，傻姑娘，把我气得个不行。她还很严肃地说，是深思熟虑好的，父母也同意她的决定。我说你父母一辈子就待在山坳里，从来就没有过这山望见那山高，坐井观天，鼠目寸光。我寻思，是不是把她介绍给王局长的事引起的不良反应。她坚持说父亲年纪大了，以前受过伤，县城离家太远，照顾不到。她的态度很坚决，我就想那先缓一缓吧，你再好好考虑一下，我也要跟教育局人事处报告，你这是正规分配来的编制老师，要调动手续复杂得很，不是说调就能走的。她听我这么说，就答应了先完成这个学期工作，但务必请学校尽快与局里沟通，尽快批准回复。"

"这事不知怎么传了出去，外面对小彭起了流言，我还担心她受影响，但那个学期看不出她工作中带着什么不良情绪。报告我也递上去了，不过是直接交给了王局长。没想到，那个学期还没结束，她自杀了。公安来调查我把这些事前后说了，公安问过话，王局长就把我叫去了，让我不要把做介绍的事说出去。我也明白，原本没什么，就当大家开个玩笑，但碰到发生了这种意外，传出去影响不好，尤其是听说他要接局长位置的关键时刻。我只好如实汇报说我怎么和公安说的。他眉头紧锁，半晌没讲话，然后把我带去了县公安局找了管刑侦的副局长，他们都是县直单位的领导，彼此都熟，我把事情原本经过说了，那副局长把办案的公安叫来，两边一核对，说没问题。为了避免造成不必要的传播影响，他们要我在学校做好老师的思想工作，不要猜测散播未经证实的言论。这事让我紧张了大半年，我尽很大努力向局里多争取了些补偿，但小彭的父亲竟然拒绝了。你说这一家人多奇怪吧。"

"事后我想这也不奇怪，一个穷山村里的人，最大的念想不就是下一代走出大山嘛，这么优秀的女儿不明不白死了，怎么能不万念俱灰，万事皆空。"

"那段日子我忐忑不安，学校和社会上流言四起，有的说小彭平时沉默寡言，独来独往，不太合群，闷着读书读坏了脑子，要从县城调到乡下去，这是典型的抑郁症；有的说她还有狂想症，花痴，一心想找有权势的男人嫁，竟然连死了老婆又大十几岁的领导也打主意；也有人传出来，她暗中谈了一个男朋友，又和领导绊上了，正好被男朋友撞上，羞辱自杀；还有的说她被老街的流氓混混看上了，因为拒绝惹怒对方被谋杀的……"

"各种说辞都有，你说我能不忧心忡忡。但嘴巴长在别人身上，我又有什么办法。我隔天在学校行政会、教师会上强调，不要以讹传讹，要等公安的结果。结论最后定性是自杀，又有人背后议论纷纷，公安没本事，破不了案，只能出这么个自杀的结论糊弄家属。现场我进去过的，看不出异常情况，整整齐齐，干干净净，没有线索，公安不定性自杀，难道还要从路边随便抓个人说成他杀。"

说了这么多话，李路明才想到去倒杯水："哎，时间过了这么久，你一问起这事，却又像昨天才发生的。"

我说："您真的没有怀疑过，彭余燕就真的是自杀？"

"人一时糊涂吧，像中了魔，年轻人，涉世不深，遇到点儿难处，一下子没想开。这也是自我安慰吧，但我这心里想到就难受。后来逢七月半，我们家烧亡灵包，我都会给她烧些，希望她在那边过得好。"他停顿一下，眼睛红了，抹去眼角两团湿黄的眼眵。

从老街23号小院走出来，熙攘的人流，表情各异，擦肩走过。如果事情真像李校长说的，是流言，是外界的困扰，那彭余燕就不是自杀，而是他杀。这些人里面，有多少是当年的"杀人凶手"。她是被他们的嘴杀死的。每张嘴，都是一把刀。

正当我在老街上茫然若失，不知道该干什么的时候，王海平回复信息，在参加县委中心组扩大学习，晚上不离开的话，请我去家中吃饭。

我回头再看一眼院子里的两棵老银杏，秋冬之交，树叶飘落，满地金黄。李路明送我下楼的时候，差点儿趔趄摔倒，叹息道："人的记忆啊，就是一直在丢失一些东西，衰老的人更可悲，丢了再去捡起来，总把过去当作未来等待。"

## 十一

王海平没有住在政府机关大院，而是环境优美的绿谷小区。我按照他发来的地址找过去，顺道买了些新鲜车厘子和哈密瓜。师母开的门，这是一个很干练的中年女人，年轻的时候应该风姿绰约。她见到我非常热情，冲着屋里喊："老王，客人来了。"我没想到，竟然是他亲自下厨。

"来的是贵客，我也才能享受老王的厨艺，这是托大记者的福。"师母笑得很甜蜜。

我谦笑："太盛情了，我是县长的学生，不敢当。"

饭菜上桌，王县长为我再破了一次例，拿出私藏的一瓶茅台道："家常便饭，喝杯好酒，锦上添花。"

师母假装生气，嗔怪道："已经戒了的酒说喝又喝上了。"

"小酌小酌，自力毕业多少年，第一次上我们家，喝点儿酒才有记忆。"王海平像个孩子撒娇，"报告领导，喝完这顿，立行立改。"

老夫少妻，相敬如宾，让人嫉妒的秀恩爱。当年，王海平妻子患病离世，单了几年才找了这位比他年轻十几岁的女人。虽说那时尚未晋升县领导，还只是在教育局局长的任上，但也是不少人背后指手画脚，差不多两代人了啊。

没想到他真是一手好厨艺，食材地道，杠杠的永城土味。酒喝下小半瓶，师母礼貌撤退，进房间看电视去了。

王海平和我东扯西聊，突然问道："今天过来是有什么事吗？"

"来看看老师，纯属叙旧。"

"平时你要回来，是县里的座上宾，要请吃个饭还轮不到。"

"现在最金贵的就是吃家宴，我是受宠若惊呀。"

他摆摆手，开心一笑，像是想起什么，问我："帮彭老招找人的事情，有什么进展吗？"

我简单说了一下县公安的调查情况，借机说："彭小亮失踪立案，到时还要请县长出马与公安的领导说一说。"他说："这个没问题，"又自言自语，"失踪这么久，就怕有什么意外吧？"

"当年彭余燕之死，不明不白，公安定了就定了，也没人帮彭老招讨个说法，往深里追究。我第一次见彭小亮，就是他姐姐下葬那天，他还是个刚读书的小孩。"

王海平皱着眉，一声不吭，身体不易察觉地轻微抖动。他说："彭老招脾性倔强，教育局和学校拿了些钱作人道补偿，当时也是一笔不小的钱，他当场就拒绝了。"

名正言顺的补偿款，彭老招不要，这真是一个拧巴的人。

谁遇上这种无力挽回的事，都会以扭曲或接受的心态拿了这笔钱，不管多少和来源，人死不能复生，这些都是该得的。那两年有女儿的资助，生活状况才缓慢好转，对于孝顺上进的彭余燕而言，她的美好生活，决定了一家人的未来。在石喊坪村人眼中彭余燕的跳龙门，他们因嫉妒而掘开的深沟，因为她的死去被填平了，而且上面有了一座隆起的坟堆。

话说到这份儿上，我就把"天窗"打开了："当年彭余燕死的时候，您是在教育局吧？"

夜深人静，王海平送我下楼，楼道光在脸上跳来跳去，而身体像被黑暗一口吞噬了。他说："你让赵登海用点儿心思去查，彭小亮是彭老招老两口的精神支柱。"

"呃，老师还有什么要说的吗？"我心中明白，也许离开码市前也不会有结果。

"没有了，希望今晚说的话，你替我保守这个秘密，我们一家都亏欠彭老招的。"这个曾经骄傲的男人眼中，突然就看不到神采飞扬的光了。他把秘密丢给我，秘密多一个人分担的时候，知道秘密的人会变得轻盈吗？但今晚，我知道，他可以睡个好觉了。

彭余燕请调码市学校的报告，王海平压在了办公桌上的玻璃台板下。台板里摆着一份局机关通讯录、一张中国地图，以及他青年时代英姿勃发的一张生活照，背景就是我中学母校的教学楼。这张照片至今仍挂在他的书房墙上，岁月之痕，生活见证，回忆的温暖慰藉。

王海平与彭余燕单独见过一次。全县教育要搞"两基两全"摸底和达标自查，他忙得脚不着地。那天下乡督学回来，刚进办公室，门被咚咚敲开了，是彭余燕来了。他对她印象不错，年轻、漂亮、文静，待人接物得体大方。妻子病逝后，不乏热心的亲友牵线搭桥，暗中也见过几位，总有些差强人意。宁缺毋滥，他也就以随缘、忙碌来搪塞亲友的好心。彭余燕是个例外，他承认自己动了心，面对时有了紧张、慌乱，还有些微脸红身体发热。要是回到青年时代，他心想无论如何都是要大胆追求一次的，拒绝、失败又有何顾忌呢？但现在的身份、家庭现状、交际圈子还有将来的上升空间，他不得不谨慎处理自己的第二次婚姻。牵一发而动全身，而且他托人打听到彭余燕的家庭，没想到她父亲彭老招与他父亲在冯河上打过一次"要命"的交道，最关键的是，彭余燕似乎并没有强烈的想法。

山迂水绕的关系，让他有了太多顾虑。于公于私，他把请调报告压下来，初衷还是想让她再冷静冷静，也是为了她好。一个正规的师范生，全市的优秀毕业生，业务能手，一时冲动，太可惜了。他是想过要好好找她谈一次，平时公务太忙，没找到合适的时机。这次她主动找上门，他又没想好要怎么开口了。

彭余燕坦言去意已决，请王局长说服李路明校长，理由是家中父母需要照顾，农村的基础教育也需要像她这样的年轻老师。她慷慨陈词，显然做了充分准备来的。他内心更加对她生出敬佩之意，差点儿就要改变主意，甚至想在下次的全县教师大会上推她作学习的榜样。不恋城市恋乡村，扎根教育无怨悔，多么纯朴崇高的思想。他嘴里却说："再认真考虑，县城的基础教育也需要像她这样的好老师。"

彭余燕离开的时候，他起身相送，她主动与他握手告别。那是一双温暖柔软的手，但他还是感受到了指肚上的硬茧粗粝。她跟他说的最后一句话是："理解万岁！"

王海平说："我做梦也没想到，彭余燕来见他的一周之后，竟然自杀了，她以这种方式离开世界，始料未及。"得到消息的那天晚上，他惶恐不安，眼前总浮现出她来找他的情景，"对她的死，我负有不可推卸的责任。"

"事实就是如此。"他说，"时隔多年，世事变迁，也没有什么不可放下的了。她那双大眼睛，总是在一个角落看着我，过去我想方设法要躲开，现在也不怕了，我去找这双眼睛时，她反而不见了。"

我问他带着李路明到公安局去是怎么一回事。他说："你不知道，那时组织部已经找我谈过一次话，局长要调动，这个位置考虑到我来接班。我便找了公安局的党校同学，当然这件事他们也调查了，与我没有直接关系，不能因为别人开个玩笑见过一面就认定是我导致的吧，但人言可畏，县城的人事争斗错综复杂，我们还是想把事情压在箱底。最后，你不知道，那次调整还是没考虑我，过了三年后我才接到局长的位置。凡事都是命，如果不踏空，现在也许我早进了常委班子。当时人事落定，我反而轻松了，这也是我该得的惩罚吧。"

## 十二

排古佬的非遗申报，进展超出想象，省歌舞团下来一位编导，根据永城文化工作者收集的排工号子，增加了民间传说，排演一部河流实景剧，需要几个活着的老排工露脸。这也是陈劭东出的点子。在冯河上游拦坝蓄水，竹筏载客，两岸沿途布景，夜间灯光造型，让人回归到民俗生活和历史记忆之中。他让我亲自登门，想请彭老招出山，白天在家赋闲，晚上扮装演出。老爹不松口，彭小亮不回家，哪里也不去。另几位老排工也像约好一样，说彭老招不答应，他们也不会出来。

易地搬迁正式启动了，山野喧响，搬迁户兴高采烈，鸣鞭放炮。陈劭东手忙脚乱，只恨分身乏术。他带着几个分管负责国土农业的干部，像一支勘测队，在安置点四处搜寻，想多找出一些适宜耕种的田地。

"搬了新家，田园不能丢。农民有那么一片微小但是属于自己的土地，他才会生活得心安理得。"陈劭东反复强调这个观点。他的设想是充分利用安置点附近的山地资源。他要像小王子一样，在百废待兴的安置点找到一朵献给搬迁贫困户的玫瑰花。

我又去了趟彭老招家，买了些米油猪肉。他坐在檐下的长条凳上，看着偶尔从山路上经过的人，每天生活从不改变。看见我来了，他欠身起立，算是打个招呼。我把东西搬进里屋，彭妈妈刚跪拜完菩萨，瓷杯里插着三炷香，烟袅袅升起，房间里的腐朽气息疏淡，像一片干涸的河床被水流冲刷出斑斑点点的绿意。

我走进里屋把东西放好，灯光弱，像一团飞雪散入冰天雪地就消失了。我转身看到床帐后有一块亮堂堂的光。好奇心驱使我走近几步，闻到一丝淡淡的油漆味，看清之后，我心中大骇，是一具黑寿材。彭老招每天夜里就睡在棺材旁边，这虽是乡下许多老人的习俗，但我感觉到脊梁阵阵发冷。我快步走出来，不经意看到墙上照片，平常不走到跟前是无法看清往昔那张脸的，但与彭余燕的目光相撞，心中那块痂又震颤发疼了。跨到门外，看到檐下的阳光，怦怦的心跳才慢慢安定。如果她活着，这一家人绝不会落到这步田地吧。

彭老招示意我落座喝茶，盯得我发怵。他说："在冯河上放排的时候，有一次夜路歇停在侵滩河，一个女人在岸边生了很大的一堆火，蹿起一人多高，开始有很多人围着，后来人慢慢散去了。我走过去看了看，是女人的儿子玩水淹死了，浑身乌青冰冷。女人的丈夫也是排工，死在冯河里，她抱着儿子，腾出另一只手添柴，等了一夜，孩子也没有暖和过来。"

我想，彭老招是又想儿子了吧。寻找没有结果，却是知晓彭余燕死前发生的一些事情，但又能说明什么呢？现实的不幸和生命的脆弱，总在这片大地上以不同的方式重复上演。

"半个多月后，那女人也死了，去跟丈夫孩子团聚了。"彭老招眼神迷离，"人死如灯灭。你说有的人活一世，像不像夜露，天一亮就没了。"

他继续与我唠叨冯河上的一些旧事，我只是静静地听着。他是在用他人的哀伤来疗治自己的哀伤。他的思绪又乱了，说："这几天晚上老看到彭余燕站在床前，微笑地望着他，不开口，他问她看到弟弟没有，她就哗啦啦地流泪了，哭得伤心伤意，你知道吗，她非常疼爱这个弟弟的。"

陈劭东叮嘱我，彭老招搬家的事不要急，哪怕最后一户搬都行，先由着他的心性，我的任务就是多上门做做感化工作，黄旺生的脾性尿不到一块儿，去了只会引起反感坏事。我知道是这个理，陈劭东心里的着急我也明白。去彭老招家我倒不是嫌累，可每去一次就想起命运悲催的这一家，想起两个老人未来日子怎么过。每次坐着说话，直到准备离开，也没说到搬家的事情上去。

来一次，说说话，喝完几杯冷水茶，我才告辞下山。彭老招打着酒嗝说："你这就走啊，我讲古还没完呢？"

"我转转山，车一飙就上来了，以后没事也常来的。"我指指停在路边的黑色川崎，小姚这台私家摩托成了我的巡山坐骑。

"他们都开始搬了吧？"

"嗯，有的户开始搬了，毕竟是新房子，住着要舒服些。"

"跟陈书记说说吧，我这把老骨头，就死在老屋里好了，新房子还可以照顾一下别的人。"

"老爹，您说这话就过了，房子户头是您的，以后彭小亮回来，也就是他的。别人抢不走，这一点是严格按照政策来的。"

老女人走出来，递给我一包晒干的山茶叶，"老头子呀，莫为难他们啦，我们老了住哪里都是住，该搬的时候我们就搬吧。"

"不急的，老爹考虑好了，我和劭东到时来给您搬家。"我跨上摩托，举起手中的那小包茶叶，"冷水泡茶慢慢浓。老爹，多谢啦！"

## 十三

挂友老孟很热心，给我打气，把那些各地多年积案旧案的侦破案例发给我。他神神道道："破案要循着逻辑，又要超越逻辑。一件事，你牵挂它，它也会回报你。"我整日胡思乱想，夜里失眠就信息电话骚扰赵登海。他那边也有了一些进展：彭小亮的失踪立了案，对那几个过去与他混团伙的社会青年进行走访，网贷之事属实，近年却都断了联系，经分析极大可能加入传销，被传销组织控制了；又请几个老刑侦和技术员，对彭余燕卷宗中的笔录、细节、证据和现场收集的指纹、脚印等物证进行传阅和会商，发现疑点，但相隔久远，暂时没有明显的突破。

有天午后，闲着无事，小姚洗护他的川崎，我每次骑它上山下村，吹着风，听着歌，飙速前进，大概也是挂职生活中难忘的一种记忆。小姚听我赞美川崎，喜滋滋的，又说起驾驶家中那台哈雷的拉风感觉。他父亲开矿起家，买了几处加油站，却不愿儿子继承生意，一定要他当公务员。我想起黄旺生说这车贵死人，问起价格，小姚狡黠一笑，说换台高配的国产小车绰绰有余。我故作惊讶，然后哈哈一笑，心想大概每次我上山他就心神不宁，担心伤了他的坐骑。

去县里开会的陈劭东突然打电话过来，语气火急，让我赶紧去趟石喊坪。我猜是发生了突发事件，问："怎么啦？"他说："彭老招摔伤了，黄旺生已经送他下山到乡卫生院，你去接一趟彭妈妈，千万注意安全。"

我跨上川崎出发，山路无人，加速疾驰，像是要飞起来。途中，彭妈妈正在山路子了急行。扶她上车，速度不敢跑快，她坐在后座，浑身发抖，紧紧抱着我的腰，嘴里催促着："快一点儿！快一点儿！"

彭老招下午坐在屋檐下发怔，不知是突然滚跌还是走在木板上滑落，摔到那条又深又陡的导水沟里了。彭妈妈从屋里出来，没看到人，前后转一圈，喊他的名字也无人应答。她以为他到山路上溜达去了，并没在意，就坐在檐下望，隐约听到细微的呻吟声，她走到沟沿一看，彭老招趴在刺槐丛中，头破血流，奄奄一息。

路过的黄旺生费了九牛二虎之力把彭老招从沟里顶出来。他给劭东打完电话报告，就把半昏迷的彭老招绑在自己身上，

空山

263

骑摩托送往乡卫生院。我们赶到的时候，他坐在卫生院大厅的条椅上抽烟，浑身湿漉，衣服上沾满斑斑血迹。一个年轻医生提醒他，墙上贴着禁止吸烟的标志，他一脚把烟头踹熄，说："老子都快虚脱了，抽支烟缓缓神，你们赶紧去救人吧。"

医生给彭老招清理了创口，伤口的血渍还在慢慢往外渗，他奇怪的脑袋又胀大了一号。彭妈妈抓着他的手，哭着喊他的名字，他哼哼唧唧地躺在那里，已经不认识人了。卫生院三位值班医生商议怎么处理彭老招的伤，B超结果显示脾脏轻微破裂，腹腔有内出血，要住院休养一阵。戴眼镜的院长走出来，告诉我，老人失血过多，送他来的老黄说他们血型相同，主动输了300CC血。

坏事变好事。半个多月后彭老招出院的时候，直接搬进了安置点的新房。住院期间，他当着陈劭东的面答应了搬家。当天，我和几个乡干部开了一台皮卡车，把彭老招那点儿旧家当搬下山。陈劭东悄悄跟我说，留下黑棺材，若把它搬到新房，太不吉利了。我没事就去了医院，主动陪老爹回忆排古佬的往事，说起乡里的旅游项目和非遗申报的顺利，特别提到河流实景剧需要他这样的场外指导。他竟然答应了下次去排演现场："看他们演得像不像？"

出院当天，陈劭东陪着彭老招去看安置点附近的菜地和山田，请人翻耕过，都是黑土肥田。黄旺生发了话，石喊坪搬迁户人人都少不了，但彭老招优先。他让医生和我们每个人保守一个秘密，不要告诉彭老招输血的事。"我希望他好好活着，不然我的血白献了。"

两个冤家最后以这种方式和解，谁都没想到过。

码市的易地搬迁得到县扶贫办的通报表扬，亮点是因地制宜巧妙解决了搬迁贫困户的菜园子问题。县里开会交流经验，陈劭东找借口请了假，让分管搬迁的副镇长去发言。他驾驶着川崎，带着我在山上跑。虽然还是那条山路，但感觉比过往任何时候都要空旷清寂。摩托的轰响、鸟叫虫鸣、风声水响，在山里绵长而细密地回荡。他跑的速度比我还疯狂，沿路惊起林中数不尽的飞鸟。

来到彭老招老房子时，门是锁的，屋檐下放着两把没有搬走的旧凳椅，好像只是主人暂时离开了这里。我和陈劭东坐在屋檐下，像彭老招平常那样，看着变得无限幽长的山路，一个人影都没有，万籁俱寂。手机响了，是赵登海的短信，我突然紧张起来，他没事是不会主动发信息的。

我紧紧攥着手机，手心出汗，害怕漏掉信息里的每一个字。赵登海说："水落石出！"

我和陈劭东当即赶往县城，王海平也先一步在会议室等候我们的到来。

永城一个专案组协查广东一起入室抢劫杀人案时，主犯为了立功，交代了过往案子中的几个同犯，其中一个叫老糟的流窜犯，有次酒后说多年前在永城曾经杀过一名女教师。赵登海火速秘密出发，奔赴邻省，抓住了还在睡梦中的老糟。他像是早就知道并在等待这一天的到来。审讯开始，身上挂了几条人命的老糟一股脑儿说出了犯下的案子，其中就包括二十年前杀害了彭余燕。

二十年前，老糟在南门市场租房做过一段时间的瓜果生意，碰到那年雨水多，瓜果晚熟，毁烂又多，生意折了本，又和姘头闹翻，手头欠了点儿债，债主三天两头上门催要。他动了歪心思，两次成功入室盗窃，可惜的是收获不大。有天夜里他喝了酒从后门翻进学校，想去教师宿舍捞点儿钱，见到只有年轻的彭余燕一个人在屋就起了歹心。他当时是想用晾在门外的丝袜，把她勒晕，没想到她挣扎厉害，心里慌乱使多了劲儿，把人勒死了。他的酒也醒了，抽屉钱包没翻动，伪造了自杀现场后就离开了。第二天他谎称亲人病故，托人把租房退了，潜逃回老家安心做了几年酒店保安，又辗转混迹东北、河北、河南，到沪上开出租、苏州昆山跑货运，平时少不了一些喝酒赌钱斗殴，也干过两票大的抢劫绑架。每次顺利脱身，就躲到老家避风头。有次喝酒吃醉，几个在场者炫耀过去的牛×经历，他就说了永城杀人事件的经过，还把公安的断案嘲讽了一番。

赵登海讲完案子的情况，我们都沉默了很久。多么像是一个编撰的故事，二十年了，还是落在老孟猜测的窠臼里。我想，还是老孟说得对，凡事你牵挂它，它也会回报你。只是这样的回报，是不是来得太迟，我们也并不希望它的发生和到来。

老糟被带到现场指认的那天，南门市场挤得水泄不通。皮巨飞挤在人群中，远远地冲着被公安铐住手脚的老糟喊道："你见到狗×的彭小亮了吗？"

老糟似乎回了头，但麻木的表情和僵滞的动作没有做出任何回答。铁案铁证，老糟剩下的时间就是等着死刑的宣判和执行了。言称刚信奉基督不久的老糟在认罪签字后，说了最后一句话："说出这些秘密，身体像是掏空了，一下变轻了，我可以早日升上天堂了。"

巧合的是，老糟案落实之时，天津的公安、工商联合查处端掉了一处近年最大的传销团伙窝点，解救出的被扣押的人质名单中有彭小亮。那边传来的照片上，彭小亮耷拉着头，眼神无力，枯瘦如柴，几乎没了人形。他入伙后骗不来亲友，没有业绩贡献，一个多月前想逃跑，和传销头目发生冲突，被打折了一条腿。两地公安对接后，天津那边答应安排他疗治一段时间后再通知永城派人接回。陈劭东对我说："到时我俩一起接彭小亮回家。"

赵登海特意来了一趟码市，让我陪着去安置点彭老招家。我拒绝了，我不想目睹两位老人的伤痛绝望。但他们的表现让人意外，从头到尾都很安静地听着案情结果通报，嘴里的嘀咕听不太清，好像是说，为什么不早些破了案？赵登海告诉我这些，又说起离开时彭老招反复追问，彭小亮这个豺狼子真的还活着？

"他的眼泪快掉下来，也许他以为儿子早死在外面了。"

赵登海问我,"他为什么说彭小亮是个豺狼子?"

我不知该如何回答,却示意他看看西边大岭,几分钟前,乌黑的天空中,突然出现了一抹灿烂的云彩。

## 十四

又到一年寒露时,挂职结束离开前,我又上了一趟山。从彭老招的老房子再往上步行两百米,那片竹林里是彭余燕的坟墓。昨夜下过一场小雨,泥土翻松湿漉,弯弯山道格外幽邃,脚底发出的每一点儿响动,都能在空旷山野溅起涟漪般的回声。风卷着些寒凉,我点燃纸钱香烛,微蜷着身体,坐在那块据说是彭小亮凿磨成方凳的石头上。看着茕茕孑立的坟堆,瘦弱摇摆的烛火,我的心里空空荡荡。我把从县城买回来的一盏长明灯插进坟顶,摁下开关,莲花灯里发出烟火形状的光亮,整片竹林立时变得暖和起来。

我起身,朝着这片竹林深深鞠了一躬,竹叶喧动,报我以风声。

天澄云碧,风吹空山,我深深吸纳一口,然后嘶声大喊,仿佛要把胸中的虚无喊出来。"噢……噢……"耳旁的回响,像排浪般从远而近,推搡着笨拙地奔跑过来。下山走了很久,我向身后回望,有一道亮光像是从天而降,照映着山、路、林、屋舍,一切变得透明,如同魔术师扯去遮住的红布,大山到处都长满毛茸茸的光芒。

# 鱼乐火刺疑事

## 一

上自习课的时候,我的肚子突然痛了起来。额头上、颈背上冒出一层细密的汗。我把这当作某种神秘力量带来的惩罚,也许是那些孤独在胸口剧烈地摇撞。我很想在身体上划道看不见的裂缝,让殷红的血自行带走它们。

当时巡课的谭保和走过身边,拍了我后脑勺两巴掌。我看到一颗颗受惊吓的汗珠簌簌扑落,钻进肚子的痛像几只掉进洞坑的老鼠,仓皇逃窜,又无路可走。我不抬头,也能想到,此刻,谭保和睥睨的目光在我全身上下打量,眉头拧成两道沟壑。这是他的习惯,他以为能透视人的内心,他以为我会原形毕露。他两片长期抽烟而变酱紫色的嘴唇,在舌头一吞一吐的配合下,随时会喷出一口浓痰。我紧闭眼睛,不想看到那团随巨大声音而喷出的丑陋东西。

他绕了一圈后又站到我身边,声音异乎寻常的轻柔,"想回家不?"我第一感知这是个阴谋,却将计就计,像遇赦似的抬起埋在书堆里的头,鸡啄米般晃动。我富有表演天赋,随时可进入角色。肚子的痛在晃动,有如涨潮时的浪头,蜂拥而至,从胸部转移到腹下,像被人重重捅了一拳又一拳。

我想变成一只刺猬,把疼痛滚落一地。

我等着谭保和把后半句话说完,然后大大方方地走出教室。他不说话,我就低着头,脸上装扮出比撕心裂肺还痛苦的表情,可惜他看不见。好像我才是个阴谋制造者。在他面前,我尝试过多种练习,比如过去的沉默、装佯、躲避,眼下的忍耐、讨好、忏悔。

"撕心裂肺"过后,我看到他那双擦得锃亮的皮鞋,内侧沾了几点泥巴的卡其布蓝色西裤。他的时髦衣装,都得益于那位对他情意绵长的老婆。那女人在邻镇供销社站柜台,是国营单位的人,父亲还是镇上财政所所长。到邻镇来回四十多里,谭保和星期天骑着那辆钢圈白光闪闪的自行车回家,算得上是两地分居,周末夫妻。两团白光在校园闪动的时候,遇上的几个老师会在后面羡慕地追上一句,"谭保和,小别胜新婚,隔墙有耳,动静别太大。"谭保和昂着的头微微一偏,"狗嘴吐不出象牙。"他骑车走远了,老师们开始骂骂咧咧。

"他妈的,那女人很多紧俏货都能弄到,包括谭保和。"

"那女人胸怀宽广,不怕煮熟的鸭子飞了。"

"鸭子最喜欢偷腥,偷了还大摇大摆地回家。"

他们话里有话,说完常常一阵哄笑。

校园里隔三岔五回荡着哄笑。一次我被谭保和惩罚,给他的宿舍清扫卫生,有幸看到那张夫妻甜蜜合影。黑白照片上的女人长得像个矮冬瓜,脸圆胸鼓,裤子熨得没有一点儿褶皱,

与长得英武俊气的谭保和站一起，有种说不上来的滑稽。说穿了，就是不搭配。我一下明白了那几位老师的言外之意、笑外之音。我潦草地擦着谭保和宿舍的窗玻璃，视线一瞟到那张照片就忍不住发笑。离开之际，我没问自己为什么，顺手拿起谭保和书桌上的红水笔，在女人的胖胸前画了两个圆圈。这么做的后果我丝毫不顾。第二天谭保和走进教室，不问青红皂白，一把揪起我的衣领，把我推搡到墙角面壁。他朝我膝弯踹一脚，帮我塑了个马步的姿势。我心知肚明原因所在，不作任何反抗，顺着他的力道，一点儿也不难受。我把蹲马步当作练功。马鹏说："懂太极吗，你顺着他的势，收放自如，费力辛苦的不是你。"我就是用这一招来还击谭保和，他额头青筋暴现、颈上血脉偾张，我不动声色，暗自发笑。课间休息有同学好奇地围拢向我打听谭保和的老婆长的模样，他们已经知道我看到过那张合影。

我说："趴地上，就是你们家养的一头母猪。"

他们笑得前俯后仰，弯腰蹲地，打滚表演。

谭保和在课堂上常常骂天骂地，脾气暴烈，"老子教书十几年，碰到你们这群蠢包，前世做多了孽。"他的脾气完全是因学习不努力的学生而起，可我们不以为耻反以为荣，纷纷低头窃笑。不用看，他那张脸整个变成猪肝色，嘴唇上的深紫尤其醒目。他的血色常让我想起久治不愈的病人，时刻陷入暴毙的险境。我们准备听到讲台上的啪啪巨响，桌面已经被他的鞭子拍打出了个大洞，混响让整个教室跟着震颤，可我们心花怒放地坐在这种震颤里。这是谭保和的习惯,我们入学不久就习惯了,学校也习惯了。

"你回家吧。"谭保和终于说出了这句话,像是债主奈何不得一个要钱没钱、贱命一条的无赖。"我是真的肚子痛。"走出教室,我还不忘回头把这句在唇边犹豫良久的话吐了出来。但我依然没敢去看他的眼睛,我目光里有太多虚伪的东西。也并非要博得他的信任,以前他给过我那么多机会我都没有抓住。现在好了,我知道一走出教室走出学校门,这痛就会像风一样地飘散。

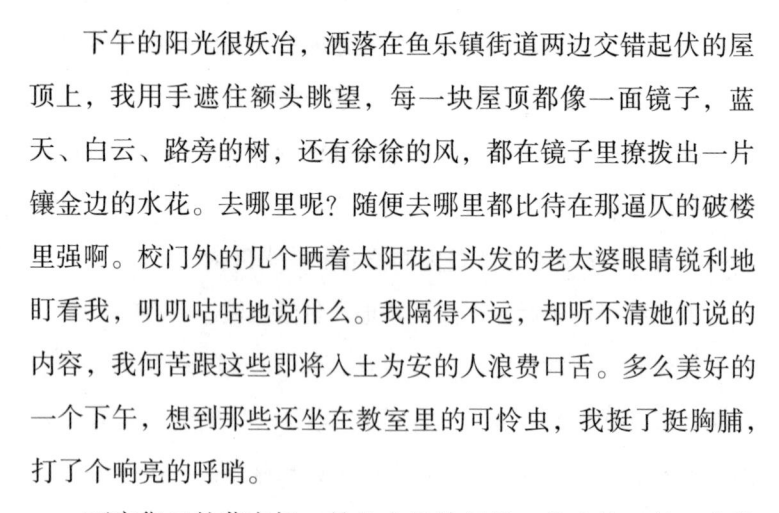

下午的阳光很妖冶,洒落在鱼乐镇街道两边交错起伏的屋顶上,我用手遮住额头眺望,每一块屋顶都像一面镜子,蓝天、白云、路旁的树,还有徐徐的风,都在镜子里撩拨出一片镶金边的水花。去哪里呢?随便去哪里都比待在那逼仄的破楼里强啊。校门外的几个晒着太阳花白头发的老太婆眼睛锐利地盯看我,叽叽咕咕地说什么。我隔得不远,却听不清她们说的内容,我何苦跟这些即将入土为安的人浪费口舌。多么美好的一个下午,想到那些还坐在教室里的可怜虫,我挺了挺胸脯,打了个响亮的呼哨。

丁字街口的菜市场,是几十根铁杆子、几十块又长又宽的石棉瓦搭建而成。平时喜欢聚在一堆儿玩象棋扑克的人不见了,两边卖杂的摊位上也空空荡荡。只有孔吝啬守着摊位打瞌睡。我拍了拍他的玻璃摊,里面摆满花花绿绿的项链、贴画、

文具、针线和各种花色的纽扣，一起摇晃起来。他睁开眼，紧张得裹着舌头，说不出话。去年，我和马鹏放学就堵在他的玻璃摊前，看着里面的铜质十字架项链，我没钱买，马鹏也没钱。我们不说买，也不说不买，像门神一样地守在他眼前，一言不发，像诚心的选购者那样欣赏着几根不同材质的项链。那些要买东西的学生不敢靠近，或者选择了别的摊位，我努力让我的眼神变得凶狠，像里面藏着一把随时抽出来的刀。孔咨啬说："你们没钱就滚远点儿。"

"看一下也不行。"我们从来没这么温和地说过话。

"你们光看不买，我的生意没法做了。"

"是他们不过来买，跟我们没关系。"

"怎么没关系，你们挡在前面了。"

"你招呼他们来，我们就走开。"

当然没有学生会过来，他们认识马鹏和我。我们的眼睛里分明写着，谁敢过来，都不准过来。孔咨啬终于妥协了，我们各自挑选了一根铜质的十字架，把那个叫耶稣的圣人挂在脖子上招摇过市，冰凉感一下一下撞着我的肌肤。我跟他说："你开窍了，有钱我们会给你的。"马鹏跟他说："以后有人调皮找碴儿，招呼一声。"他作揖打拱，像泼水一样把我们"泼"走了。

孔咨啬怔怔地看着我，不知我又在打他的什么主意。我把玻璃四角落拍得尘土飞扬，问道："那些人都赶哪里去了？"

孔咨啬偏转头，朝河堤的方向努努嘴，说："看热闹去喽。"

我一下子就意识到来事儿了。我穿过挤挤挨挨的摊位，远远看见三三五五的男人女人勾肩搭背地往河堤上走。我发力奔跑，气喘吁吁地爬上河堤，跑过医院、化肥仓库、畜牧站、电排站的门口，来到了"事发地"。早已聚拢的一群群人扎根在堆满永久闸空地的卵石堆上，大家聚精会神地盯着河面，没有人注意到我的到来。河面上的光焰摇荡，像是风点燃一小簇一小簇的火。我跳了几次，想越过人群看到点儿什么，结果什么也没看到。

我钻进几个唾沫四溅指手画脚的女人中，终于搞明白了大家看到的东西，一具尸体，刚从闸门前漂过到下游了。我扒拉开人群，往东边的小围墙上跑去，也许到那里，我还能看到那狗×的影子，这样在同学中能吹嘘得更理直气壮。

可我看到的是马鹏，他就站在那堵坍塌一截的围墙上，双手夹在腋下，玉树临风，翘首东望。偏西的太阳将他笼罩在一片金光里。我没有惊动他，径直弯过闸头的那一长溜儿青麻石护栏。去年暑假，我混在马鹏的一群兄弟中，站在这个闸头上往河里表演跳水。那时河水涨得凶猛，离大堤仅一米多距离。大堤看似岌岌可危，但镇上人却优哉游哉。年年都涨水，当时人们对洪水的灾难性意识并不强烈，天塌下来有山顶着，水涨上来有堤挡着，无须担惊受怕。值得庆幸的是，年年汛期都安全地过去了，但去年淹死了三个偷偷游泳的高年级学生，有一具尸体迟迟未捞起，时隔多日在下游找到，上半身胀得又白又高，形状像奄奄一息的一只蝌蚪。今年学校硬性规定假期不能下河游泳，这项规定害了学校的男教师们，一个个顶着烈日在闸边巡逻，草帽下的嘴巴恶俗不堪地诅咒着学生。我拾起一块从卵石堆滚落的石子，朝空中轻轻一抛，卵石像一枚炮弹划了一道抛物线，沉进河里。我没有听到叮咚的落水声，只看到了最后一圈圈打开的波纹，像谭保和生气时陷入面颊里的那道肉沟。

河里的死者杳无踪迹，河面浮泛着很多可供猜测的黑影。我索然无味，转身向围墙走去，唤着马鹏的名字。他微微点头，像是早知道我来了，眼睛仍望着东边的河面。我又装模作样地去寻看，什么都看不清，寥廓一片。

马鹏岿然不动地说："看到了吗？"

我惊慌而含糊地嗯了一声。这算是肯定或否定的回答呢？我偷偷望了眼马鹏，想确定他凝视的方向，我极力地镇定自己，再次穷尽目力地搜索着。应该是那东西，一沉一浮地漂在水面，几乎只剩一个小黑点。我高兴地指了指那个接近虚无的黑点说："看见了，看见了。"我的声音渐弱，好一些的黑点又闪进我的视野。

"那不是一具尸体。"马鹏缓缓地说。

"不是尸体又会是什么呢？"我更加惊讶地看着他紧皱的眉头。

马鹏转过身，夹着腿坐下来，并不回答。

"你不是去给你爷爷奔丧了吗，怎么就回来了？"

"人迟早都要死的。"马鹏微微咧嘴笑了笑，笑容倏忽又消失了。我琢磨着他爷爷的死没给他太大的打击吧,几日不见就说出了这般深刻的话。

聚集在永久闸的人们开始散去,大家的话题也由对刚才漂浮着的尸体的争论转到别的上面去了。毕竟鱼乐河没哪一年不死人的,毕竟那个守闸的老黄头没有驾着船像以前那样把尸体打捞上来,以证实大家的猜测。老黄头今天不知死哪里去了,为什么不出手呢?我的目光往闸边的那间矮房子望过去,过去老黄头常悠闲地坐在门口吧嗒着自个儿卷的烟,眯缝着那双阴鸷眼,表情寡淡。

时间过得迅疾无声,太阳仿佛是一眨眼就变成血红色的模糊一团,像谭保和家老婆那个鼓鼓囊囊的乳房,一不小心就会挤破迸溅出来。河面上挣扎着最后一片黄光,掺杂着几缕血红。马鹏和我一直面对面地骑在那堵围墙上,我们的目光交错而投向更远的不知何处。而那些围观的人群早已零七八碎地撤离,远处的屋顶上,袅袅飘起几缕比天色更黛青的烟。

## 二

"我们去老黄头那儿看看?"我先跳下,拍了拍屁股上的泥土。马鹏一动不动。我心里莫名地一阵兵荒马乱。在马鹏跟前,我始终觉得他的心思令人无法揣测,身上有种说不清道不明的东西。他比我要大两岁,留了一级到了我们班,见面第一天我们狭路相逢,暗中抵牾,打了个平手。握手言和的我们很快就成了有难同当的交心朋友。据说他父亲只是想让他在学校多混几年时间,再把他弄进镇上的风机配件厂做学工。我盼着他能早点儿进厂,那厂里的小青工让人嫉羡,几乎人人兜里都揣着一把精心打磨的"武器",有的是一个小钉锤,或者一把小匕首、月牙刀。那都是他们工作时挑些上好的钢件偷偷车磨打制的。马鹏答应过我,进厂后就帮我弄一把胡不归的剑,那是我看古龙武侠小说看到的,百晓生的《兵器谱》上排行第一的天机老人说,有两个人的功夫测不出深浅,其中一个就是胡不归,胡不归用的就是一把出神入化的竹剑,用得精奇绝俗,妙到毫巅。

"你怎么啦?"此时,我很好奇我朋友的情绪变化。

"没什么,你要有事就先走,我再坐坐。"马鹏说。

这时刻的阳光已经被闸相邻的青瓦房子和那棵椿树长得茂盛的枝叶给挡没了。我手足无措地站在一片阴影里,茕茕孑立。过了多久,我无趣地转身走了,对着马鹏的背影挥了挥手,他还是那般定定地望着越来越黯淡的远方。

那天我为什么会先行离开,此后并未追问过自己,此前我们形影不离,也许是离别几日的陌生感还没消除。我想回家去一趟,家其实对我没有太大的吸引力。爸爸去世后,妈妈对我的态度已经修炼成装聋作哑。起初她为丈夫的离世整天哀伤不止,后来每天到街巷的邻居家打牌寻乐,以此医治哀伤,抽空就回来捣鼓点饭菜留在桌上。我们在同一张桌上,却常常是不同时间独自吃饭。独自进食很容易使一个人变得坚硬和粗俗,我是这样想的。我从不开口找她要钱,但会等她哼歌回家的半夜,从她裤子的暗口袋里抽出一两张纸币,她若骂骂咧咧回家我就蒙头大睡。长此以往,我们相安无事,我有时怀疑她早已知悉我偷钱的行径,甚至她故意让我偷。在家里偷总比去外面偷好,谁叫我是她唯一的儿子。

我拐上河堤,路过老黄头的小屋,底部生了些绿苔的木门上挂着把江山牌挂锁。这老家伙,又去寻酒作乐了。堤边电排站的院子里一群放晚学后的低年级学生在追逐,其中一个男孩用狗尾巴草不时地挠旁边那个女生,女生先是不理他,他的狗尾巴在她手臂上跃跃欲试。女生抵不过就笑了,然后开嘴骂他,可能惹恼了男孩,他手上的动作就转移到她的脸、耳根上去了。我冲着他们哇唔吼了几句,他们统一战线,扭头冲我做着鬼脸,飙脏话,跑远了。那个男孩跑动时书包在身体上甩动的背影,让我很模糊地想起,我过去不就是这个德行吗?

"贱货!贱货!有种你就跳呀!"我捏紧鼻孔,路过那个大垃圾堆时,听到一个嘟嘟囔囔的熟悉声音冒出来。是住在下节街的胡疯婆,这个老女人的疯癫据说是因为她那不争气的女儿刘美丽在鱼乐镇制造了一起极具轰动效应的新闻——未婚先孕。刘美丽的父亲是个老实巴交的教师,母亲是米厂食堂的小职工。他们中年得女,看得极娇贵。可以想象出,才十六岁的刘美丽突然间挺着个大肚子出现在鱼乐的街上,惹来的流言蜚语足足可以填平穿镇而过的港汊。她可怜的父亲,作为育人者，连自己的女儿也管教不好，许多在他班上的学生家长纷纷要求换班或者换老师，他一夜之间头发花白。母亲受到几个妒忌的食堂临时工女人的嘲讽，她们一唱一和，恶意献计，要是我女儿，打断她的腿，当没生这样的贱货。这对怒火中烧、颜面扫地的父母唯一能做的是将女儿吊在家中，一顿一顿地狠打，逼迫她交代出腹中杂种的制造者。四周邻居常在深更半夜被刘美丽的哀叫搅醒，后来也习惯了，在鱼乐镇谁家孩子出点儿破事父母不打骂的呢？

刘美丽有天夜里偷逃出家，铁定心就直奔永久闸。也许就在我喜欢骑坐的那堵墙上徘徊着，寻踪而来的母亲却没有拉回女儿的心意，而是丢下一句"有胆子你就跳呀，我怎么就生出你这么个贱货"。刘美丽睁开那双惹过无数小镇相思的丹凤眼，从闸头上纵身坠落身亡。不到半年，刘美丽的父亲突发脑梗死去，伶仃的母亲一觉醒来变成了疯子婆，殷实的家庭迅即衰败。"人生无常，福有厚薄，唯有珍惜。"我母亲对胡疯婆的悲悯和慨叹，让她认为有个儿子好端端活着就该知足，她开始对我的行径熟视无睹，放纵我的不思进取。

镇上的男人都怕胡疯婆这个女人，她一度在街上游荡时顺手揽住一个年轻男子，破口大骂对方是让刘美丽怀孕的臭男人。后来发展到中年男子，还听说抓住过年过半百的花副镇长。她的这种撒泼的确令人无法应对，唯一就是不让她逮住，以致有人远远看见她就转身或是躲避。我们几个同学结伴相遇，会恶作剧般把对方推到胡疯婆身旁，有一次我被推到她身旁被她揪住,我嬉皮笑脸地说:"是我,是我吗?"

她说:"烧成灰我也认识。"

"就是他!"同学在一旁起哄。

她眼睛里的怨恨突然变得婉转,像是会喷出汁液,淌我一脸。她俯过身,抓着我的肩,一只手却伸向我的裆部。我用力挣脱,那一刻我突然感到害怕,像是听到她在说:"你跳呀,跳呀。"我逃脱了,仍然被她的手在我的裆部抓捏了几下。我的羞辱感燃烧起来,我从她背后踹去两脚,她被踢翻在地,四脚朝天,哼哼唧唧,两只手还在向我抓过来。我朝她啐了一口唾沫,转身跑远。

胡疯婆从不远处侧身埋头走过来,我后来不再可怜她,自作自受,没什么值得同情的。我跟马鹏倒是探讨过那个传闻中十分漂亮的刘美丽是怎样从永久闸上跳下去的。那是个繁星闪烁的夜晚,她不慎失足,星光迷乱了她的眼睛。也有人看见,那天晚上,天上最亮的一颗流星掉进鱼乐河了。这些说法都有想象的嫌疑,根据时间推算,刘美丽跳闸的季节鱼乐河已经退水,但水并没退尽,可能是到了深秋。河里没水时,下面是一片乱石,横七竖八,块块可以砸死人,人从高处摔下也必死无疑。

"你知道她有多美吗?"马鹏问我,我无从回答。有一段时间,我会躺在床上把她和班上的女生一一对照,我把她们的眼睛、眉头、鼻子、小嘴拼凑在刘美丽一个人的脸上,仍然无法回答马鹏的问题。我不明白那时候的刘美丽何苦寻死,是真

的心如死灰啦。鼓起来的肚子里不知如何处理的孩子，父母的唾骂、责打，街邻怪异的目光……这些足可以让她下定奔赴黄泉的决心。人人都愿意活着，刘美丽也是。她肯定有过不想死的念头，好死不如赖活，她与母亲在夜空下静默地对峙，两个女人，世俗的生活让她们原本紧密相连的内心分道而行。胡疯婆不该对女儿说出刺痛神经的话，刘美丽那么轻盈地一跳，身体也许往上升腾了那么一小段距离，然后飘旋着坠落。胡疯婆应该是惊呆了，也许心头的那种痛恨一瞬间得到释放，炸裂得没影没踪。她又突然后悔了。她希望这是个幻影，她听到沉闷的声音，浅水四溅，扑，扑通，迅速被星光所覆盖。这个女人傻傻地站着不敢走过去，从砌垒的麻石护栏处伸出脑袋去看二十多米深的下面。其实她要看也是模糊不清的，星光一定很昏暗，水面是雾蒙蒙的。

刘美丽的面庞，坚挺的胸部，秀长的手指……被冰冷的河水轻轻地覆盖。她是让胡疯婆逼死的，活该她疯掉。她把手摸过我的裆部后，我对这疯婆子突然就多了憎恨，她把刘美丽的所有物品都烧掉了，"刘美丽到底有多美"只是鱼乐镇的一个传说。

踏空的一脚让我从那个遥远的夜晚回到暮色吞噬的小镇。不知为什么，有时候我自己也搞不明白，我对那个不认识的年轻女孩萌生向往。我还仔细观察并暗地打探过谁是那个逃之夭夭的男人，有人闭口不谈，有人胡说八道，也有的人用那种凶狠的眼光看着我，分明在叱骂，"你妈个小鬼，吃多了没事干。"我第一次遗湿内裤，是胡疯婆摸我裆部的那天晚上，刘美丽遮掩着脸进入到我的梦中。羼杂着欢欣，羞耻在黑暗中汹涌逆流。

从镇医院的那个高坡走下，迎面走来了班上的三个女同学，我压根就不愿意理睬她们，她们长相难看，两个额头上已经冒出红艳艳的青春痘，有一个长满雀斑，更让人心烦的她是有名的长舌妇。"丑鬼多作怪。"我嘀咕了一句，然后踢着脚下的小石子，漫不经心地继续走。靠近我的雀斑女生听到我的话，悄悄跟另两个叽咕，然后愤怒地朝我挤眉瞪眼。我接着听到连续三声清脆的"呸"。这样的女生最让我伤脑筋，恨不得上前给上几巴掌，她们有所意识，细嗓门尖叫着跑开。我转身抬脚，鞋尖精准地将一颗石头踢过去。"哎哟。"其中一个被击中，弯下腰捂住小腿怪叫，另两个手忙脚乱，好像灾难降临。我头也不回"嗖嗖"地跑下坡，窃喜冲淡了压在心头的烦闷。

## 三

"这匹野马，看老子怎么收拾他？"谭保和怒气冲冲地跨进办公室，把蓝色的备课夹往桌子上一甩，说了这句让人摸头不知脑的话。办公室的人都停下手中的活儿，教政治的老李摘下眼镜，"小谭，怎么了，哪匹野马招惹你了？"

谭保和诉苦:"马鹏,一个星期没来上学了。"

"他不是请假了吗?说他爷爷死了。"

"屁,几年前就死了。有人昨天看到他,在街上闲荡。我就去找校长谈,开除马鹏,这样的人不开除不足以正校风,学校还办得下去,学生还要不要规矩?"

谭保和并不去校长办公室,也就是撒撒脾气而已。"呸!"我瞧不起他,回头我要跟马鹏说,还不知谁收拾谁。有一次,马鹏跟我说:"谭保和就是一软蛋,趋炎附势的家伙。"他又说,"我马鹏就是匹野马,谁也别想驾驭我。"我和几个兄弟都热烈地鼓掌叫好。

几个老师放下手中的工作,说东说西,从马鹏的旷课打架,拉帮结派扯到学生中的一些不良现象,感慨着学风日下世风日下。他们像葬礼上的道士哼哼唧唧,我靠着角落面壁,差点儿扑哧一声笑出来。谭保和吧嗒、吧嗒走过来,我早有防备,蓝色备课夹噼里啪啦地落在我后脑勺上,又雀子受惊般迅速弹跳开。

"你到这里来了还不老实,说,说你昨天都去哪里,干了些什么?"他的打骂我都不在意,现在让我痛恨的是,我昨晚洗的澡,头发上、脖颈儿里落满了谭保和的唾沫星子。我头皮阵阵发麻,想用手去摸一把,可手还没伸出,又火辣辣地遇到了再一次打击。

"不要以为不说话就可以逃避,你装腔作势地扮肚子疼,我是叫你回家休息,你干什么去了。老实交代,你是跟那匹野马在一起吧,准没干什么好事。"备课夹摔到了地上,谭保和索性扬起手,像挥打餐馆苍蝇,啪啪在我头上一阵敲打,办公室里发出清脆的回响,"两粒老鼠屎搅乱一锅粥。"

我猜到是那三个女生告了状。"看我怎么收拾你们。"我咬牙切齿,声音在喉咙里碰撞。

"你说什么,你要收拾谁呀?你胆子不小,说,说你想收拾谁?"恼怒中的谭保和突然飞起一脚踹过来,我的膝盖向前屈伸,撞中墙。我踉跄朝前蹲伏下去,一瞬间,肚子又痛起来了。谭保和的皮鞋和落在头顶上的备课本,肚子刀绞般的疼痛向身体扩散。我的双手只有用力摁住肚子,可这不顶事,痛仍然像一颗颗枪子儿砰砰射过来,朝右下腹射击。

我就这样躺到了地上,头屈向膝,手护着肚子,像缩成一个球团的刺猬,留了个屁股给谭保和。办公室的老师各忙各的,无人搭理,我搞不懂谭保和那些愤怒是哪里冒出来的。他不是周末刚回家吗,跟矮冬瓜吵架了?大家说他最近跟矮冬瓜的感情不太好,因为他那位所长岳父退休了,他长胆子了。说心里话,我除了恶心刚才雨点般的唾沫,对谭保和并没什么强烈的反感,已经习惯了。如果不是肚子突然疼痛,我倒乐意继续让他暴跳。"被打有时也是快乐的。"我对马鹏说过这感受,他嗤笑我、安慰我,"你是个天生的贱骨头,以后谁敢打你,我就打谁。"但我迫切地幻想现在就用双手狠狠地抓住那三个女同学的耳朵或者头发,掐住她们的脖子,然后用力地抽上一耳光,"我叫你们告密,丑鬼多作怪。"我不想让马鹏出面,他说过"好男不跟女斗"。

"谭老师,他可能是阑尾痛,生理课上讲过的,阑尾炎也能引起肚子阵发性的痛。"一条绿裙子此时飘过我身旁,和声细语地这么说了一句,像是帮我洗刷冤屈。说话的是班上的学委周岚。谭保和迟疑了一下,也许他觉得周岚讲的有道理。对身体里那个可有可无的东西,真要去割掉,我有一千个的不情愿。

谭保和置我于一旁,听周岚汇报班上的科目作业情况了。这是我所熟悉的绿裙子,白底绿花,小碎花,镶一道黄色的边,在秋阳下显得格外清爽。我喜欢这条绿裙子,对它的主人有着不曾述说的好感。我一度把她与刘美丽串联到一起,她们时而重叠,时而分离,但我总想不出来不一样的地方应该在哪里。我蜷缩着身体,眼睛四下搜寻绿裙子的下裙摆和裙子里的那双细长腿。她参加了学校的舞蹈队,我在教室外偷看过她排练时的场面,跳舞蹈的女生,健美裤里的腿都是细长的,绷得紧直,露出一道漂亮的弧线。我说不出来对周岚的喜欢是从何时开始的,印象里她是个只顾默默学习的丫头,给人好感的是她那含蓄的羞涩。突然有一天,周岚像一阵风带着咯咯的笑声轻盈地飘过去,她长高了,有了微微突起的胸部,而我更迷恋她嘴角随时可能绽开的酒窝。

我还可以说出一长串关于她的好,那些调皮的男生可以无视其他女生并不客气地对待她们,但面对周岚时,每个人都是保持着距离和礼貌的。那是一种恭敬,这恭敬的背后,我知道与马鹏有关。马鹏的姨妈和周岚的妈妈是一起长大的好朋友，周岚认了她做干妈，那也算得上是马鹏的干妹妹。马鹏说："欺负周岚就是不给我面子。"在我们班乃至整个学校，没有人不敢不给马鹏面子。

马鹏的面子是鱼乐中学的一张王牌，而我扮演的角色，是这张王牌旁边站着的一个威风凛凛的卫士。

## 四

被周岚看到受罚的现场，我的心情糟透了。走出学校门，我的肚子又无缘无故地好了，阑尾并没有彻底罢工。向晚，我才想起是周末，不用去上自习，原本答应陪母亲去看看中风的外公，但她不知跑哪家打牌未归，也许她自己说过就忘了，我趿着鞋慢腾腾地溜达到丁字街口。我在那里遇到了马鹏，他刚从利群酒馆出来，在牙缝里剔找着什么。我兴致勃勃地向他走去，一偏眼，就看到了正在里面喝得热闹喧天的谭保和，同桌的还有花副镇长，三角眼校长以及马鹏的父亲。谭保和的目光无意中与我相遇，立刻掉过头，装作什么也没看见，他端杯敬花副镇长的酒敬校长的酒，一饮而尽，白瓷杯子在他手上翻转晃动。

马鹏的父亲马元满和花副镇长是一条战壕里共过生死的战友。对越自卫反击战那会儿，马元满受了伤，立了功，他没掉胳膊没伤腿，却是丢了一粒睾丸，还说是掩护花副镇长给弄丢的。这本来是个秘密，男人都要个面子，可马元满在马鹏满月的酒宴上喝醉了，自己给说出来了。他结婚生子，事实证明少一粒睾丸对男人来说并不打紧。但人们看到，这个少了一粒睾丸的男人，跟鱼乐镇上那些打骂儿子的父亲不一样，对儿子万事依顺。我估计是他张罗了这桌酒，给马鹏的旷课赔礼道歉。有花副镇长和父亲撑腰，马鹏无视谭保和。对这种趋炎附势的人，就该让别的人把他踩在脚底下。我上前热络地搭上马鹏的肩，还不忘回头朝谭保和轻蔑地嗤笑。

马鹏对父亲的称呼素来以老马取代。"你不知道谭保和喝了几口酒之后的屌样，平时在我们面前耀武扬威，今天老马叫老花给三角眼打了声招呼，他就嗖嗖地跑过来敬酒。"马鹏很不以为然。我没有吭声，心里却酸溜溜的，我的父亲即使活着也不会让我享有这样的礼遇。我不该耍这样的小心眼儿，同学们都知道我和马鹏的亲密关系，他如果真的被开除了对我是不利的，可能意味着在鱼乐中学的学生里拥有的那种畏而远之就消失了，甚至会因过去的怨仇遭到可怕的报复。

"听说谭保和公开说要开除我？"马鹏盯着我的眼睛，我目光游离，点点头。

"他还说了些什么？"

我一下竟然想不起那些怨怼。

"他最近有没有为难你？"

我又摇摇头，马鹏似乎有些意外。

"他真敢再为难我们，我就给他点儿颜色看看。"他的语气里透出股狠劲儿。

我没想过要把谭保和殴打一顿,毕竟他是老师,我们也不敢把他怎么样?想到挨过的敲打,脑袋上的砰砰声清脆响起,我倒真还无所谓。最让我难以释怀的,是周岚撞见了我的窘迫,我的愤怒像条火舌一下燃烧起来。"总要让他尝点儿厉害,撞我手上就给他好看。"

马鹏昂着头,往空中长长地吐出几圈烟雾。他不知从哪里递我一支烟,我呛了几口,抽烟我总不在行,这让我时常心怯惊慌。我跟在他身后,他不说去哪里,但我们在一起,就会有种心灵相通的暗示,我们要去的是哪里。

鱼乐河绵延几十公里,我从来没想过它从哪里发源,又流向何方。河堤上遍布大大小小的水闸,永久闸只是其中的一个,它和九斤麻闸、黄安闸、赛美闸等分布在河堤的不同位置。这些闸口有的再没有发挥过水闸的作用,摇身变成一个破旧的摆设和地名。有些闸口的石柱上还刻写着"喜看稻菽千重浪,遍地英雄下夕烟""为有牺牲多壮志,敢教日月换新天"之类的豪言壮语。马鹏说:"这是历史的痕迹。"马鹏有时说的话让我惊诧,我只想跟着他在同龄人中打架斗狠、引人侧目,却从没细想过历史与我有什么毛线关系。

永久闸紧挨着鱼乐镇,修建时间略晚,自然要显得殷实繁华。这个闸口还包括一处占地有两百多个平方米的院子,三面围一米五高的墙,临河是大麻石砌成的护栏。院子的空地长年累月堆满了鹅卵石,码到了左边已迁走的畜牧站的矮平房顶了。院右边是进门处,两扇又高又大的铁门,风吹日晒,一年刷一次红漆仍显破旧。要是冬天,在这门口可以看到一条三米左右宽的长坡斜斜地通往干涸的河床。院中央是闸口,形成一道长20余米宽4米的深沟,全是用麻石和水泥砌成。闸门有两道,连接着穿镇而过的港汊和鱼乐河。鱼乐镇周遭的五六个村子的灌溉也就靠这两张笨重的铁闸门给看守着。闸沟里不蓄水时,我顺着沟壁两边的铁梯爬下去捉过鱼虾,那应该不叫捉,是捡。从闸门细小的缝隙里,只要你眼疾手快,那些源源不断地漏过来的鱼虾就没处逃身。

永久闸的院子现在常常落把大锁,阻止小孩子进去玩。几处被学生翻越导致坍塌的围墙也均被修缮。以前周末到这里来吹风的青年男女、玩耍的中小学生最多,现在大家都换了个更宽敞且没有这种院子和锁的黄安闸那边去了。

马鹏掏出从老黄头那里偷配来的钥匙,打开右扇小铁门。这锁一年四季开得少,日晒雨淋,开起来不很利索。马鹏不慌不忙地鼓捣着,站在一边的我却忍不住骂了一声:"狗屁锁。"

门开了,马鹏却不急于把锁锁上。我说:"锁上吧,丢了的话老黄头要怪罪我们了。"

"不急,待会儿有人来,挂着吧。"马鹏把锁挂进门上的小铁孔。

我顺着闸头的路从卵石堆轻而易举地爬上那堵靠畜牧站的围墙,一把骑在墙上。马鹏并没有跟过来,而是站在闸头上,望着河面吞吐烟雾。这时天色已被一层黑纱蒙上,河面较几天前要矮了许多。那尸体不知漂到下游哪里了，也不知有没有被人打捞上来。我睃了马鹏一眼，"我们在这里等人吗？"

"来了你就知道了。"马鹏轻描淡写地回了一句。

又是要见什么敢和我们挑衅的同龄人，我暗自上来点儿兴奋劲儿。我把自己想象得更勇猛，在人群中横冲直撞，无畏者无敌。我们是有些时日不惹是生非了。但以往马鹏都会让我再叫上几个兄弟，暗中准备好几根顺手的枣木棍，今天的气氛不对，倒真像是来这里吹风散心的。

这几天，我感觉与马鹏疏远了。他仿佛是一夜之间变得更加沉默寡言，那张表情冷漠的脸下面隐藏着一种无法猜透的生硬。以前就是这张同样冷酷的脸狠狠地挫败过诸多唱对台戏、敢于在我们面前调皮起哄违抗行事的同龄人。但那只是外在的，当面对我时，这张脸还是颇有笑容和趣味的。他的变化，让我有些不适应，是他爷爷的去世所致。谭保和不是说他爷爷早死了吗？我隐隐不快，当一个人开始有意瞒骗时，这天空就变了颜色。我可不愿生活在灰蒙蒙的天空下。

小铁门"吱呀"一声响动，一个绿影在闸门路灯的微光里晃悠。周岚？我的心怦怦加速跳动，难道马鹏在这里等的人是她。他看到那绿影子，三步并作两步地跨上卵石堆，头也不回丢下一句，"你就待这里，我找周岚谈点儿事。"

"你和她谈什么事？"我的话还没出口，马鹏的人影就闪下去了，很快那条绿影飘然而至。现在我正好应了"骑虎难下"这话，不过"虎"应该改成"墙"。马鹏已有叮嘱，但我

非常想听到他们站在闸头那伸出河面的瞭望口平台上说些什么。风把他们的声音模模糊糊地吹些过来，夹带着周岚身体的气息。看似不远的路灯却太过微弱，像一朵萤火虫的光被黑暗吞噬。我小心翼翼地沿着墙头靠近，仍只听到间或的几声嘤嘤，更谈不上能看见周岚灿烂的笑靥。也许马鹏同她说了此地还有我的存在，我隐约感到周岚的眼睛往墙头这边张望，还咧嘴笑了笑。我曾经为那个微笑着迷，不知不觉也绽笑回应。但这些都是在发生在不确定的黑暗之中。他们似乎聊了很久，我的心情黏糊糊的，有些恍惚，差点儿偏身翻落。这一惊吓，我前额后颈汗涔涔的。

要是有人也正好经过永久闸院子外的大堤，并且踮起脚往闸头方向望了望，也许能隐晦看到三尊暗影式的雕像。可惜路过的人都那么粗心大意，大家的手挥动，驱赶着盘旋头顶的小飞虫，或是悠闲地注视前方，没有人知道我们在这里干什么，说些什么，虽然有夜风，但压根吹不动他们的声音。它不像以往那样多嘴多舌。

今晚，风注定要做一个沉默的证人。

## 五

等待的焦灼，连我自己也说不清楚为何如此浓烈。嘤嘤声永不消散，像风簌簌翻动的枝叶，在耳边扑落。马鹏站立的方向，卵石搅出的一片哗哗响声，似乎还有微碎的细语，撕破夜幕下的静谧。周岚的身影飞快地穿过小铁门，拐过围墙就消失了。我此时后悔偷看到的一幕，马鹏把周岚抱在怀里，她的双手支在他的胸前，嘴唇咬着那枚十字架。我听到她说了一句话，"你要把学习赶上来，我们才有机会一起离开鱼乐镇。"马鹏没有回答，鼻子里吭哧了一声，然后把嘴贴向十字架。我的好奇伤害了我，回归原地，我撕扯下脖颈儿上的十字架，攥握在手，我想要把它扎进掌心的肉里。我一扬手，把十字架甩出老远，它发出铜亮的光辉，沉入河底。我突然看到刘美丽跳下去，黑夜中刘美丽的脸又变成了周岚的。

马鹏吹出几声锐利的呼哨，像几道寒光把闸头的静寂割破。我站起身，像被夜风托起，轻盈地从墙头跳下。我向他走近，故意用脚踢出乱响，马鹏一动不动，侧躺在卵石堆上。

"周岚走啦？"我听到自己的声音在发颤，然后故作镇定地在他身旁坐下。

他说："来，给你看件东西。"

"什么东西，神秘兮兮的。"

从马鹏的袖口里，露出一把半尺来长的匕刀，刀身的两面都錾出一条由浅而深的沟槽。我闻到一股凛冽的气味，带着钢和铁的腥气。我们私下称其为火刺，他操起火刺朝一块卵石轻轻一扎，卵石碎成两瓣。"这是周岚送你的？"我的身体一抽搐，疑惑地问，"她是哪里得来的？"

"别跟外人说，是她从花勇那里拿的。"马鹏这么一说，我就明白了，周岚继父花副镇长的儿子花勇，也是鱼乐镇排得上号的狠角色。他在风机厂自由出入,他磨的刀具在我们这群打闹少年的心中很有吸引力。

马鹏把火刺拢回衣袖,"看不出,我藏着什么东西吧。"他演示,迅疾五指一抓,火刺抵到了我的胸口。我打了个寒战,仿佛冰冷的火刺已然扎进肌肤,血顺着刀身錾出的槽道热乎乎地滚落。我突然变得特别沮丧,那天晚上,我并没有把火刺拿到手上抚摸把玩。我失去了对它的兴趣,迟早我也会弄到这样一把火刺。后来,我俩沿着来路往回走。马鹏的脚步里有藏不住的欢欣,而我的两腿沉得迈不开步子。

"老花喝醉了酒打过周岚她妈没?"镇上人知道,花副镇长的前妻就是被他打跑的,我没来由地问道。

马鹏的欢欣像是被泼了瓢冷水,他轻叹了口气。

"他不会连周岚也打吧,真想不通,周岚她妈改嫁老花干吗?"

"谁说得清大人们的事?"

"老花喝醉就没好果子给人吃,估计周岚受气不少。我还听说,那花勇也不是什么好东西,也常欺负她,动手动脚的。"我故意挑那些带刺头的说。

马鹏不说话了,之前的兴奋劲儿委顿下来。

"你可要提醒她,花家父子不是什么好东西,哪天把她吃了,骨头也不吐。"看到马鹏的神情,我却开心起来。我说的这些也并非瞎编,有些事大家心知肚明,只是不愿去提及。像周岚这样的女孩,惹人喜爱,但到头来,落个刘美丽那般的命运也未尝可知。

过了很久，马鹏拍我肩止住我的脚步，说："很多男生喜欢周岚，你呢？"

当被问到这个伤心秘密，我却嬉皮笑脸地说："兄弟的女人，我可没动过心思。"

他哧的一声，笑道："男人喜欢女人，这是一件很正常的事。"我更加窘迫，像是心思给人看透，脸红脖子粗。夜色遮掩了我难堪的样子。

马鹏抬头望了望夜空，又叹了口气，"周岚以后走的路，注定是和我们不一样的。"是啊，周岚成绩优秀，读高中考大学毕业后到很远的城市工作，也许我们中考结束就再难见面，她将来嫁给谁，是一个遥远到星空的问题。悲从中来的失落感，像个醉汉，摇摇晃晃地走到面前，用力抱住我，要把我的心脏挤破。我在那一刻决定，彻底断掉对周岚的念想，过无牵无挂信马由缰的生活。

十字街口我和马鹏各自分手，一南一北。与往日不同，街道出奇地冷清，像是世界末日前的沉寂。只有几个无事的附近老人在摆龙门阵，追讨着抗美援朝那段光辉历史。花副镇长突然打着酒嗝喊我们的名字。我才看到他掺和在老人中间，眼睛乜斜着，放着精光。他是个藏着很多话题的人。比如他的前两任老婆，一个病死，一个被打跑了。他喜欢喝酒，喝醉了就爱动手。

"鬼崽子，又跑哪里野去了？"

"哟，花镇长，我们散散步。今天您把酒喝好啦？"马鹏热情地迎上去，跟着老花打着哈哈，"我们校长还有谭保和，就只服您管，您说一不二，威信高。"

花副镇长很享受这番赞美，拍了拍马鹏的肩，"好小子，嘴甜，比你爸强，你爸当年在部队就是嘴笨，不然也至少弄个排长当当。"

酒和食物正在他的肚子里发酵，喷出的气味越发难闻。"学校有没有人打我们家岚岚的主意呀，马鹏你要帮我盯着，不能让人影响岚岚的学习哟。"我们当然摇头说"No"。他狠狠地从背后抱住我，一只手像老虎钳般钳紧我的双手腕，我丝毫都动弹不了，暗中叫苦不迭。他另一只手拽着马鹏的手，嘿嘿地笑着看他扭动挣扎。我们求饶，他一定要我们再三发誓保证，才松手放我们离开。

"花酒疯子！"我们跑远了才敢咒骂出声。我摸着骨头都被钳裂的手，问马鹏："他这算是警告吗？"

"他管不着，"马鹏说，"下次我们小心些，不跟他正面交锋。"

我说："这酒疯子手劲儿太大了，一巴掌打下来，谁扛得住？"

马鹏说："周岚有次替她妈挡酒疯子的打，一巴掌扇在背上，火辣辣的痛了几天。"

"真遭罪。"那一刻我对那位花副镇长心生极度的厌恶。

第二天马鹏出现在课堂上。谭保和一反常态,心平气和地讲了一堂课。他那些对马鹏的惩罚之词,像压根就没说过。同学们表情各异,回头看了一眼马鹏,然后迅疾转向黑板。周岚没有转头看,我看得真切,她在书本上画记谭保和讲的那些重点,马鹏和我占据最后一排的左右两个角落,而周岚坐中间一组第二个,我们仨在教室的位置正好拼成一个等腰三角形。周岚坐的当然是好学生才能坐的位置。入学之初,我妈不知搭错哪根神经,想到送给谭保和一只黑母鸡,那是从我外婆家抓来的。那个好位置让我坐了一天,放学时谭保和竟然说:"你对得起这么好的位置吗?"我一言不发。但心里在说:"你怎么不说对得起吃掉的我外婆辛苦养的那只鸡。"他本来走远了,又掉头补了一刀,"你期中考进前十,我让你坐那个位置。"真是天方夜谭,我从没有过这样的梦想。我妈妈就是从此对我绝望的。她后悔送出那只鸡,咬牙切齿地咒骂我,让我去要回那只鸡,不说鸡已经被吃了,就算没吃,我也不会去做这种掉面子的事。

我又坐回属于我的角落。听课的效果完全不同,但我还是更习惯于这里,可以看清前面每个同学的小动作,抠鼻屎、扭屁股、丢纸团、揪女生的辫子……我在老师模糊的话语中,像一个考官般巡视他们的背影。有时我会被某个同学的动作逗得忍俊不禁,很快我就因此被老师点名责骂。我站着,看得更清楚,笑得更厉害,我的笑点那么低。老师拿我没法子,就可能请我去面壁、蹲马步。这一切在我的课堂生活中是经常发生的事情，但马鹏不同，他不影响别人，也绝对没有在听讲。他干得最多的是趴在桌子上睡觉，头埋在打开的书本下，发出不易察觉的呼噜声。

那些日子，我变得格外沉默，想到不久的将来，周岚要去县城读高中，我们各赴前路。前方的路，各是什么，我从没思虑过。"注定是不同的路"，马鹏说过的那句话像一块巨石，压得我喘不过气。我们都将分离，马鹏会进风机厂穿上一套胸前袖口沾满油污的蓝色工作服，又或者，还会跟着周岚一起离开鱼乐镇。他们的秘密盟约像一条鱼，不时没头没脑地跳出水面，扑通一声落下，溅起一片水花。我呢，爸爸去世前提到过送我去读个县城技校，学一技之长总能混口饭吃。但在他死后就再不曾被提起，妈妈在牌桌上打发时间，我也像多余的时间一样被她打发掉。唯有周岚向着一团亮光奔跑。我在课堂上听老师们讲着那些让我摸头不知脑的知识点，一会儿就走神了。我有时瞟向马鹏，他盯着周岚的后脑勺，盯着马尾长发，他咬得紧邦邦的腮巴上细条肌肉暴突，像花瓣向外绽开，眼里浮游着一片迷茫。

## 六

"有人偷袭，把马鹏打伤了。"课间广播操时，这件事就传遍了整个校园。大家交头接耳猜测是谁竟然敢把手伸到马鹏的头上，有人还说驾驭野马的人出现了。我碰到那个幸灾乐祸的家伙，上前一拳打在他的左胸上。

马鹏是左脸颊打了块丁字形的"补丁"来学校的。像贴着一个标签，他黝黑的脸看上去尤其别扭。他见人时的表情平淡，不慌不乱。他也完全不像以前那样暴躁，大张旗鼓地狂言还击。午饭后，我同他钻进校园西北角的杉树林里，等着他发话或回忆更多有价值的信息。他是昨晚下自习后在回家路上遇袭的。我问他："能猜出是哪个狗×的动手吗？"

马鹏耸了耸肩，"太黑，看不清来人。"

"你一点儿都没还击？"凭马鹏的身手和本能，我想他们应该有个厮打的过程。

"别提啦，当时我都蒙了。"

"怎么能不提呢？就这样放过那个狗×的？"

陆续有几个兄弟聚拢来，摩拳擦掌，信誓旦旦。他们暗中搜罗的消息模棱两可，但有人把怀疑的目光指向益华中学的一帮混子。"他们放了两天假，有作案时间。"有人肯定地说。"作案"动机也很简单，益华中学的老大伍健在马鹏手上吃过大亏。这个梁子是上学期结下的。全镇的初二史地会考考点设在鱼乐中学，每个考场交叉安排各中学的考生座位。伍健在第一场考试中未能如愿抄到答案，怪罪于坐前面的我们班的刘光辉。刘光辉戴副深度近视镜，他是我们学校的尖子生，也是个老实巴交的人。考完第一场，他在操场的东边角被伍健带几个人围住，推来搡去，眼镜也掉到了地上。刘光辉哪经历过这场面，脸吓得乌紫，一声不吭，连求饶道歉都忘了。歇考时，考生们都是熟悉的同学一群群聚拢,也没人去瞎转悠。当时周岚路过瞧到那一幕,上前制止却被益华那帮小子羞辱一番赶开。她气呼呼地找到马鹏,说外校学生在欺负刘光辉。在我们的地盘上撒野,马鹏二话没说抬脚就带我们赶过去,正遇上伍健把刘光辉抵在墙上扇小耳光。马鹏跨步一把揪住伍健后衣领,往后一带,又一倒肘,伍健就趴在地上。见我们来势汹汹,伍健的几个小兄弟早连滚带爬地散开。我们转向叫唤着的伍健,踢的踢踹的踹,可怜他只顾双手抱头,地上滚动,像条落水狗样的威风扫地。马鹏示意我们停手,恰好预考铃响了,我们一溜烟儿散进各个考场,热血沸腾地参加下一场考试,都装出没发生过任何事一样。在鱼乐中学同仇敌忾一致对外的历史上,这是一次最成功的范例。遭殃的伍健全身上下伤肿不说,右手腕被打折了,后面的考试自然也没参加。

后来一波三折,益华中学的要说法,家长找到校长闹,伍健的一伙兄弟暗中寻衅滋事,那些天鸡犬不宁,马鹏叮嘱我们书包里都放着防身的家伙,尽量不单独行动。事情调查来调查去,终没个结果,大家严防死守不肯说出马鹏是始作俑者,反而纷纷将矛头指向伍健,考试舞弊还欺负刘光辉。刘光辉在老师心中是有地位的,加之有额头的青肿和摔破的眼镜为证,这事儿最终由学校出面了结。过去大半年,该平息的也平息了,两边学校都做出了"谁再滋事谁滚蛋"的严苛明令,谁想到那帮狗×的藏着掖着,出人意料地来这么一手。

马鹏嫌脸上顶着纱布,过了两天摘取下来,露出一个嫩红的伤疤，伤口还在愈合之中。暗查伍健还没足够的证据，马鹏倒先退缩了，叫我别费力了，事情总有个水落石出，一报还一报也是自取的。他的宽容让我反感，我越来越摸不透他的心思。我偶尔会把目光落到周岚身上，她仍像以前那样读书、收发作业本，与同学课后讨论练习，但她会暗中多看马鹏几眼多说几句话，到他座位上辅导考试题。那眼神和话语都是温和的，甚至有一次她偷递了张小纸条给马鹏，他不动声色地看过后，把纸条捏成一小团嚼进了嘴里。这些变化让我茫然。他们似乎真的在为盟约发愤了，他想改邪归正，他不是说，周岚走的注定是不同的路吗？课后，谭保和走到埋头做题的马鹏身边，阴阳怪气地说："怎么不小心呢，好端端地搞伤自己，要不要请假休息？"他的手顺势往马鹏脸上的伤口抚摸过来，马鹏并不领情，挥手一挡，谭保和的手在空中停滞片刻就缩回去了。然后边朝教室后门走，边嘲讽地说："早点儿抱佛脚，怕还来得及。"

邻班绰号"任猴子"的同学，趁马鹏站在教学楼二楼东头的走廊上眺望时，这个黄皮寡瘦的家伙，作揖打拱地来套近乎。任猴子说知道谁是偷袭者。那晚他刚好在康乐桥上碰上那几个人，他们想从西边桥墩下的小径逃走。这当然是条重大线索，对方是一伙而非一人。任猴子还在叽叽咕咕，马鹏厌弃地睃一眼，任猴子戛然而止，进退两难，隔一阵才嗫嚅地说："我没……看准，但要再遇上一定能认出来。"话刚讲完，马鹏动作利索地甩手，一巴掌扇到他脸上，"你他妈知道个屁，滚!"任猴子捧着张苦瓜脸,两瓣屁丫子夹得紧紧地走了。

几个旁观的同学眯眯窃笑,任猴子的讨好换来一耳光,马鹏却连问都不问。他为什么不愿追究动手打他的人?我越来越不明白马鹏的言行了,难道真想浪子回头。如果任猴子所言属实,马鹏回家与康乐桥是相反的方向,他怎么会在那里被打呢?我得出一个猜想,最大的可能就是他送周岚回家,去周岚家要过桥,而他折返时碰到了伍健的袭击。

我们过去的生活不是这样寡淡无趣的。学习和考试对马鹏与我而言并没有多大意义。我们应该是关心别的事情。风平浪静的生活往往隐匿着更大的浪涛。他忘了被人偷袭的事,平时只字不提,忘得一干二净,我几次暗示他不能轻易饶过那个夜袭者,后来他连头都没回地走远了。"这个事,你们不要再瞎操心了。"有一次他甚至朝另一个如是建言的兄弟动了怒。我们都觉得不可思议,这不是马鹏的风格。

马鹏的风格是什么?我想想,我们紧紧抱团是有理由的。他城府深,下手狠,临危不惧,眼神盯人时透出股冷酷劲儿;他好打抱不平,却得理也饶人;他讲义气,敢为兄弟两肋插刀排忧解难。但他的江湖侠义演出还没结束,却又跳到另一个舞台上。我仿佛看到这舞台到处有陷阱。

七

校园生活永远不乏窃窃私语的话题。已经没人关注马鹏遇袭的后续，但却有周岚的流言暗传，说她和马鹏好上了。堡垒总是从自身攻破，流言也常被当事人验证。月考结束，周岚的名字出现在楼道入口的大黑板上，与以往不同，这次不是表扬而是批评。她的成绩还算不错，但滑坡过快，公布榜上下滑的黑色箭头像朵饱绽的罂粟花，压得眼球都快要爆炸。几个女生站在公布榜前，幸灾乐祸地嘀咕。无疑这是对流言的最好佐证。但我没想到的是，谭保和没有在班上大肆批评，只是旁敲侧击了几句。我不知有何蹊跷，谭保和是没听到流言，还是有意掩人耳目。谭保和的眼神里有些闪烁的东西，我说不清楚。但我担心的是，若是花副镇长知晓他女儿的退步，会不会不用醉酒就把周岚母女俩揍一顿。

教学楼入口挂出了迎战中考的宣传标语，同学们都盼着"末日"早到来，很多人铆足劲儿苦读，老师一次次拿出上几届的优秀学生事迹来教诲我们，要想走出鱼乐镇，只有一条路，考出去。和我一样唱反调的越来越少，任何时候识时务的队伍总是那么庞大。我依旧名落孙山，努力不努力于我而言都是一个结局。那么多人没读书没考学，不也活得好好的吗？这只是我的理论，也是我妈妈的理论，她不会允许我整天街头闲荡，有学校管束着至少一个人烂透的时间会变得漫长一点儿。

学校还是必须上的，郁闷的是晚自习时间对我来说如果找不到乐子，就特别难挨。马鹏就不说他了，像换了个人，常常抓耳挠腮作思考状，眼珠子四处转动，可惜这不是加速脑筋转动的机器。长夜漫漫，我心神海阔天空地游荡，却也跑得并不远。我积聚着诸多对马鹏的不满,当面我也敢冷嘲热讽,学着谭保和的腔调,"早点儿抱佛脚,怕还来得及。"马鹏装聋作哑。他的风格沦丧得所剩无几,我不明白他为什么会变成这样,真是恋爱的力量,从周岚那里获得的力量。可是,周岚成绩下滑,好不容易刹住车。我被自己乱七八糟的想法搅得心绪极差,被冷落后的百无聊赖,像风机厂的工人摇转一把尖锐的钻头钻着钢板,发出嗞嗞咔咔的声音。

那是最不愿回忆的一段时光,我像是被所有人抛弃,成为孤家寡人,连谭保和也忽略了我,他的唾沫星子也不再飘落,我那久经打击的后脑勺终日空空荡荡。我索性逃课,从后门偷跑到校园里溜达,没人关注到我的不存在,也许他们暗自庆幸,认为我不在教室更安静不受打扰。我的身体轻巧地潜入夜色之河。路灯坏了,但并不影响我的视线,我在走道上跳跃翻转,校园的旮旮旯旯我太熟悉了。我有时会从没闩的窗户里爬进别的班教室,在课桌里翻看,有时会弄到几本封面破烂的武侠书,有时我尿急,索性撒在教室的角落。我最喜欢玩的恶作剧就是仄身躲在从教学楼通往厕所的墙角,趁那些小心翼翼出来大小便的同学不留神,跳将出来,吓得他们呜哩哇啦地怪叫。我笑得前俯后仰,有时把吓人的事当作笑料讲给遇到的像我一样的夜游神听,也讲给马鹏听,但他毫无表情,甚至还从鼻子里呼出不易察觉出的嗤笑。校园的夜晚很快就变得寡淡无味。

气温骤然下降,校园里闲荡的影子越来越孤单。我偶尔会走到校园的那片杉树林，林子里空旷无人，风一刮过来，就像有人在喊喊喳喳，又像身后有人随时恶作剧扑出来。这容易让人产生一种战战兢兢的心理，有人在后面，其实什么也没有。我不想被人恶搞，也懒得去林子闲逛。下午的课间休息，任猴子吹嘘说："围墙西边的那条小沟渠有人捉到几条财鱼，那是一种吃鱼的家伙，凶狠，但弄个炭锅把水烧开，在鸡蛋清里拌过的鱼肉，滚一滚，鲜嫩扑香。"说者无意，我却动了心，思忖着晚自习溜出去打捞。我从家里带来了鱼兜和电筒，悄无声息地晃悠到校园西角的小沟渠，那里长了很多杂草，还垂覆着一些酸枣棘。我屏息凝神，不敢轻易发出响动，在水面上照了半个多小时，终没有任何发现。除了几条吐泛细泡的泥鳅和黄鳝，在眼前一晃就消失了，连个像模像样的大点儿的气泡也没见着。要是任猴子在身边，我不踢翻他，让他捂着癫痫头求饶不可。空手而归的我又跌进沮丧的牢笼，想着这乏味的校园生活，恨不得明天就结束。各奔东西吧，这世界不照旧转动。

我不愿再绕路，选择了从杉树林穿过。林子里晦暗不清，一棵棵高大笔直的杉树在夜晚更显挺拔，像是走进迷宫，我在树影之间横跳斜跃。没走多远，我听到林子里有人低声说话。我蹲下来，侧耳谛听，话声又没了，传过来的变成了嘤嘤的啜泣声。好奇心驱赶着我猫腰逼近，踩在地上厚厚一层杉针叶上，悄无声息。

一高一矮的两个人影背对着我，许久都是沉默，男的把手搭在女的肩上，女的挣开了，过一会儿男的手又搭上来，女的又挣脱了。他们越是不说话，我就越好奇，恨不得突然跑到他们面前，吓得他们哇哇大叫。那时候我们戏称那些偷偷摸摸谈恋爱的同学是野鸳鸯，这不知是其中的哪一对。半蹲久了，小腿并不舒服，我索性靠着树身坐在地上。那男的终于开口了。他细声细气地说："我这都是为你好，你懂吗？"

我辨出了声音，是谭保和，居然是他，他的声音只要飘过我耳朵，就不会认错。我想起他有次叱骂我，"你屁股一撅，老子就知道你要拉什么屎。"呸。我倒要看看这次他撅屁股拉什么屎。他的手再次放在她肩上，再次被挣脱。

"你想清楚吧，全校就那么两个加分指标，多少人盯着，老花的面子也不管用。我给你去争取，你要不听我的，后果自负！"他说完这威胁的话，又把她身体扳过来揽进怀里。我已经猜出了她是谁，像是有一道闪电把林子照亮，我脑子一阵眩晕。谭保和说："别害怕，有我在。"他说话从没有如此温柔，吐出的每一句话，每一个字，都是那么深情。她抽抽噎噎，没有推开他的身体。我突然想冲动一把，手电光照过去，他们会是怎样惊慌失措的样子，那会有多么滑稽。

一只手从后面压住我正要抬起的手，我大骇，差点儿惊吓出声。来人轻轻捂住我的嘴，我回过头看到是马鹏，兴奋地往暗影里指了指。她已经挣开了谭保和的拥抱，低声哽咽："快下自习了，我得回教室了。"谭保和把手伸过去，大概是拍了拍她的肩膀，然后说："回吧，你从那边走。"他们一左一右走出林子，笼罩在那盏微黄的路灯下，我看到她的背影，变得如此轻薄，仿佛一阵风就能刮飞。

"谭保和太坏了。"我咬牙切齿地对马鹏说。

他很镇定，似乎早已心知肚明，斩钉截铁地说："今晚的事不能说出去。"

"我们终于抓住了谭保和的把柄，整整他。"

马鹏用力抓住我的肩膀，"我说的，都记住了。"

他那只手像块生铁，是恨的力量，是狠的力量。我的肩胛骨酸碎欲裂。我不明白他有什么想法，但他的性格是绝不会熟视无睹的。谭保和竟然打起了周岚的主意，我一想这事就头痛，偏偏这种事发生在周岚身上。"该死的！"我诅咒谭保和。

那天晚上谭保和摔了一跤。第二天课堂上同学们叽叽咕咕传进我耳朵里的。我暗自发笑，瞟了马鹏一眼，他若无其事地在纸上写写画画。事情的真相永远不会那么简单。从林子里出来，马鹏让我先回教室，他抽支烟，静一静。我理解他的心情，就先上去了，过了大概一刻钟的样子，我有些心神不宁，马鹏该不会单独去找谭保和的麻烦了吧？我心急火燎地又跑下去，正迎面碰到马鹏。他额头汗涔涔的，头发有点儿乱。我问："你偷偷干吗去了？"

马鹏也不瞒我，说："给了谭保和点儿颜色。"他和我分手后，迅疾绕道，尾随谭保和身后，拿火剌手柄先敲了他后脑勺，然后给他大腿上剌了一刀。我要马鹏再描述一下详情，他重复了一下动作，剌啦两下就没了。我有些失望，但想起谭保和那副狼狈叫唤的样子，就忍不住乐起来。我埋怨他没带上我，他解释说是不愿把我扯进这麻烦里，谭保和要想报复也只能是冲着他一人。

"不够兄弟，"我不屑地回了一句，"切！"

自习下课铃响了，教室里哗哗啦啦，周岚走到马鹏跟前，不知跟他嘀咕了几句，然后跟约好的同伴先走了。他没有把刺谭保和的事说出来，不然周岚会吓得睡不着觉。我们坐在教室的窗台上，望着天上零散分布的几颗无名星，一句话也不说，一直到教室的灯熄了很久。校园悄无声息，谭保和不知去向。

回家的路上，马鹏道出了林子里谭保和话语里的玄机。中考加分项目里我们学校有两个市级三好学生的名额，周岚初定是其中之一，但这次月考失利，谭保和抓着做文章，要挟周岚。更让人气愤的是，谭保和还有一次把她叫去他宿舍取开小灶的模拟试卷。进去后，谭保和就把门反锁了，问她："知不知道谭老师对她好，谭老师一直都特别喜欢她。"

"他真不是个东西。"我不想辜负马鹏对我的信任，气愤地说，"周岚没让他得手吧。"

"那次幸亏周岚搬出花副镇长，谭保和有所畏惧。"

我说："这事你想忍，我可不能忍。"

马鹏冷笑一下，"闹得沸沸扬扬，对谁都不好。"

"也不知他伤得怎样，会不会报复你。"

"我刺了他就跑了，他应该明白。"他说，"我也是忍无可忍，差几个月就中考，这节骨眼上闹出事，对大家都不好。"

我说："我们都得留神小心点儿，谭保和这个流氓。"

马鹏不动声色地把谭保和收拾了。我又兴奋又悔恨，这一刀要是我刺的该多好。好些个晚上我还梦到揍打谭保和的场景，三两下我就把他打倒在地，他变成了一只四处逃窜的老鼠，碰得洞顶的灰土扑扑落下，沾得满头满脸。一连几天，头顶蒙了一圈白绷带的谭保和脸色难堪，腿伤并不影响走路，很少在班上公开露面。不知是有意还是无意，马鹏那一刀刺偏了，加之冬天裤子穿得厚实，并没有伤及要害。谭保和做贼心虚，去医院做包扎时对外说是在宿舍不小心摔了一跤，手上削梨的水果刀划伤了腿。听说他在医院哼哼叫唤，说自己晕血，医生白了一眼，呵斥他，大老爷们，别装熊样了，死不了人。

## 八

入冬之后时间唰唰过得飞快。临近期末，学校张榜公布，周岚如愿以偿拿到了市级三好学生的加分指标。谭保和的伤恢复得挺快，但显然比往日沉默寡言了许多。我在课堂上偷偷观察谭保和和周岚，倒看不出什么，但课间，周岚还是常常被叫到办公室，说是安排班上的学习工作。"哪有那么多事？"听到同学传话周岚去办公室的声音，我就愤恨不已。马鹏很冷静，我没能从他那里看出什么名堂，他有时的目光像一支射出的利箭，扎在谭保和的背影上。他被刺伤后有所顾忌和收敛，但我也不相信他就这样不了了之。"这个老狐狸。"我恨恨地骂他。

周日不上学,马鹏和我仍然聚在一块,去街上的台球室练习球技。永久闸那里倒是去得少了。风干冷得像刀子般明亮,皮肤都会发出细微的割裂的哧哧声。鱼乐河的水退出一大片河洲,乘摆渡的小船往返,但去玩的人不多。也许是季节的原因吧,我心里想,谁愿这么冷的天到外面瞎闹呢?

为了升学率和年底的县教育局四基达标检查,学校的纪律抓严了,别的年级老师和学生也都忙碌起来。我们初三的学习更是一个铁箍桶,滴水不漏。好不容易期末考结束,又上了一星期的补习,马上就要到春节了。不知是哪些同学的鼓噪,谭保和竟然同意了我们在放假那天下午开展迎新春活动。他宣布这个决定时,还酸酸地说了一句:"会学习的同学,也应该是会玩乐的。"我留意到他的目光最后是落在周岚身上。同年级平行班的也闻风而动,学校没出面阻止,算是默认了这场属于毕业班的文娱活动。班干部们抓住休息时间到孔旮旯的玻璃摊上,用班费开支买来了十多种颜色的皱纹纸,周岚当然是不可缺少的牵头者,她很活跃,又心灵手巧,牺牲了许多休息时间剪了各种形状的窗花。一剪出来,就有同学争先恐后地把它们贴到教室的墙壁和玻璃上。

红红绿绿的纸装饰出来,新年即将来到的气氛立刻像点燃的火把,散发出光和热。大家都在动手,周岚扭着腰肢望过来,娇气地喊:"马鹏同学,你个高,去搭把手。"马鹏起初倦怠地挪动着身体，后来禁不住别的同学鼓动，有模有样地加入到布置工作中。他站在椅子上帮周岚贴那些纸花，把我也叫去给他一旁递糨糊。好几个地方贴歪了，周岚走过来，头向左偏，又向右摆，装生气地说："玻璃都被你俩贴歪了。"马鹏回头嘿嘿一笑，又手忙脚乱地重贴那些歪斜的窗花。

迎新活动选个放假前一天傍晚如期开幕，周岚和几个女生编排的舞蹈算是一大亮点，背景音乐是台湾歌手郑智化的《星星点灯》。周岚穿着那条绿裙子领舞，腰肢扭动，弯身摇摆，她胸前欢跳的两只小兔子，抓住了男生的目光，大家一个劲儿地喝彩叫好，几个舞者就更卖力地踢腿甩手。活动后半段是在闹哄哄中继续的，有的同学虽然准备了玩纸牌魔术、说一段相声，但都草草收场。谭保和和另几个老师进来，面无表情地看了一刻钟，然后就走了。老师一走，大家就一哄而起，乱成一团。从学校借来的单卡录音机最大音量地播放着迪斯科音乐，男女同学站到教室中央一顿乱舞。那是少年们的一种真正发泄，没有目的的发泄。

在我后来对成长岁月的回忆中，常常想起这次记忆层叠的迎新活动，穿绿裙子的周岚总会在我眼前跳动。我和几位男生后来谈起，他们都不记得那天是如何度过的，他们经历过太多的热闹，谁又在乎那场有些杂乱无章的人生序曲呢？

雪大概就是在迎新活动开始时飘下来的，大片大片的雪花，落得异常缓慢。夜晚让一场雪降落的过程在我们的视野里消失。

迎新活动在喧闹声的凋谢里收场。我计划是喊马鹏到台球室再去打几局球,昨天回家的路上就约好的。但马鹏不知何时离开了,周岚也走了。教学楼办公室的灯黑了,教室的灯也黑了,四周瞬间就安静下来,在风中横冲直撞的雪让校园变得空空荡荡。杉树林没有人,能找的角落也没有人影。我抱着侥幸赶到台球室,球台旁站满了人,烟雾掺和着熏黄的灯光洒落,我搜寻一圈,并没有发现马鹏,问了好几个人都说他没有来过。走到十字路口碰到几个同学,他们也没法给我提供线索。我跑到马鹏家房子外,吹出两短一长的哨音,那是我们恒久不变的暗号,他父亲极不耐烦地打开半扇房门,吼了一句:"吹什么吹,见到那狗×的要他早点儿回家。"

我缩着脖子又回到街面上,路过利群酒馆门前,正好看到守闸的老黄头酒气熏天地跟老板娘斗嘴。为了赊欠的酒钱,嘴皮子能抽人的老板娘把老黄头贬得一无是处,老黄头借酒耍疯,拉拉扯扯地还往老板娘身上蹭"豆腐",惹得酒馆前几个驻足观看的路人开心大笑。我没心思看他们插科打诨,马鹏不吭声地不见了。我是担心谭保和耍阴手段,把他诓进去吃个哑巴亏。我返回台球室,接受了任猴子嬉皮笑脸的挑战。

击球状态不佳导致落后的我骂骂咧咧,任猴子却皮笑肉不笑地乘胜追击。一局球未完,突然有个人影站到我面前。抬头一看,是周岚,她的脸色发白,额头和发丛里飘出丝丝缕缕的热气,喘息着盯着我。

"怎么啦?"

周岚也不说话，抓着我的手就往外走。她的手很凉，像一块冰贴着我。走出台球室，她像一阵风，把我这片雪花刮进夜幕里。周岚的声音像雪花，一说出嘴，就被风吹得七零八落。我捋清她说的话，竟然惊住了。

联欢会结束后，马鹏送周岚回家，到家门口就听到喝了酒回来的老花，又在训斥周岚她妈。

"你生的好女儿，中学没毕业就跟人早恋。"

"谭保和跟我讲的，他还敢和我瞎诓。"

"那马崽子，我得替马元满好好教育教育。"

老花很生气，一直在不停地咆哮。周岚她妈劝他把事情弄清楚后再说，马上要考试了，不能见风就是雨，干扰后面孩子的学习。老花哪听得进这些说辞，反而把这视作妇人的顶嘴，就推搡了她几下。马鹏看到这一幕，冲进去和老花打斗起来。

我赶到老花家的小院时，门口吊着一只白炽灯，光在风中扑闪，雪像一群夏天的蛾子，莽撞地撕扯着各自身体。我听到院子里老花哇哇叫喊着。花副镇长一会儿捂着受伤的手臂，一会儿去按血迹斑斑的大腿，骂骂咧咧："臭崽子，没想到还藏着凶器，够胆的。马元满的儿子，是个男人。"

马鹏拍拍我的肩膀，冲我耳语几句，然后跨出了老花家的院门。周岚她妈和我、周岚三人，把老花半抬半推地送到了医院。血滴落在雪地，很快就冻成一朵朵梅花。老花不会死，我悬着的心有了个落靠，如果他失血过多丢了性命，我不知道这个烂摊子要如何收拾。把他安顿好，我偷溜出医院，迅疾跑到马鹏家。马鹏那个时候刚刚离开。他父亲已经知道他犯的事,担心老花的儿子花勇上门报复,第一时间就决定连夜送儿子去外面避避风波。马鹏母亲抹着红肿的眼睛,还站在大门口,雪花裹在风里,把她的头发吹卷成一蓬乱草。我趑返到街上,刚好逮住从台球室出来骑着自行车回家的任猴子,不由分说掀开他,抓过车把子,说:"把车借我。"任猴子十二分不情愿,结结巴巴地在后面追着骑车远去的我,"别弄丢了,我父亲会打断我的腿的。"

我在鱼乐镇通往县城的乡镇公路上追到了马鹏。他和我站在风雪里,我们的心里都是滚热而嘈杂的。马鹏看着满头大汗的我,脸上闪过一丝激动,又平静得像一张白纸。我说:"人没事。"

他紧紧地拥抱了我一下,低声说:"我们还会再见面的。"我心一颤,眼睛里红润了。

他父亲气喘吁吁地催促着:"快走,雪再下大了,就走不了了。"

马鹏挥手示意我回去,他肩上斜挎着鼓囊囊的军用挎包,包是他父亲复员带回家送给他的。马鹏英姿威武地站着,他整了整身上的背带,包的布面洗灰旧了,但褡口布上的五角红星还是那么耀眼。

新学期开课,谭保和出现在校园,他的腿伤已经痊愈,但变成了一瘸一拐的走姿。他出现在人们面前时,就满嘴脏话地咒骂马鹏，说这种人迟早要送进号子里。马鹏刺伤老花的事，在大家嘴里翻滚，各种离奇的说法和耸人听闻的经过，像那年的雪在镇上覆盖了一个冬天。还有人四处托风机厂的老师傅打造一把火刺，鱼乐镇上的小青年怀揣它们在大街上招摇逛荡，却再没发生过火刺饮血事件。老马几次上花副镇长的家门请罪，花勇把那些礼品掀出门，叫嚣着要找到马鹏废了他。听说老马拿出火刺扎了手臂一刀，以示诚意，后来又费了不少气力，把儿子弄进了邻县一所中学插班。周岚的中考考得并不如意，她妈妈跟老花离了婚，不声不响地离开了这里，再也没有回过鱼乐镇。

我考得一塌糊涂是意料之中的事，我妈听从了几个亲戚的建议，选择了让我复读一年再作打算。我终于坐到了教室正中间的第二张课桌上，班主任是我的一个什么远房亲戚，对我各方面都有关照。我时常在孤独中恍惚，仿佛置身那个夜晚，铺天盖地的风雪依然让我找不到方向。我独来独往，成了班上最安静的一个。我不时回过头望望后排空出来的位置，再望望教室玻璃上一直没打扫干净的窗花印迹。曾经代表喜庆的红色印迹不知在哪一次大扫除中才能彻底清理干净。玻璃上若隐若现的红渍，真像那天淌到地上的血梅花，扑腾起一股凛冽的腥味，像火刺的气味，还一直在鱼乐镇的空旷里慢慢洇湿、散开。